최후의 경전

최후의 경전

초판 1쇄 발행 | 2010년 4월 20일
개정판 2쇄 발행 | 2023년 9월 25일

지은이 김진명
발행인 한명선

편집 김수경
마케팅 김예진 **관리** 박미실 **디자인** 모리스

주소 서울시 종로구 평창길 329(우편번호 03003)
문의전화 02-394-1037(편집) 02-394-1047(마케팅)
팩스 02-394-1029
전자우편 saeum2go@hanmail.net
블로그 blog.naver.com/saeumpub
페이스북 facebook.com/saeumbooks
인스타그램 instagram.com/saeumbooks

발행처 (주)새움출판사
출판등록 1998년 8월 28일(제10-1633호)

© 김진명, 2023
ISBN 979-11-92684-28-4 03810

- 잘못된 책은 바꾸어 드립니다.
- 책값은 뒤표지에 있습니다.

김진명 장편소설

최후의 경전

새움

차례

한반도에는 세계에서도 가장 크고 우량한 고인돌들이 있는데, 그 수효는 전세계 고인돌의 절반이 넘는다.

중국의 각종 역사서와 경전을 보면 요순(堯舜) 이전의 아득한 옛날부터 동쪽에는 군자국이 있었고, 중국의 어느 군주는 동방의 군자국을 방문하여 예를 배웠다는 기록이 나온다. 《맹자》에는 순임금이 동이(東夷) 사람이라 했고, 《사기》에는 황제부터 순임금에 이르기까지 모두 성이 같은 사람이라 했다. 이 '동방의 군자국'이나 '동이'란 우리 민족을 가리키는 게 확실하련만 막상 우리나라의 역사 서술은 그렇지 못하다.

안타깝게도 우리의 고대사는 완전히 실종되어버렸고, 우리 국민들은 반만년 전에 훌륭한 나라를 이루었다는 귀에 익은 단군신화와 근 3천 년이나 차이나는 교과서의 역사 서술 사이에서 정체성에 대한 자신감을 완전히 잃어버리고 있다.

나는 대영박물관의 이집트 전시실에서 고대 이집트의 그림을 보다가 그 주위를 빼곡히 채우고 있는 태극무늬에 놀랐다. 순수

한 동양 사상의 결과로 태어난 무늬인 줄로만 알고 있었던 태극이 지금으로부터 5천 년 전의 이집트 그림에 등장한다는 사실은 내게 엄청난 문화적 충격을 안겨주었다.

충격은 그것만이 아니었다. 이집트보다도 훨씬 전 인류 역사의 여명기에 활약했던 수메르인에 대한 새로운 연구 결과를 보는 순간 나의 뇌리에는 섬광이 스쳐갔다.

수메르인은 주변의 서양인과는 달리 신체가 왜소했고, 검은 머리털과 납작하고 편평한 후두부를 가졌으며, 한국어와 같은 교착어를 썼던데다가 자그로스 산맥을 넘어 동방에서 온 사람들이었다는 게 아닌가. 이 사실은 나의 뇌리에서 우리 고대사의 수수께끼와 맞물려 들어갔다.

세상에는 너무도 신비한 숫자들이 있다. 유대인의 경전인 '카발라'에는 72명의 천사가 나오고, 자바의 보로부두르 사원에는 72개의 불탑이 있으며, 중국 소림사의 무예도 72가지다.

앙코르와트 사원에는 모두 108개의 석상이 있고, 아그니카야에는 10,800개의 벽돌이 있다. 또 '리그베다' 역시 10,800개의 연으로 이루어져 있고, 장미십자회도 108년 주기로 다음의 행동을 결정한다고 하며, 불교에서도 108번뇌에 대해 말하고 있다.

이런 숫자들은 아시아의 신화나 건축물에서만 나오는 게 아니다. 그 밖에도 72, 108, 216, 432 같은 숫자들이 고대로부터 전해져 내려오는 세계 각지의 건축물이나 고문헌에 자주 등장하고 있다.

나는 요한묵시록을 보면서 거기에 나오는 악마의 수 666의 의미를 생각해보았다. 왜 악마의 수는 666일까. 또한 요한묵시록에는 구원을 받는 사람의 수가 144,000이라고도 했다. 왜 하필 144,000이란 말인가. 그런데 144,000이라는 숫자는 놀랍게도 '천부경'을 찾는 열쇠가 된 《격암유록》에도 등장한다.

나는 과학과 이성으로는 풀 수 없는 이런 기이한 문제들을 전력을 다해 쫓았다. 특히 우리 역사와 세계사가 만나는 무렵, 즉 단군과 환웅 이전의 환인 시대가 수메르 및 유대인과 어떤 관계를 갖는지를 집중적으로 조사했다.

경이, 그것은 한마디로 경이적이었다.

저 아득한 전설 같던 시대는 우리 역사에 너무나 신비하고 분명한 모습으로 숨겨져 있었다. 성경의 요한묵시록은 우리나라의 《격암유록》과 같은 암호로 저술되어 있고, 유대인들이 숭배하는 카발라는 우리의 신비 경전인 천부경과 같은 숫자, 같은 원리로 이루어져 있었다.

나는 소설이란 드러난 사실보다 더 진실되어야 한다고 믿는 사람이다. 사실을 빙산의 일각으로 본다면 진실은 물속에 잠겨 있는 부분이라 할 수 있다. 사실은 엄연히 눈에 보이지만 빙산의 본모습인 진실을 그대로 보여주지는 못한다. 역사도 마찬가지다.

나는 소설《천년의 금서》에서 모든 이들이 의심을 품고 있는 《단군세기》의 기록이 과학적으로 정확함을 소개했고, 우리나라의 국호인 한(韓)이 이미 4천 년 전 중국의 초기 고대국가 시절을 기록한《시경》에 분명히 나와 있음을 밝혀냈다.

이제 우리 역사의 화두는 달라져야 한다고 나는 굳게 믿는다.

우리는 환웅이 환인에게서 받았다는 천부인 세 개가 무엇인지를 밝혀내야 하고, 세상에서 가장 해득하기 어렵다는 천부경 81자의 비밀도 밝혀내야 한다.

또한 기독교가 이 땅에 전래되기 전에 쓰여진《격암유록》과 성경에 공히 나오는 오시리스 숫자를 통해 두 기록의 연관성을 찾아내야 하고, '신지비사'와 '개물교화경'을 이루고 있는 숫자들이 바둑판의 내외 칸 수와 같은 이유도 밝혀야 하며, 그걸 곱하면 세계 곳곳에서 나타나는 오시리스 숫자가 되는 이유도 알아내야 한다.

이런 신비한 숫자를 좇음으로 해서 우리는 한민족의 문명과 세계 고대문명과의 상관관계도 조명할 수 있고, 아직 실체를 밝혀내지 못한 우리의 뿌리도 알 수 있을 것이다.

이 소설은 매우 깊은 독서와 사색을 거쳐 완성되었다. 특히 이 세상에 존재하는 천부경의 모든 해석을 섭렵하며 나는 천부경은 그 해석이 중요한 게 아니라 암송을 통해 그 안에 들어 있는 정신을 저절로 전수받게 된다는 점을 깨우쳤다.

　많은 선학, 선지식 중 특히 두 분에게 감사드린다. 먼저 최동환 선생. 이분은 치밀한 자료 발굴과 깊은 통찰을 거쳐 천부경과 삼일신고를 해석해내어, 천부경을 해석하고자 하는 사람은 누구라도 이분의 저서를 거치지 않을 수 없다. 이 소설을 읽고 천부경에 대한 관심이 생긴 독자들을 위해 이분의 저서《천부경》과《삼일신고》를 소개한다.

　또 한 분은 조하선 씨다. 맑은 심성을 가진 이 젊은이는 유대인의 카발라와 천부경의 공통성에 대한 남다른 통찰로《베일 벗은 천부경》을 써내어 천부경의 이해에 한 발 더 다가서게 한다.

　세상에는 천부경을 해석한 수십 권의 책이 있지만 나는 이 두 분의 저서에서 영감을 얻었다.

제천 용두산 자락에서

김진명

13의 비밀

인터넷, 그것은 알라딘의 마술 램프 같은 것이다. 그 속에는 이 세상 모든 것이 존재하고 있다. 아니, 이 세상에 존재하는 것들만이 아니다. 인터넷의 진정한 매력은 이 세상에 존재하지 않는 것들도 그 안에 있다는 사실이다.

어린 시절을 미국에서 자라 영어에 익숙한 인서는 13세기 무렵의 미국사와 관련해 찾아볼 게 있어 인터넷을 뒤지다 〈13의 비밀〉이란 미국 사이트에 우연히 접속했다.

'한심한 작자들.'

세상에는 '13일의 금요일'이니 '13층의 저주'니 하는 얘기들이 넌덜머리 날 정도로 많았고, 그런 제목을 단 것들은 영화든 게임이든 농담이든 대체로 시시하기 짝이 없었다.

인서는 냉소를 던지며 〈13의 비밀〉을 빠져나오려다 이상한 구절에 시선이 머물렀다.

페르마의 마지막 정리는 과연 증명되었나?

앤드루 와일스는 수십 명의 연구 실적을 바탕으로 수백 페이지에 걸쳐 그 정리를 증명했지만, 과연 페르마가 했듯이 천재적인 방식으로 간단명료하게 문제를 풀 수는 없었을까?

이제 다시 페르마와 같은 천재를 인류사에서 만날 수는 없단 말인가?

흥미가 끌렸다기보다는 그냥 지나칠 수 없었다. 인서는 평소 자신의 머리에 포착되지 않는 영역이 있다는 사실을 참을 수 없어 했다.

페르마의 마지막 정리는 직각삼각형의 원리, 즉 직각삼각형에서 두 변의 제곱의 합은 빗변의 제곱과 같다는 피타고라스 정리에서 파생된 것이다. 페르마는 널리 알려진 피타고라스 정리에 착안하여, 그렇다면 제곱이 아닌 세제곱의 경우에도 그런 정수비가 존재하느냐고 물었다.

피타고라스 정리에 따르면, 직각삼각형의 각 변이 3, 4, 5일 경우는 3의 제곱 플러스 4의 제곱은 5의 제곱이 된다. 이런 정수비는 이미 고대 그리스 시대 피타고라스학파에 의해 무한히 많다는 사실이 발견되었다.

예를 들면 5, 12, 13 또는 20, 21, 29, 좀 큰 수로는 99, 4900, 4901과 같은 숫자들이 있으며, 슈퍼컴퓨터에 의해 이보다 큰 숫자들이 찾아졌고 앞으로도 계속 찾아질 것이다. 그러나 페르마가 제시한 세제곱의 경우에도 적용되는 자연수들이 있느냐 하는 것은 쉽지 않은 문제였다.

역사상 수많은 수학자들이 매달렸지만 그런 자연수는 찾지 못했다. 그렇다면 그런 자연수는 없다. 즉, 페르마의 마지막 정리는 성립하지 않는다고 결론을 내리면 될 일이지만 수학자들에게 그것은 그리 간단한 문제가 아니다.

수학자들이란 존재는 숫자를 일일이 대입해봐도 안 되더라, 그러니 그런 숫자는 없다고 대답할 수는 없기 때문이다. 그들은 증명을 생명으로 알고 살아가는 사람들이므로, 뭔가가 되면 왜 되고 안 되면 왜 안 되는지를 정리로 밝혀내야만 한다. 그것이 바로 수학이라는 학문이다.

페르마는 그런 정리가 성립하지 않는다는 것을 증명했다고 어딘가에 낙서처럼 끼적여두었다. 하지만 유감스럽게도 증명의 과정을 기록으로 남겨두지는 않았다.

나는 경이적인 방법으로 이 정리를 증명했다. 그러나 책의 여백이 너무 좁아 여기에 옮기지는 않겠다.

너무나 오만하게 들리는 페르마의 이 두 마디가 수학사에 남긴 상처는 대단했다. 전세계의 모든 수학자가 이 문제에 매달렸다. 아니, 수학자가 아니더라도 전세계의 내로라하는 천재들이 모두 머리를 싸매고 이 문제에 매달렸다. 세상에 이런 문제가 있고 역사상 누군가가 이 문제를 풀었다는 사실 때문에 모든 천재들이 달려들었지만, 수세기가 지나도록 그 누구도 풀지 못했다.

비단 천재들뿐만이 아니다. 페르마의 마지막 정리란 말은 일반인들이나 학생들에게도 그다지 낯설지 않을 것이다. 누구라도 한 번쯤은 수학 시간에 이것에 대해 들어봤을 테고, 또 웬만큼 수학에 자신이 있는 학생이라면 풀이에 도전한 경험도 있을 것이다.

뉴욕의 지하철역에서는 이런 낙서가 발견되기도 했다.

나는 페르마의 마지막 정리를 증명했다. 그러나 지하철이 오고 있어 여기에 남기지는 않겠다.

어쨌든 사람들은 이 정리의 증명에 실패했음에도 불구하고 페르마가 거짓말을 했다고는 생각지 않았다. 그리스 시대로부터 전해져오던 《수학의 제 문제》라는 책 속에 페르마가 남긴 낙서에는 천재의 영감이 번득이고 있다. 수학의 황제라는 오일러도 페르마가 아주 간단하게 증명한 정리를 푸는 데 7년이나 걸렸을 정도다. 그러니 페르마의 낙서를 거짓으로 받아들일 수는 없었던 것이다.

설혹 페르마가 그 문제를 풀지 못했다 해도 아무 일 없다는

　　　　　　　　　　　　　　　　　　　　　최후의 경전

듯 넘어갈 수는 없었다. 그가 풀었든 못 풀었든 간에 그런 문제를 인류사에 던졌다는 것 자체가 문제였기 때문이다. 그것이 수학 문제인 한, 된다·안 된다를 정리로 증명해야 하는 것이 모든 수학자들이 할 일이다.

그러나 수세기가 흐르는 동안 세계의 모든 천재들은 자존심이 형편없이 꺾이고 말았다. 수학의 천재로 일컬어지는 가우스나 수학의 황제 오일러도 예외가 아니어서 러셀이나 아인슈타인 같은 사람들은 부끄러움을 느낄 필요조차 없었다.

인서는 페르마의 마지막 정리가 수학사에 끼친 영향을 하나하나 되짚어보았다. 그러다가 비상한 호기심에 사로잡혀 마침내 〈13의 비밀〉이란 사이트의 문을 두드리지 않을 수 없었다.

〈13의 비밀〉에 들어온 것을 환영하오. 먼저 이 문제를 풀어보시오. 이 문제를 푼 사람에게만 13의 비밀이 공개될 것이오.

별로 유쾌하지 않은 환영사 밑에 바로 문제가 떴다.

매미는 17년 동안 땅속에서 애벌레 상태로 지낸 후에야 비로소 성충이 되오. 하지만 불과 몇 주일을 지낸 후에 죽고 말지. 왜 이런 이상한 일이 생기는 거요?

사람을 유인하는 듯하면서도 다른 사이트처럼 친절하지도 않은 묘한 분위기였다. 아무런 상업적 목적이 없는 걸로 보아, 이 사이트의 주인은 싱거운 사람이거나 괴짜거나 둘 중 하나였다. 말투는 다소 건방지게 느껴졌으나 문제 자체는 호기심을 강하게 자극했다.

인서는 이상한 분위기에 끌려 그 문제의 해답을 잠시 생각해 보다가 이내 그 사이트에서 나와버렸다. 상대는 매미, 페르마의 정리, 13의 비밀이라는 세 가지 의문을 제기했는데 그중 어느 것도 간단히 다가갈 수 있는 문제는 아니었다.

상대가 무슨 이유로 이런 문제를 냈는지 몰라도 상당한 수준의 사람임에는 틀림없었다.

인서는 더 이상 컴퓨터 화면을 들여다보고 있기가 귀찮아 컴퓨터를 꺼버렸다. 그런데 컴퓨터를 끄고 나자 자존심이 상했다. 〈13의 비밀〉이란 사이트에 들어가서 마주친 문장은 몇 개 되지 않았지만 묘한 열등감에 사로잡혔다.

인서는 옷도 벗지 않은 채 침대에 몸을 던졌다. 어릴 때부터 천재라는 소리를 들으며 마음만 먹으면 뭐든지 할 수 있다고 생각했던 자신감이 조금씩 무너져내렸다.

'이유가 뭘까? 도대체 왜……?'

침대에서 일어난 인서는 책장에서 백과사전을 꺼냈다. 그러고는 혹시나 하는 마음으로 열심히 훑었으나 역시 소용이 없었다. 백과사전에는 매미의 일생이 그림까지 곁들여 아주 상세하게 나와 있었지만, 어째서 매미가 불과 여름 한 철을 살기 위해 17년 동안이나 땅속에서 애벌레로 살아야 하는지에 대해서는 아무런 설명도 없었던 것이다.

매미의 17년

다음날 아침 인서는 생물학과 교수를 찾아갔다.

「매미가 애벌레 상태로 17년 동안 땅속에서 지내는 이유가 뭐냐구?」

「네.」

「못 보던 얼굴인데, 우리 과 학생인가?」

「아닙니다. 졸업생입니다.」

「음, 그래? 뒤늦은 학구적 열정 때문인가? 전공이 뭐였나?」

「역사학입니다.」

「역사학?」

초로의 교수는 인서의 얼굴을 잠시 바라보다가 애정이 담긴 따스한 목소리로 말했다.

「무엇 때문에 그걸 궁금해하는지 모르겠지만 자네가 물어본 그 문제에 대해서는 나로서도 아는 바가 없네.」

「……」

「미안하네.」

「아니, 괜찮습니다.」

「곤충학을 하는 동료에게 한번 알아볼 테니, 며칠 후에 연락해보게나.」

「고맙습니다.」

인서는 교수 연구실을 나오면서 느닷없이 생물학과 교수를 찾아간 자신의 행동을 스스로도 의아하게 여겼다.

며칠 후, 생물학과 교수는 다시 찾아온 인서를 여전히 친절하게 맞아주었지만, 대답은 지난번과 마찬가지였다.

「매미가 어째서 애벌레 상태로 그렇게 오랜 세월을 땅속에서 보내는지는 알 수가 없었네. 나의 동료들도 그것에 대한 해답을 모르더군. 비록 곤충학자라고 하더라도 말일세.」

「네, 교수님. 잘 알았습니다. 신경 써주셔서 고맙습니다.」

「해답을 주지 못해 미안하네.」

인서는 고개를 숙이고 연구실을 나와서는 오랜만에 교정의 벤치에 앉았다.

참으로 이상한 일이었다. 〈13의 비밀〉이란 도메인을 가진 자는 왜 곤충학자들도 모르는 문제를 내놓았고, 또 자신은 왜 이렇게 그 문제에 끌리는 걸까. 인서는 무척 혼란스러웠다.

인서는 여름방학 중이라 도서관에 드나드는 학생들만 오갈 뿐 썰렁한 교정을 바라보면서 매미 문제에 끌리는 자신의 내면에서 이상한 변화가 일어나고 있음을 감지했다.

대학 시절 내내 친구들이 기말고사니 각종 자격증 시험이니 고시니 하며 도서관에서 시험 준비로 한창 바쁠 때, 인서는 이를 외면한 채 진리에 목말라하며 각종 철학 서적을 탐독하고 사색에 잠기곤 했다. 친구들이 모두 도서관에 몰려가 있을 때, 인서는 나무 밑 잔디에 누워 있거나 연못가 벤치에 앉아 있곤 했던 것이다.

인서는 이런 자신을 근심 어린 눈으로 바라보는 부모의 시선이 부담스러웠었다. 그러다가 지난여름 아버지가 다시 연구차 캐나다로 떠나게 되자, 인서는 독립하고 싶다면서 가족들만 떠나보내고 혼자 오피스텔을 얻어 생활해왔던 것이다.

결과적으로 인서는 진리의 발견에 실패했다. 한때는 절에 가서 수행이라도 해볼까 생각했던 적도 있지만 결국 진리는 없다고 결론을 내렸다. 인서는 이러한 결론이 바로 현대철학의 핵심이라고 스스로 위안했다.

그 후 인서는 자신이 좋아하고 관심 있는 일에만 몰두하는 것이 곧 진리라고 주장했으며, 자신이 모르는 일이면 알 필요도 없는 것이라고 무시해왔다. 그러고는 이제 대학교를 졸업하고 무엇을 하며 살 것인가 모색하며 지내는 중이었다.

그런데 인서는 엉뚱하게도 매미의 일생과 관련된 문제에 끌려든 것이다. 인서는 그 사이트를 개설한 사람이 보통 인물은 아닐 거라고 생각했다. 그리고 〈13의 비밀〉이라는 것도 허황되고 단순한 내용이 아닐 것 같았다. 인서는 인터넷으로 들어가서 다시 그 사이트를 찾았다.

「앗!」

이상한 일이었다. 〈13의 비밀〉이라는 사이트는 사라지고 없었다. 몇 번이나 검색을 해봤지만 아무런 흔적도 없이 사라져버렸던 것이다. 인서는 고개를 갸우뚱했다. 다른 도메인으로 바꾸기 위해 기존의 도메인을 없애는 경우도 있고 여러 가지 이유로 도메인 등록이 취소당하는 경우도 있긴 하지만, 〈13의 비밀〉이 그런 경우에 해당되리라고는 전혀 예상치 못했다.

인서는 왠지 허전한 느낌이 들었다. 이상한 문제에 끌리며 놀라운 변화가 자신의 내면에서 일어나고 있다는 것을 어렴풋이나마 감지한 인서에게 그 도메인의 증발은 온몸의 힘을 쭉 빼놓았다. 인서는 닷컴도메인을 관리하는 미국의 인터닉으로 전화를 걸었다.

「갑자기 그 도메인을 폐쇄하겠다고 해서 우리는 그렇게 해주었을 뿐입니다. 도메인 소유자의 인적사항은 본인의 요청에 따라 알려줄 수가 없습니다. 피해가 발생했다면 일단 사법 당국에 신고하십시오. 우리는 수사기관이 법원의 영장을 가져올 때라야만 도메인 소유자에 관한 정보를 제공할 수 있습니다.」

힘들게 연결된 담당자와의 통화는 맥 빠지는 것이었다. 인서는 전화를 끊으면서 무력감에 휩싸였다. 인터넷의 세계에서는 모든 것이 바로 코앞에 있는 것 같지만, 막상 그 속을 들여다보면 세상은 여전히 오리무중이다.

인서는 〈13의 비밀〉이라는 사이트가 사라진 이유가 무엇일까 곰곰이 생각하다가 사이버 수사대에 근무하는 친구 성현을 떠올렸다.

성현은 인서의 전화를 받고 바로 달려나왔다.

「너 좀 이상하다?」

「뭐가?」

「염세주의자 같은 얼굴을 하고 있잖아.」

「내 표정이 그래? 나도 잘 모르겠어, 내가 왜 이러는 건지.」

「무슨 일 있어?」

「매미, 매미 말야.」

「매미라구?」

「그래, 매미의 인생, 아니 충생 말이야.」

「그게 무슨 말이야?」

인서의 얘기를 듣고 난 성현은 미소를 지었다.

「잠깐의 행복을 위해 오랜 세월 땅속에 파묻혀 지내다가 이 세상을 뜬다는 얘기잖아.」

「그런 셈이지. 내가 궁금한 건 매미가 그렇게 오랫동안 땅속에서 지내는 것에 어떤 생물학적 근거가 있는가, 있다면 과연 그게 무엇인가 하는 거야.」

「산이 있고 물이 있는 것처럼 그것도 그냥 자연의 이치 아닌가? 그게 뭐 그렇게 중요하지?」

「거기에는 어떤 중요한 이유가 있을 것 같은 느낌이 들어. 그 사이트가 단순한 장난이 아닌 것 같거든.」

「그런 건 그만 잊어버리고 자, 맥주나 마시자.」

「그놈의 매미가 어째서 단지 한 철을 살기 위해 17년 동안이나 땅속에 있어야 하는지 나는 도저히 이해할 수 없어. 자연의 법칙, 아니 다른 동물이나 곤충들과는 너무도 다르잖아.」

「너 진짜 그 문제에 푹 빠졌구나.」

「단순히 그 문제뿐만이 아냐. 〈13의 비밀〉이라는 게 좀처럼 머리에서 떠나질 않아. 뭔가 굉장한 게 있을 것 같은 생각이 들어.」

「후후, 13이 불길한 숫자라는 건 세상 사람 모두가 알아. 그러니 그 도메인이 그냥 있었어도 누가 죽었는데 그날이 13일이었다, 역사상 대량 학살이 벌어졌던 날도 모두 13일이었다 하는 식 아니겠어?」

「처음에는 나도 너처럼 그렇게 생각했어. 하지만 매미를 생각하다 보니 차츰 그런 시시한 얘기가 아닐 거라는 예감이 든단 말야.」

「그럼 도대체 어떤 얘기라는 거지?」

「모르겠어. 하지만 이 세상에는 우리가 알지 못하는 엄청난 비밀이 존재하고 있는 게 아닐까 싶어. 이 매미만 해도 곤충학자조차 모르는 이상한 숫자에 의해 존재하잖아. 17이라는 숫자 말야. 그런데 모든 인간에게 알려져 있는 13이란 숫자는 더하면 더했지 못할 리 없다는 생각이 들어. 그 도메인의 타이틀도 〈13의 비밀〉이었고……」

「나는 무슨 말인지 도무지 모르겠다. 너 엉뚱한 건 여전하구나.」

「성현아, 날 좀 도와줘라?」

「내가? 어떻게?」

「그 사람의 인적사항을 좀 파악해줘.」

「그 사람이라니?」

「〈13의 비밀〉이라는 사이트를 개설했던 사람.」

「참 나, 그게 그렇게 중요해?」

인서는 말없이 고개를 끄덕였다. 성현은 일단 인서로부터 상대방에 관한 정보를 받아 적었다.

「국내도 아니고 미국이라 쉽지 않을 텐데.」

「사이버 수사관이 그런 것 하나 못 할라구.」

「알았어. 일단 알아는 보자. 자, 이제 술이나 마셔.」

둘은 오랜만에 맥주잔을 부딪쳤다.

혼돈

성현은 다음날 전화를 걸어왔다.

「좀 알아봤어? 어떤 사람이야?」

「그 사람 무슨 사기를 치려고 했던 것 같아.」

「왜?」

「모든 게 다 가짜야. 인터넉에 제출한 인적 기록과 주소 모두 가짜였어. 돈은 현금으로 지불했고. 처음부터 의도적으로 정체를 노출시키지 않으려고 했어.」

「사기범은 아니야. 난 느낄 수 있어. 뭔가 비범한 사람이야. 그런데 어떻게 그 사람을 찾는다?」

성현이 기다렸다는 듯 말했다.

「이런 방법을 써보면 어떨까?」

「어떤 방법인데?」

「인터넷에 그것과 유사한 사이트를 개설하는 거야.」

「그게 무슨 얘기지?」

「예를 들면 그 사이트가 〈13의 비밀〉이었으니 〈비밀의 숫자

13)으로 사이트를 여는 거야. 그리고 상황을 지켜보는 거지.」

「그게 의미가 있을까?」

「그럴걸. 어떤 사정이 있는지는 모르겠지만, 이런 식으로 사이트를 열어두면 틀림없이 반응이 있을 거야. 그 사람이든, 아니면 그 사람과 관계된 다른 사람이든 말이야.」

「그럴듯하군. 그건 범죄심리를 연구한 데서 나오는 묘법인가?」

「그렇다고 할 수 있어.」

성현과 통화를 끝낸 인서는 즉시 인터넷에 사이트를 개설했다. 절차는 간단했다. 도메인을 등록하고 호스팅비를 지불하고 지극히 간단한 디자인을 해서 웹사이트에 띄웠다.

그날부터 인서는 사이트 방문자를 체크했다. 그러나 유감스럽게도 조회자는 거의 없었다.

'매미가 17년을 땅속에서 살다가 밖으로 나와서는 한 철 살고 죽는 이유를 아십니까'라는 것이 콘텐츠의 전부니, 사람들이 계속 관심을 가질 리가 만무했다. 인서는 쓴웃음을 지었다. 그런데 어느 날 간혹 올라오는 댓글 가운데 인서의 눈길을 끄는 글이 있었다.

내용인즉슨 이런 문제는 고승들에게나 어울리니 그게 정말로 궁금하면 인터넷 안에서 이러고 있지 말고 고승을 한번 찾아가보는 게 어떻겠느냐는 다소 장난스런 조언이었다. 그러자 밑의

최후의 경전

댓글에 좋은 생각이라며 자기는 통도사의 지관 스님을 한번 뵌 적이 있는데 그 도가 하늘에 닿아 있더라고 친절히 그 대상까지 적어놓은 네티즌도 있었다.

처음에는 무심히 넘긴 제안이었는데 인서는 어느 순간부터 그렇게라도 한번 해볼까 싶은 생각이 들었고, 마침내 궁금한 건 못 견뎌 하는 성격상 그냥 여행이라도 하자는 심사로 배낭을 챙겼다.

인서가 찾아간 통도사는 신도들과 관광객들로 붐볐다. 그러나 본사를 지나 20분쯤 걸어 올라가자 나타난 극락암은 의외로 고요했다. 대나무에 스치는 바람 소리와 은은히 울리는 풍경 소리만 들리는 고즈넉한 분위기였다.

인서는 마침 지나가던 동자승에게 지관 스님을 뵙고 싶다고 말하고는 밖에서 기다렸다. 10여 분을 기다렸는데도 방으로 들어간 동자승은 감감무소식이었다. 인서는 참다 못해 방문을 살짝 열고 들여다보았다. 점잖아 보이는 스님 한 분이 명상에 잠긴 듯 눈을 감은 채 앉아 있었고, 그 앞에 무릎을 꿇고 앉아 있는 동자승의 모습이 보였다. 인서를 보고 밖으로 나온 동자승은 기다리라고 말하고는 어디론가 사라져버렸다.

인서는 30분쯤 기다리다가 다시 그 방 앞으로 가 귀를 기울였다. 방문을 살짝 열어보니, 스님은 여전히 아까 자세 그대로 꼼짝 않고 있었다.

인서는 다른 스님을 찾았지만 아무도 보이지 않아 할 수 없이 통도사로 내려왔다. 그리고 절 구경을 하다가 날이 어두워지자 하룻밤을 보내기 위해 근처 여관을 찾았다.

다음날 아침 극락암을 다시 찾아간 인서는 동자승을 두 시간 이상 따라다닌 끝에 비로소 지관 스님을 만날 수 있었다. 인서는 매미 이야기를 꺼냈다. 지관 스님은 그 매미 이야기를 듣자마자 마치 세상의 모든 일을 알고 있는 사람처럼 한마디 내뱉었다.

「생로(生路)를 찾은 놈이로다.」

「대사님, 그게 무슨 말씀입니까?」

「좀 꼬불꼬불하게 생로를 찾은 놈이로다. 일개 미물이 대견하기도 하구나.」

「그러면 17년이 생로란 말씀입니까?」

「아무렴, 그렇잖구.」

「무슨 말씀인지 좀 자세하게 설명을 해주십시오.」

「나는 모른다.」

「아니, 모르신다구요? 조금 전 생로를 찾았다고 하시지 않았습니까?」

「그건 그렇다. 하지만 그 이상은 나도 모른다.」

「대사님, 17년이 생로라고 생각하셨다면 거기에는 반드시 이유가 있을 것 아닙니까? 왜 17년이 생로인지 말입니다.」

최후의 경전

「그래, 세상의 모든 일에는 인과가 있지. 네가 나를 찾아온 것도 인과인 게고, 매미가 땅속에서 17년을 사는 것도 인과에 의한 것이야. 하지만 내게는 인과를 들여다볼 만한 눈은 없으니 모른다고 하는 게다.」

인서는 도대체 지관 스님이 무슨 말을 하는지 이해할 수가 없었다.

「그러시면서 어떻게 매미가 17년에 의해 생로를 찾았다고 확신하십니까?」

「세상의 사물을 보는 법은 여러 가지가 있게 마련이지. 원인과 결과를 촘촘하게 따지는 법도 있고, 그냥 들여다보고 느끼는 법도 있어. 어느 것도 맞지 않고 어느 것도 틀리지 않는 게지. 너에게 나는 교육도 못 받은 무식쟁이로 보일 테고, 나에게 너는 속세에 찌든 불쌍한 중생으로 보이구 그런 게야.」

인서는 여전히 아쉬워하는 얼굴로 스님을 바라보았다.

「이름이 인서라고 했지? 인서야, 나는 능력이 없어 너에게 왜 매미가 17년이나 땅속에서 사는지 자세하게 일러줄 수 없지만 세상에는 모든 것을 대답해줄 수 있는 진인(眞人)도 존재하는 법이다. 네가 정말 그 이유를 알고 싶다면 한 분을 알려주겠다. 한 번 찾아뵙겠느냐?」

「네? 그런 분이 계세요?」

「세상에는 나 같은 땡중도 있지만 나로서는 도저히 따라갈 수 없는 고인(高人)도 계시지. 내가 얘기하는 그분은 속세에 모습을 드러내시지 않는다. 하지만 네가 그 문제를 가지고 찾아뵈면 재미있어하실 것 같구나.」

인서는 세상이란 참 넓고도 넓다고 생각했다. 지관 스님만 해도 이루 말할 수 없이 높은 단계에 이른 분 같은데, 이런 분이 자신을 땡추에 비견할 정도라면 도대체 그 고인은 어떤 사람일지 궁금했다.

「그렇게 덕이 높은 분이 이런 사소한 문제에 관심을 가지시겠습니까?」

「그럴 게다.」

「사소한 매미의 문제일 뿐인데 과연 그럴까요?」

「그런 분께는 사소한 것도 없고 중요한 것도 없는 법이니라.」

인서는 궁금증이 더욱 커졌다.

「그분은 대사님의 친구십니까?」

「아니, 한 번도 만난 적이 없는 분이다.」

「그러면서 어떻게 그분에 대해 아실 수 있습니까?」

「허허, 내가 도량은 없어도 세상의 법을 아는 사람을 느낄 수는 있단다.」

「그분은 지금 어디에 계십니까?」

「백두산.」

「음, 백두산이라면 찾아가기 힘들 것 같습니다. 중국을 통해야

　　　　　　　　　　　　　　　　최후의 경전

하는 것도 그렇고, 산이 크고 험한데다 낯설기까지 하니…….」

「무호호호.」

지관 스님은 괴상한 소리를 내며 웃었다. 인서는 곧 자신이 너무나 한심한 얘기를 했다는 것을 깨달았다. 지관 스님은 세상에서 가장 신비한 사람에 대해 얘기하고 있는데, 자신은 속세 일을 얘기했던 것이다.

「백두산 어디에 가면 그분을 뵐 수 있습니까?」

「그것은 나도 모른다. 내가 가도 찾을 수 있을지 자신이 없고. 아마도 그분은 있는 듯 없는 듯 존재하실 게다.」

지관 스님이 이런 정도로 얘기하는 분이라면 결코 보통 사람은 아니리라. 인서의 뇌리에 불현듯 성철 스님이 떠올랐다. 성철 스님이라면 최고의 선승이 아닌가. 인서는 은근히 지관 스님이 말한 그 사람과 성철 스님을 비교해보고 싶었다.

「대사님, 그분은 성철 스님보다 깨달음이 깊으신 분입니까?」

「내가 얘기하는 분은 성철 스님과는 가시는 길이 다르다.」

「네? 어떻게 다릅니까?」

「그것은 내가 얘기해주어도 너는 이해할 수 없을 게다.」

「그래도 듣고 싶습니다.」

지관 스님은 동자승이 끓여온 차를 한 모금 마시고는 눈길을 산 아래로 던졌다. 어디선지 들려오는 산비둘기 소리가 처량했다. 산비둘기 소리를 실어온 바람은 다시 풍경을 울린 다음 쏴

소리를 내면서 산 아래로 달음박질쳐 갔다.

인서의 눈에는 자비롭고 여유 있는 지관 스님의 얼굴이 환한 달덩이처럼 들어왔다.

「성철 스님이 8년간이나 정좌불와(正坐不臥)를 하시면서 몰두한 것은 영혼의 해탈이었다. 무엇에도 흔들리지 않으려면 세상의 모든 것은 마음이 지어낸 환상임을 깨달아야 한다고 생각하신 거지. 그것은 예로부터 내려오는 석가의 가르침과 궤를 같이하는 것이었다. 바로 일체유심조(一切唯心造)지.」

「정통적 수행법이군요. 성철 스님은 결국 성불하셨습니까?」

「산은 산이요, 물은 물이로다.」

「성철 스님이 하신 말씀이군요.」

「허허, 너도 그것을 알고 있구나.」

「저도 한때 깨달음을 얻어보려고 세상의 온갖 종교, 철학을 섭렵했던 적이 있습니다.」

「오호, 대견하다. 그렇다면 아직도 마음속에 미련이 있을 터. 성철 스님이 너를 보셨으면 그런 어려운 공부 하지 말고 컴퓨터나 열심히 하라고 하셨을 것 같구나.」

「제 전공은 역사학이지만 컴퓨터 천재로 불리기도 합니다.」

인서는 별로 자신을 내세우는 편이 아니었지만 왠지 지관 스님 앞에서는 편하게 자신을 있는 그대로 드러내고 싶었다.

「그렇다면 네가 바로 성철 스님이로다. 성철 스님이 성불하셨으면 너도 성불했고, 네가 성불했으면 성철 스님도 성불하신 것이로다.」

인서의 질문과는 동떨어진 대답이었다. 하지만 인서는 진리를 구하려고 애썼던 적이 있다는 자신의 말에 지관 스님이 화두를 던지는 것이라고 생각했다.

「제게 주시는 화두군요.」

「화두? 말대가리 말이냐? 말대가리를 달라면 하나 주지. 너에게 주는 화두는 성철 스님이 주셨을 바로 그 말이다.」

「그러면 '어려운 공부 하지 말고 컴퓨터나 열심히 하라'는 말씀입니까?」

「그래야 밥을 먹고 살지 않겠느냐?」

「밥이 그리도 중요한 화두입니까? 성철 스님은 밥을 떠나려 하셨을 것 같은데요.」

지관 스님은 한참 동안 생각에 잠겼다가 입을 열었다.

「불법은 슬픈 것이니라. 모든 것은 공이니 비우려고만 하지. 비우지 못하니 비우려고 하는 것이란다.」

「그럼 백두산에 계신 분은 어떻습니까?」

「아마 그분은 많이 채우고 계실 게다. 채우지 못했으니 계속 채우려 하실 터. 그게 두 분의 다른 점이야.」

인서는 무슨 말인지 이해하기 힘들었지만 더 이상 캐묻지 않았다.

「아무튼 대사님, 저는 이 매미의 문제를 풀 수 없을 것 같습니다. 아무래도 백두산까지는 가게 될 것 같지 않거든요.」

「허허, 세상 일은 모두 인연으로 얽혀 있단다. 가고자 해도 인연이 없으면 못 가고, 또 가도 그분을 뵐 수 없지. 하지만 인연이 있다면 절에서도 고기를 얻어먹을 수 있는 법이야.」

「고맙습니다. 대사님. 그런데 그분 함자가 어떻게 되십니까? 아참, 함자가 아니라 법명이라 하는 겁니까?」

「그래, 그분은 진도자(眞道子)라고 불리신다.」

「과연 그분은 이름부터 멋있군요.」

「허허허.」

「대사님, 제가 당장 가보지는 못하겠지만 그 이름은 머리에 넣어두고 가겠습니다. 언젠가는 만나뵐지도 모르잖습니까.」

「그래, 인연이 있다면 언젠가 만나겠지. 잘 가거라.」

인서는 서울로 돌아오는 버스 안에서 이상한 점을 느꼈다.

'어째서 지관 스님은 진도자란 인물이 그 시시한 매미 문제에 대해 관심을 가질 것이라고 하셨을까?'

알 수 없는 일이었다.

탄트라의 경전

울란우데. 시베리아 부랴트공화국의 수도인 이 도시에는 좀처럼 외국인이 찾아들지 않는다. 하바로프스크나 이르쿠츠크로부터 오는 비행기가 없는 것은 아니지만 비행기는 거의 텅 빈 채 운행된다. 승객들 가운데 아주 여유가 있는 내국인들이나 몇몇 찾아볼 수 있을까, 외국인은 눈을 씻고 보아도 찾기 힘들다.

부랴트는 깊은 침엽수림과 더불어 세계에서 가장 깨끗하다는 바이칼 호수를 끼고 있어 풍부한 관광자원을 갖춘 셈이지만 아직 관광사업에는 눈을 뜨지 못하고 있다. 사실 겨울이 길고 혹독한 시베리아에서 관광이란 어울리지 않는 사업이기도 하지만, 무엇보다도 이들에게는 외국인을 끌어오기까지 들여야 할 투자자금이 없다.

그러나 이 나라에는 이 세상 어디서도 찾아볼 수 없는 진귀한 물건이 있다. 이 사실을 아는 몇몇 소수의 사람들에게는 이곳 박물관에 있는 탄트라의 경전들이야말로 보배 중의 보배다. 거기에는 비단 종교적 가르침만 들어 있는 것이 아니다. 오래전에 기록된 이 탄트라의 경전에는 신비한 고대인들에 대한 너무도 진귀한 정보들이 수록되어 있다.

하지만 이 경전들이 모든 사람의 주목을 받고 있는 것은 아니다. 러시아아카데미에서 이런 사실을 조사하여 발표한 이후 반짝 관심이 끌리긴 했지만 그 후로는 학자들의 발길마저 뜸해졌다. 시베리아란 그런 곳이다.

「오오, 믿을 수가 없어!」

부랴트 국립박물관의 한 작은 방에서 터져나오는 탄성은 가느다랗게 떨렸다.

「도대체 어떻게 이런 일이……!」

이어지는 목소리도 경악으로 가득 찬 것이었다. 방 안에는 울란우데에서는 좀처럼 보기 힘든 두 명의 외국인이 있었다. 몇십 권의 낡은 경전이 테이블 위에 놓여 있었고, 두 사람의 입에서는 쉴 새 없이 탄성이 터져나왔다.

「애덤스 박사, 도대체 이 사실을 어떻게 믿을 수가 있습니까?」

「정말 놀랍습니다, 터너 박사.」

「이럴 수 있는 가능성에 대해서는 언제나 기대를 가져왔지만 막상 사실로 드러나니 도저히 믿기 어렵군요.」

「탄트라의 경전에 이상한 내용이 적혀 있다는 연구 결과가 러시아아카데미를 통해 몇 차례 발표된 적은 있지만, 이렇게 엄청난 사실이 이토록 자세하게 기술돼 있을 줄이야……」

「지난 몇 년 동안의 고생이 순식간에 눈 녹듯 사라지는군요.」

「물론입니다, 터너 박사.」

「그런데 이 경전을 어떻게 하죠?」

터너의 눈에 야릇한 빛이 떠올랐다.

「일단 사진을 찍고, 내용은 복사를 해서 가지고 나가야겠지만……」

애덤스의 목소리에도 심상치 않은 기운이 배어 있었다.

「하지만…… 분실될 우려가 있지 않을까요?」

「그렇군요.」

이미 두 사람의 마음속 깊은 곳에서는 결론이 나 있었지만 그들은 굳이 말을 돌렸다. 그러나 곧 터너가 심중에 있는 말을 꺼냈다.

「이 박물관에선 아무도 널브러져 있는 이 경전들에 주목하지 않습니다. 귀중한 경전이 이대로 방치되었다가는 멸실될 우려가 크니 우리가 가지고 나가는 것이 어떨까요?」

「그래요, 그게 좋겠군요. 우리가 발표할 경우 사람들이 벌떼처럼 달려들어 증거를 대라고 할 텐데 복사본만으로는 미흡할 수도 있구요.」

두 사람의 결론은 완전히 일치했다.

「다행히 경비원도 검색을 하지 않으니 그냥 가지고 갑시다. 내가 가방에 넣어서 가지고 나가죠.」

애덤스는 말없이 고개를 끄덕이고는 주변을 살폈다. 두 사람은 눈동자를 번득이며 터너의 두툼한 가방 안에 경전을 넣고는 아무 일 없다는 듯 평소와 같은 얼굴로 박물관을 나섰다. 영문을 알 리 없는 박물관의 경비원은 애덤스와 터너에게 애정이 담긴 거수경례를 했다.

다음날 아침 애덤스와 터너는 서둘러 비행기에 올랐다. 그리고 울란우데를 떠나 하바로프스크에 도착한 후 일본의 니가타를 거쳐 뉴욕까지 날아갔다.

은밀한 회의

미국 정부의 독점금지법 위반 소송과 관련하여 일 년 내내 빌 게이츠를 쫓고 있던 《뉴욕타임스》 기자 핼로란은 벌레 씹은 표정이었다. 그야말로 닭 쫓던 개 지붕 쳐다보는 격이 되고 말았던 것이다.

「선배, 놓쳐버리고 말았어요.」

추적팀의 후배 기자가 전화로 이렇게 말하자, 핼로란은 낭패한 목소리로 내뱉었다.

「나도 알아. 그만 철수해.」

핼로란은 추적팀을 보내고 나서도 선팅한 자동차 안을 들여다볼 수 있는 투시 안경도 벗지 않은 채 한동안 멍하니 앉아 있었다.

핼로란은 감쪽같이 따돌림 당한 분을 삭일 수가 없었다. 《뉴욕타임스》로서는 빌 게이츠가 오늘 밤 누구를 만나는가를 아는 것은 너무도 중요했다. 그래서 편집국장은 주로 살인사건을 담당하는 민완기자이자 《뉴욕타임스》의 간판인 핼로란에게 빌 게이츠의 추적을 맡겼던 것이다.

마이크로소프트의 독점금지법 위반이 어느 정도까지 인정될 것이냐가 초미의 관심사인 가운데 뉴욕에 온 빌 게이츠가 만나는 사람을 파악하면 어떤 식으로 로비를 하고 있는지도 알 수 있을 것이다. 물론 대부분의 로비는 마이크로소프트를 위해 일하는 세계 최고의 변호사들이 은밀히 진행하고 있지만, 막바지인 요즘 빌 게이츠가 만나는 사람들이 중요한 것은 더 말할 나위도 없었다.

핼로란은 빌 게이츠가 뉴욕에 머무르는 동안의 궤적을 늘 손바닥 안에 넣고 있었다. 빌 게이츠로서는 오늘 밤 일부러 모습을 드러내어 자신이 무엇을 하고 있는지를 보이는 게 훨씬 이득이 될 터였다. 하지만 그는 이상하게도 갑자기 핼로란을 따돌리고 종적을 감춰버렸다. 이런 행동의 이면에는 분명 뭔가가 있을 것 같았다. 그것은 바로 기자 생활 20년이 다 되어가는 핼로란의 직관이었다.

「시원한 맥주나 한잔하시죠.」

핼로란의 끓는 모습이 안타까웠는지, 운전석의 마이클이 은근히 유혹했다. 핼로란은 말없이 고개를 끄덕였다. 달리 방법이 없었다.

「그런데 이상하지 않아?」

곰곰이 뭔가를 생각하던 핼로란이 혼잣말처럼 중얼거렸다.

「뭐가요?」

「이 친구는 없어졌는데, 다른 사람들은 다 있단 말이야.」

「다른 사람들이라뇨?」

「빌 게이츠가 만나야 할 사람들 말이야. 이 친구가 만나리라 예상되던 사람들은 모두 있다구.」

「정말 그렇군요. 다른 사람들은 모두 회의장에 있었죠. 혹시 여자를 만나는 것은 아닐까요?」

「미쳤어? 세계의 눈을 다 모아놓고 여자를 만나게? 그건 자살행위지.」

「그럼 이걸 어떻게 해석해야 되죠?」

「글쎄, 마이크로소프트가 당장 쪼개질지도 모르는데 이 친구는 다른 일로 뉴욕에 왔다? 이럴 수 있는 거야?」

「맥주나 한잔하면서 찬찬히 생각해보자구요.」

「그래, 46번가의 잭슨빌로 가자구.」

「네.」

마이클이 중앙선을 넘어 차를 돌리려는 순간이었다.

「어, 아니 저건! 야, 멈춰!」

「왜요?」

「빨리 방금 지나간 차를 쫓아!」

「어떤 차를 말하는 거예요?」

「빨리 저 차를 쫓으라구, 이 멍청아! 저 롤스로이스!」

마이클은 눈에 독기를 품은 핼로란을 흘끗 쳐다보고는 재빨리 핸들을 지그재그로 꺾어 지나가는 차들을 피한 후 바로 액셀러레이터를 힘주어 밟았다.

「저 롤스로이스 말입니까?」

「그래, 눈치 못 채게 해야 돼.」

「그건 염려 마십시오. 제 솜씨 잘 아시잖아요? 그런데 롤스로이스에 탄 자가 누구죠?」

「빅 로스차일드.」

「빅 로스차일드? 영국의……?」

「그래.」

핼로란의 표정이 여러 갈래로 나뉘었다.

「음, 왠지 묘한 예감이 드는데……」

「어떤 예감인데요?」

「아주 이상하잖아. 이 한적한 거리에서 5분 간격으로 세계 제일의 부자 두 사람을 보다니, 이게 과연 우연일까?」

「…….」

「물론 우연일 수도 있지. 그러나 우연이 아닐 수도 있어. 우연이 아니라면 뭘 말하는 거지?」

「글쎄요…….」

마이클은 롤스로이스를 뒤쫓느라 건성으로 대답했다. 그러자 핼로란은 혼잣말처럼 중얼거렸다.

「이런 시나리오를 그려볼 수도 있지 않을까? 빌 게이츠는 이미 마이크로소프트가 패배할 것으로 예측하고 있다. 그래서 회사를 분할해야 한다고 보고 파트너로 빅 로스차일드를 끌어들였다?」

「두 사람 사이에 어떤 관계라도 있나요? 왜 빅 로스차일드를 끌어들이죠?」

「그냥 시나리오일 뿐이야. 그래, 속단하지는 말자구. 하여튼 저 차를 놓쳐서는 안 돼.」

앞서가는 자동차는 미행을 눈치채지 못한 모양이었다. 세계 제일의 재력가 빅 로스차일드의 수행원들은 파파라치와의 숨바꼭질에 이력이 나 있었기 때문에 아주 은밀하게 움직이곤 했다. 그래서 오늘 밤의 자동차에도 특별히 선팅을 두껍게 입혀놓던 것이다. 아울러 사전에 모든 파파라치를 따돌릴 수 있는 작전을 폈음은 물론이다.

그러나 빅 로스차일드의 자동차는 너무도 우연히 헬로란의 눈에 띄고 말았다. 헬로란은 빌 게이츠를 뒤쫓기 위해 선팅 테이프를 투과하는 특수 안경을 끼고 있었던 것이다. 게다가 아주 우연히 마주쳤기 때문에 빅 로스차일드의 수행원들은 설마 쫓아오는 사람이 있으리라곤 생각조차 하지 못했다.

뉴저지의 한적한 저택 앞, 몇 분 간격으로 자동차들이 도착해

주인을 내려놓고는 다시 어디론가 미끄러져 가버렸다. 아마도 주인의 신분을 노출시키지 않기 위해서인 모양이었다.

「이제 어떻게 하죠?」

「집 뒤에 나를 내려놓고 자네는 가.」

「이따가 연락하실 거죠?」

「그래. 너무 취하지는 마. 입에 지퍼 꼭 채우고.」

「그건 염려 마세요.」

핼로란은 자동차에서 내려 주변을 둘러보고는 아무도 없는 것을 확인했다. 그리고 이들이 노출을 꺼려 지극히 평범한 저택을 사용하고 있다는 데 생각이 미치자 담을 넘어보기로 결심했다.

핼로란은 우선 호출기와 휴대폰의 스위치를 끄고 인적을 살핀 뒤 담장 밑에 붙어서 라이터를 꺼냈다. 그 라이터는 연방수사국에서 쓰는 장비 가운데 하나로, 전기나 전파의 흐름을 표시하는 안테나가 붙어 있었다.

역시 핼로란의 예상대로 담에는 특별 장치가 없었다. 다만 경비 회사에서 설치한 카메라가 한 대 달려 있을 뿐이었다. 그러나 카메라의 각도는 그리 예리하지 않아서 피할 수 있었다.

핼로란은 숨을 고르고는 하나 둘 셋을 센 다음 단번에 담 위로 올라서서 자세를 잡은 뒤, 카메라가 되돌아오기 전에 바로 정원으로 뛰어내렸다. 그러고 나서 배와 가슴을 땅에 붙인 채 한참이나 그대로 있었다.

핼로란은 아무런 변화가 없다는 확신이 들자 조심스럽게 기어서 움직였다. 정원은 꽤 넓었지만 경비원은 없는 것 같았다. 핼로란은 라이터를 꺼내서 전파의 흐름을 포착했다. 역시 아무런 장치가 되어 있지 않았다.

테라스가 아주 넓은 1층 방에 사람들이 모여 있는 것이 두꺼운 커튼 사이로 보였다. 핼로란은 마치 지렁이처럼 천천히 테라스 앞으로 기어갔다. 아라비아 타일로 만든 테라스 앞까지 기어간 핼로란의 눈에 그들의 모습이 하나 둘 들어왔다. 모두 열두 명이었다.

「세상에!」

핼로란은 도저히 자신의 눈을 믿을 수 없었다.

뉴욕이란 대도시에는 이름만 대면 입이 절로 벌어질 만한 사람들이 한두 명 살고 있는 게 아니지만, 오늘 밤 여기에 모인 사람들의 면면은 그야말로 이들 열두 명이 한자리에 모였다는 사실만으로도 세계 최고의 토픽감이 되고도 남을 정도였다.

그중에는 오늘 밤 핼로란이 놓친 빌 게이츠도 있었다. 그리고 핼로란이 우연히 쫓아온 빅 로스차일드도 있었다. 그의 예감이 적중했던 것이다.

핼로란은 문득 검은 양복을 입길 잘했다는 생각이 들었다. 아내는 오늘따라 이상하게도 핼로란이 싫어하는 검은 양복을 극구 권했고, 그래서 마지못해 그 옷을 입고 나왔던 것이다. 핼로란은 아내야말로 한평생 자신을 지켜준 수호천사라고 생각하면서 조용히 수첩을 꺼내 한 사람 한 사람의 이름을 적어나갔다.

'빅 로스차일드, 록펠러, 빌 게이츠……'

그러고는 은밀한 동작으로 라이터의 안테나를 유리창에 댄 후 리시버를 귀에 꽂았다. 그 라이터는 도청기 역할까지 가능한 것이었다.

열두 사람은 원탁에 둘러앉아 있었다. 핼로란은 그들이 한자리에 앉은 것을 보자 문득 '세계를 지배하는 12인의 모임'이란 말이 생각났다.

'이들이 바로 그들일까?'

그들 열두 명이 자리한 원탁 위에는 각각 한 권의 책이 놓여 있었다. 누군가가 책을 펼치고 읽기 시작하자 나머지 사람들은 눈으로 글귀를 쫓아갔다. 시간이 한참 지나고 나서야 비로소 사람들은 책을 덮었다. 그러더니 이번에는 눈을 감고 기도를 하기 시작했다. 역시 누군가가 기도를 인도했고, 기도하는 사람의 목소리가 점차 열기를 띠자 사람들의 표정은 고조되다 못해 격렬해졌다. 그러다 목소리가 잦아들자 사람들도 평화를 되찾는 듯 숨소리가 골라지고 얼굴의 붉은 기색도 잦아들었다.

핼로란은 책을 읽는 사람의 거듭되는 언급을 통해 그 책이 바로 유대교의 원전인 카발라인 걸 알았다.

최후의 경전

이윽고 기도가 끝나자 집사가 들어와 경전을 치웠으며, 잠시 후 한 사람이 일어섰다. 핼로란의 눈이 어둠 속에서 빛났다. 커튼 사이로 신경을 집중해 보니 그는 실질적인 세계 제일의 부자이자 영국의 로스차일드 가문을 대표하는 빅 로스차일드였다. 그는 좌중을 훑어보며 나직하지만 힘 있는 목소리로 입을 열었다.

「마이크로소프트는 리눅스나 구글에 좀 더 여유를 주도록 하시오.」

「네.」

빌 게이츠가 고개를 끄덕였다. 이상한 대화였다.

「차츰 시장점유율을 나누도록 하시오. 리눅스뿐만 아니라 사소한 브라우저들도 모두 인정해주시오. 미국 법무부에서 지난 2000년 초의 독점 조항을 다시 심각하게 들여다보고 있소. 이것은 그분의 생각이기도 하오.」

「알겠습니다.」

핼로란은 자신의 귀를 의심하지 않을 수 없었다. 이게 도대체 말이나 되는가? 세계 제일의 부자들에게 영향력을 미치는 또 다른 인물이 있다니? 그는 누구이며, 어디에 존재한단 말인가.

「일본의 마사요시는 어떻게 합니까?」

그랜드 카너가 나지막하면서도 무게 있는 음성으로 물었다. 그는 골드만삭스를 비롯한 주요 투자 은행에 분산투자를 해놓고 있지만 실질적으로는 세계 금융 재벌 중의 재벌이었다.

「아직은 그냥 놔두시오. 일본의 재계에서도 마사요시에 대한 의심의 눈초리를 거두지 않고 있소. 그는 인터넷 주가 오르는 속도를 밑천으로 하고 있소. 주식이 상승하는 속도로 이자를 충분히 감당할 수 있다고 믿는 거요. 하지만 금융 부담이 너무 커요. 조금이라도 비정상적인 상황이 오면 하루아침에 무너질 거요.」

「당연하오. 마사요시는 한 번도 공황성 불황을 경험하지 못한 애송이니까.」

비웃듯 내뱉는 탁한 음성의 주인공은 군수 재벌 블랙 웰스였다. 핼로란은 블랙 웰스까지 이 모임에 와 있다는 사실에 다시 한 번 놀랐다.

잠깐 침묵하는가 싶더니 빅 로스차일드가 입을 열었다.

「나는 얼마 전 그분을 뵙고 왔소. 그분은 지금 최후의 지혜가 담긴 경전을 찾고 있소.」

「최후의 지혜를 담은 경전이라구요?」

「그렇소. 그분은 카발라와 짝을 이루는 경전이 이 세상에 존재한다고 말씀하시면서 그 경전이야말로 최후의 지혜라고 하셨소.」

「카발라와 짝을 이루는 경전? 불경을 얘기하는 겁니까?」

「아니요. 그분은 불교에서는 그 비밀을 얻어내시지 못했소.」

「그렇다면 코란?」

빅 로스차일드는 고개를 가로저었다.

　　　　　　　　　　　　　　　　　　　　　최후의 경전

「불경이나 코란이 아니라면 도대체 뭐요? 세상에 정말 그런 게 있소?」

「그렇다 하오. 그분의 말씀이니 나도 잘 모르지만 우리의 나아 갈 길을 담은 선지식이 그 경전에 있다고 하오.」

「오! 메시아여.」

누군가의 입에서 탄식이 흘러나왔다.

그들이 자리에서 일어나기 시작하자 핼로란은 두근거리는 가 슴을 간신히 진정시키고 땅바닥을 기었다. 그러고는 담장 밑에 서 쥐죽은 듯 있다가 감시 카메라가 지나간 뒤 얼른 담을 뛰어넘 었다.

경고

인서는 지관 스님을 만나고 돌아온 뒤 진도자라는 인물에 대한 궁금증이 사라지질 않았다.

'도대체 어떤 사람이기에 지관 스님같이 도가 높은 인물이 자신을 땡추에 비하면서 소개하셨을까? 과연 진도자는 매미의 문제에 대해 답을 줄 수 있을까?'

그러나 현재 무엇보다도 인서를 사로잡는 건 〈13의 비밀〉이라는 사이트를 개설했다가 갑자기 폐쇄해버린 인물이었다. 인서가 그를 찾기 위해 만든 〈비밀의 숫자 13〉 사이트는 차츰 접속자가 늘어갔지만 그와 관련되어 보이는 사람은 아직 접속한 것 같지 않았다.

그러던 어느 날이었다. 외출하고 돌아온 인서는 기계적으로 컴퓨터를 켜다 이메일이 와 있는 것을 발견했다. 인서는 가슴을 두근거리며 열어보았다. 영어로 된 이메일의 내용을 보는 순간 인서는 깜짝 놀랐다.

당신은 쓸데없는 일을 했소. 어쩌면 위험에 빠질지도 모르오. 그러니 빨리 이 사이트를 폐쇄하시오.

인서는 도대체 이메일의 내용을 이해할 수 없었다. 매미의 수수께끼를 알기 위해 열었던 사이트에 이름도 신분도 밝히지 않은 사람이 들어와 위험에 빠질지 모르니 사이트를 폐쇄하라고 경고하는 것을 어떻게 받아들여야 할지 판단이 서지 않았다.

내용으로 보아 일단 장난이라고 단정하고 무시하기로 했지만 그게 그리 쉽게 잊혀지지 않았다. 아니, 오히려 시간이 지날수록 이 짤막한 경고는 인서의 뇌리에서 점점 강하게 되살아났다.

'그 사람이야.'

인서는 경고를 보낸 상대가 바로 〈13의 비밀〉이란 사이트를 열었던 사람이라는 것을 뒤늦게 깨달았다. 그 사람한테는 인서를 꼼짝 못하게 사로잡는 이상한 힘이 있었다.

인서는 처음 매미의 수수께끼를 봤을 때도 무심코 지나치고 잊으려 했지만 시간이 지날수록 더욱 강렬하게 끌렸었다. 이번에도 마찬가지였다. 인서는 어쨌거나 상대방에게 이메일을 보내야겠다고 생각했다.

저는 매미의 비밀을 알고 싶을 따름입니다. 귀하의 사이트가 저의 호기심을 강하게 자극했으니까요. 저는 그 수수께끼를 풀기 위해 백방으로 노력했지만 소용이 없었습니다. 백두산에 계신 진도자라는 분은 해답을 아실 거라는 얘기를 들었지만, 그 먼 곳까지 찾아갈 수 있는 상황은 못 됩니다.

지금 제 머릿속은 그 매미의 비밀로 가득 차 있습니다. 그런데 귀하는 왜 그렇게 이상한 수수께끼를 냈습니까? 그것은 어떤 의미가 있는 수수께끼입니까?

이상한 것은 우리나라의 고승 한 분이 그 수수께끼를 진지하게 받아들이셨다는 사실입니다. 뿐만 아니라 그 수수께끼를 접하고 나서 세상에 대한 저의 생각도 많이 달라진 것 같습니다. 부디 그 수수께끼의 답을 알려주시기 바랍니다.

그리고 위험하다는 것은 무슨 뜻입니까? 귀하의 말이 장난 같아 보이지만, 저는 장난이 아닐 거라고 믿습니다.

두근거리는 마음으로 메일을 보냈지만 며칠이 지나도 답장은 오지 않았다.

한편 성현은 상대의 경고 메시지를 몇 번이나 꼼꼼히 읽고 나더니 인서 못지않게 흥미가 끌리는 모양이었다.

「좀 이상하긴 해도 이 편지에 악의가 있는 것 같지는 않은데.」

「내가 보기에도 그런 것 같긴 한데…….」

「장난 같은 분위기가 물씬 풍기지만, 알 수 없는 일이지. 정말 뭔가가 있는지…….」

「그렇다면 그 사람의 경고를 받아들여야 할까?」

「그건 잘 모르겠어. 하지만 분명한 사실은 그 경고대로 사이트를 폐쇄하면 그 사람이 다시는 연락을 해오지 않을 거라는 점이지.」

「나도 그런 생각이 들어. 일단 그냥 있어보자. 어떤 위험에 빠질지는 몰라도 최소한 누군가로부터 연락은 올 테니까.」

인서는 성현의 조언을 받아들여 이메일의 경고를 무시하기로 했다. 사실 그런 정도의 경고 편지에 놀라 어떤 행동을 취한다는 것도 내키지 않았다. 그 경고가 피부에 와 닿지 않았던 것이다.

하지만 아무 일도 생기지 않은 채 하루하루 지나가자, 인서는 은근히 품었던 기대가 무너지는 실망감을 느꼈다. 보통 사람이라면 이 정도에서 포기하고 말겠지만 인서는 그렇지 않았다.

그러던 어느 날 마침내 그로부터 연락이 왔다.

당신이 얘기한 진도자라는 인물은 어떤 사람이오? 그가 정말 매미의 수수께끼를 풀 수 있단 말이오?

인서는 갑자기 몸이 붕 뜨는 듯한 기분에 사로잡혔다. 상대방이 답신을 원하고 있었다. 인서는 어떤 답장을 보내야 할지 한참이나 망설였다.

상대방이 진도자에 대해 강한 호기심을 보이고 있지만 인서 자신은 진도자에 대해 아는 게 없지 않은가. 지관 스님이 진도 자라면 어떤 문제라도 풀 수 있을 거라고 해서 그렇게 적어 보냈을 뿐이다. 인서는 진도자가 어떤 사람인지, 나이는 몇 살인지, 또 어느 나라 사람인지조차 전혀 알지 못했다. 그렇다고 그냥 모르는 사람이라고 답장을 보냈다간 두 번 다시 아무 연락도 받지 못할 것 같았다.

인서는 오랜 고민 끝에 결국은 사실대로 적어 보내기로 결심했다.

저는 진도자라는 분에 대한 얘기를 우리나라의 최고 고승으로부터 들었습니다. 하지만 진도자란 분을 만난 적도 없고, 이름 외에는 아무것도 모릅니다. 그분을 제게 소개해주신 지관 스님도 직접 만난 적은 없다고 하십니다.

제가 지관 스님으로부터 들은 바에 의하면 그분은 존재하는 듯 존재하지 않고, 존재하지 않는 듯 존재하시는 분이랍니다. 지금은 아마 백두산에 계실 거라 하셨습니다. 뿐만 아니라 지관 스님은 당신보다도 한참 윗길에 계시는 분이라 하셨습니다. 물론 지관 스님이 겸손하게 표현하셨겠지만요.

지관 스님은 인연이 있는 사람이라면 그 넓은 백두산에서도 그분을 만나뵐 수 있을 거라 하셨습니다.

저는 그 매미의 수수께끼가 너무 궁금한 나머지 혼자서라도 백

최후의 경전

두산에 가보려고 했습니다만, 솔직히 말해 자신이 없습니다. 귀하가 다시 연락을 하셔도 좋고 안 하셔도 할 수 없지만, 그 매미의 수수께끼만큼은 정말 궁금합니다. 그리고 〈13의 비밀〉이라는 사이트도 말입니다. 귀하가 말하는 13의 비밀은 무엇입니까?

인서가 이메일을 보내자마자 이번에는 신기하게도 바로 답장이 왔다.

당신이 어떤 사람인지 알고 싶소. 당신에 관한 정보를 내게 주시오.

인서가 자신에 관한 정보를 보내자마자 다시 이메일이 왔다.

역사학도, 인터넷의 방랑자.
좋소, 호기심에 가득 찬 코리아의 젊은이. 우리는 머잖아 만나게 될 것이오. 하지만 〈비밀의 숫자 13〉이라는 사이트는 역시 폐쇄하는 게 좋을 것 같소.

열세 개의 화살과 나뭇가지, 그리고 별

인서는 한편으론 어리둥절하고 또 한편으론 행복했다. 미지의 상대를 만날 수 있다는 것은 정말 기대되는 일이었다. 그러면서도 그의 요구에 대해서는 어떻게 해야 할지 몰랐다.

'내가 그 사람이 폐쇄한 〈13의 비밀〉을 본떠 〈비밀의 숫자 13〉이라는 사이트를 열었던 것이 그렇게도 기분을 상하게 했을까? 그 사람은 왜 사이트를 폐쇄하라는 것일까?'

곰곰이 생각하던 인서는 이제 〈비밀의 숫자 13〉 사이트를 유지하는 것이 현실적으로 아무런 필요가 없다는 사실에 생각이 미쳤다. 그 사이트는 오로지 그 사람과 연락하기 위해서 만들었던 것이다. 그렇다면 그 사이트를 폐쇄하지 않을 이유가 없었다.

인서는 〈비밀의 숫자 13〉을 폐쇄하기 전에 마지막으로 사이트를 방문한 여러 네티즌들의 논평을 읽었다. 대부분 불길한 숫자니 13일의 금요일이니 하는 대동소이한 내용이었다. 그런데 그중 아주 특이한 것이 하나 있었다.

당신이 아는 13의 비밀은 모두 몇 개죠?

저도 13의 비밀에 대해서는 좀 알고 있는데, 저 말고도 13의 비밀을 아는 사람이 있다니 너무나 뜻밖이군요. 괜찮으시다면 한번 만나서 의견을 나누고 싶습니다.

'환희'라는 이름을 남긴 것으로 보아 여성인 모양이었다. 인서는 특이한 이름이라고 생각하며 아울러 정말 13의 비밀이라는 것이 있는가 하는 의구심이 강하게 일었다.

인서는 당장 상대방에게 편지를 쓰려다가 정작 자신은 13의 비밀에 대해서 아는 게 전혀 없다는 사실을 상기했다. 잠시 고심하던 인서는 묘안을 짜냈다.

먼저 귀하가 아는 13의 비밀을 하나 알려주세요. 그리고 이 사이트는 폐쇄하니 연락할 일이 있으면 지금 제가 보내는 주소로 답장을 주시기 바랍니다.

만약 상대가 다시 이메일을 보내온다면 인서는 13의 비밀이 대략 어떤 내용인지를 알 수 있을 것 같았다. 그러면 자신도 13과 관련된 뭔가를 말할 수 있을 것이다.

상대방은 다음날 바로 이메일을 보내왔다.

성조기는 모두 13개의 별과 13개의 줄로 이루어져 있습니다.

그 내용은 너무나 뜻밖이었다. 도대체 무슨 뜻인지조차 알 수 없었다. 13의 비밀이라는 것이 이렇게 허망하고 난해하리라고는 예상하지 못했던 인서는 다시 한 번 고개를 갸우뚱했다. 내용은 그렇다 하더라도 미국의 국기인 성조기의 별이 13개라는 것은 분명히 틀린 얘기였기 때문이다.

인서는 실망했다. 성조기의 줄이 무엇을 말하는지, 그것이 몇 개인지는 잘 몰라도 별의 수가 미국 주의 수대로 51개라는 것 정도는 어린애도 알고 있지 않은가. 상대가 이렇게 기본적인 것마저도 모르는 사람이라고 생각하니 인서가 걸었던 기대와 관심도 순식간에 사라져버렸다.

더욱이 환희라는 여성이 보낸 예상 밖의 이메일은 〈13의 비밀〉이란 사이트를 열었던 상대에 대해 느꼈던 신비감마저 앗아가버렸다. 인서는 흥미를 잃고 컴퓨터를 꺼버렸다.

하지만 다음날 인서는 다시금 〈13의 비밀〉에 사로잡히고 말았다. 그 사이트의 개설자가 심어준 신비감은 환희라는 여성의 것과는 격이 달랐던 것이다. 인서는 자연스럽게 왜 환희라는 여성은 터무니없는 답변을 보낸 것일까 하는 데까지 생각이 미쳤다.

'아, 혹시……?'

인서는 급히 근처의 도서관을 찾았다. 만약 성조기의 줄이 환희가 말한 대로 13개라면, 별도 처음에는 13개였을 가능성이 있다는 생각이 들었던 것이다.

'이럴 수가!'

백과사전을 찾아보던 인서의 눈이 반짝 빛났다. 성조기의 줄은 틀림없이 13개였다. 그리고 그 옆의 설명에 의하면, 처음에는 별도 13개였지만 이후 주의 수가 늘어나면서 지금은 51개에 이르게 되었다는 것이다.

'아, 이것은 무엇을 말하는 걸까?'

인서는 다시 한 번 강한 신비감에 사로잡혔다. 미국의 상징인 성조기, 그 성조기의 줄과 별이 모두 13개로 출발했다는 사실을 어떻게 받아들여야 할 것인가. 그들이 성조기를 만들 즈음에는 13이라는 숫자가 결코 불길한 숫자가 아니었다는 얘길까. 아니, 불길하든 불길하지 않든 그들이 일부러 13이라는 숫자를 택해 주를 나누고 성조기의 별과 줄을 만들었다는 것은 무엇을 말하는가.

13에는 불길한 숫자니 공포의 숫자니 하는 것들과는 상관없이 뭔가 엄청난 비밀이 숨겨져 있을지도 모른다는 의구심이 생겼다. 그리고 이런 것들을 알고 있는 경고자와 환희라는 여자의 정체가 더욱 궁금해졌다.

'두 사람은 무슨 관계라도 있는 것일까?'

그러나 환희는 자기 말고는 13의 비밀을 알고 있는 사람이 없을 것으로 생각했다고 하지 않았던가.

'어째서 그렇게 생각했을까?'

인서는 다시 한 번 환희에게 편지를 쓰려 했지만 쓸 말이 없었다. 13의 비밀이란 것은 처음 생각했듯이 장난스런 수준이 결코 아니었던 것이다.

인서는 환희가 매미의 수수께끼에 대해서도 아는지 궁금해졌다. 그래서 일단 다음과 같은 이메일을 보내기로 했다.

저는 하나의 규칙을 가지고 있습니다. '13의 비밀'이라는 세계로 들어가기 전에, 매미가 17년 동안이나 땅속에서 기다리다가 불과 몇 주일만 성충으로 살고 죽는 이유를 아는 사람하고만 깊은 얘기를 나누려 합니다. 혹시 그 이유를 아시나요?

다음날 환희가 다시 이메일을 보내왔다.

저는 '13년 매미'가 매우 신비로운 곤충이란 건 알고 있습니다. 13년을 땅속에서 지내다 성충이 되니까요. 하지만 13이 매우 성스러운 숫자라는 것만 알고 있을 뿐 그 매미가 왜 그런지는 알 수 없습니다. 그 매미도 성령의 축복을 받은 것일까요?

하지만 보통 매미도 17년 동안이나 땅속에서 지내는지는 모르고 있었습니다. 당연히 그 이유에 대해서도 아는 것이 없습

최후의 경전

니다.

제게 13의 비밀을 얘기해주시지 않을 건가요?

인서는 새로운 사실에 부딪혔다. 세상에는 13년 매미라는 곤충도 있는 모양이었다. 하지만 환희는 그 13년 매미가 신비한 곤충이라는 것만 알 뿐 왜 그런지는 모른다고 했다. 만약 그 이유를 안다면 17년을 사는 매미도 같은 이유로 설명할 수 있을 것 같았다. 13과 17이라는 숫자는 둘 다 1과 자신 외의 수로는 나누어지지 않는 소수이고, 그것이 모두 매미에 적용되는 숫자라면 틀림없이 같은 이유가 있을 것이다.

인서는 답답했다. 자신이 아는 13의 비밀이 하나만 있어도 상대로부터 더 많은 이야기를 들을 수 있을 테고, 그 비밀의 본질이 무엇인지도 알 수 있을 터였다. 환희는 보통 사람들과는 달리 13을 성스러운 숫자로 생각하고 있었다. 그 얘기가 매우 낯설게 들리긴 하지만, 미국을 만든 사람들이 자신들의 국기인 성조기를 13개의 줄과 13개의 별로 만들었다면 그녀의 생각도 일리가 있어 보였다.

이제 13의 비밀은 조금 베일을 벗는 것 같았다. 그리고 환희와 경고자가 서로 만나거나 얘기를 나눈 적이 없는 걸로 보아서 그 비밀은 한 사람으로부터 비롯되어 전파된 것도 아닌 듯싶었다.

이렇게 생각하자 13의 비밀은 인서에게 매미의 수수께끼 못지 않은 비중으로 다가왔다.

환희는 매미의 수수께끼에 대해서는 모르지만 13년 매미의 존재에 대해서는 알고 있었다. 아마도 그녀는 13이라는 숫자에 대해서 정통한 모양이었다.

인서는 며칠 동안 인터넷을 통해 미국의 네티즌들에게 어째서 불길한 숫자 13이 성조기에 들어가 있는지를 물었다. 하지만 그 이유를 아는 사람은 아무도 없었다.

미국의 독립운동과 건국에 관련한 역사서에도 왜 13개의 별과 13개의 선을 그려넣었는지에 대한 설명은 없었다. 인터넷에서 미국과 관련된 사이트를 찾아 여기저기 돌아다녀봐도 그런 설명은 전혀 눈에 띄지 않았다.

실망과 함께 그 사이트에서 빠져나오려던 순간 인서는 한 사진에 시선이 머물렀다. 그것은 미국 육군의 전설적인 영웅 맥아더가 의회에서 연설하는 장면이었다. 맥아더의 뒤에는 독수리가 두 날개를 펴고 있는 전통적인 미국의 휘장 그림이 있었다. 평소 뉴스나 영화 같은 데서 늘 봐오던 휘장이었지만 인서의 두 눈은 그 독수리 그림에 한참 머물러 있었다.

'누군가 미국의 국기에 13개의 선과 13개의 별을 그려넣었다면, 혹시 이 휘장에도 그 비슷한 것이 있지 않을까?'

인서는 즉각 사진을 확대했다. 독수리는 점점 커지며 모습도 선명하게 인서의 동공에 비치기 시작했다. 그와 동시에 인서의 눈동자도 서서히 초점을 모아갔다.

「세상에!」

인서의 입에서는 자신도 모르게 탄성이 터져나왔다. 희한한 일이었다. 모든 사람들이 불길한 숫자로 생각하는 13이 성조기뿐 아니라 미국의 휘장에도 그대로 살아 있는 것이 아닌가. 결코 우연이라고는 생각할 수 없도록 독수리의 날카로운 좌우 발톱에는 13개의 화살과 13개의 나뭇가지가 그려져 있었다. 그뿐만이 아니었다. 독수리의 머리에도 역시 13개의 별이 너무나 또렷하게 그려져 있었다.

'이것은 결코 우연이 아냐. 절대로 우연일 수 없어. 그렇다면 여기에는 어떤 의미가 있는 걸까? 여기에는 어떤 알 수 없는 비밀이 숨겨져 있는 것이 아닐까?'

인서는 먼저 환희에게 이메일을 띄웠다. 미국의 휘장에 그려져 있는 화살, 나뭇가지, 그리고 별에 대해 써 보냈다. 그녀가 어떤 답장을 보내올지 잔뜩 기대하면서.

이윽고 환희에게서 답장이 도착했다.

제가 매미의 수수께끼를 알지 못하는데도 이렇게 답장을 주셔서 감사합니다. 저는 독수리 휘장에도 13개의 별과 나뭇가지와 화살이 있는 줄은 몰랐습니다. 편지를 받고 즉시 휘장을 살펴봤는데 과연 그렇더군요.

저는 대학을 졸업한 지 얼마 안 됩니다. 지금은 연구소에서 일을 하고 있는데 시간은 비교적 자유로운 편입니다.

인서 씨는 뭘 하는 분인지 알고 싶습니다.

환희의 편지는 정중하고 부드러웠다. 그리고 이메일에는 사진이 첨부되어 있었는데, 사진으로 본 환희는 이름처럼 환한 얼굴을 하고 있었다. 그녀의 편지를 읽는 인서의 가슴에 산들바람이 불어왔다.

나딘 박사와의 동행

인서는 미지의 경고자에게 보낸 그대로 환희한테도 자신에 관한 정보를 알려주었다. 환희는 인서가 역사학을 전공했다는 사실이 반가운 듯했다. 그녀는 역사에 대해 관심이 많다고 했다.

그 후로 인서와 환희는 꽤 자주 이메일을 교환했다.

인서 씨, 저는 어제 연구소에서 좀 늦게 퇴근했어요. 돌아오자마자 샤워도 하지 않고 바로 컴퓨터부터 켰죠. 그러나 인서 씨로부터의 메일은 없더군요. 밤이 깊도록 책을 읽으며 기다렸습니다만, 메일은 오지 않았습니다. 혹시 어디 아픈 건 아닌가 걱정하다가 그만 잠이 들어버렸습니다.

아침에 깨자마자 바로 컴퓨터를 켰더니 세상에! 인서 씨의 메일이 와 있는 것이었어요. 그것도 두 페이지 분량이나 말입니다. 저는 프린터로 뽑은 인서 씨의 메일을 하루 종일 읽고 또 읽었습니다. 그리고 답장을 쓸 기대감에 부풀어 하루를 보냈답니다.

인서는 요즘 들어 마치 환희의 이메일 덕분에 살아가는 것처럼 보일 정도였다. 그러나 하나 이상한 것은 두 사람 모두 더 이상 13의 비밀에 대해서는 얘기하지 않는다는 점이었다. 사실 인서로서야 더 얘기하려도 할 게 없어 그렇다지만, 환희의 사정이 어떤지는 알 수 없었다.

그러던 어느 날이었다. 인서가 집으로 돌아와 컴퓨터를 켜자 여느 때처럼 환희로부터 이메일이 와 있었다. 반가운 마음으로 키보드를 두드리려다가 이메일이 한 통 더 와 있는 것을 발견했다. 바로 미지의 경고자로부터였다. 인서는 환희의 이메일부터 먼저 읽은 후 경고자의 이메일을 열었다.

내일 귀하의 나라로 갑니다. 도착하면 전화하겠소. 나는 무엇보다도 지관 스님과 진도자라는 분을 만나고 싶소.

인서는 마침내 기다리던 순간이 왔음을 느꼈다. 미지의 신비한 경고자, 그 사람은 모든 것이 베일에 싸여 있었는데, 행동은 몹시 신속해 보였다. 인서는 곰곰이 생각해보았다.

'그 사람은 자신이 매미의 수수께끼를 알고 있으면서도 도대체 왜 진도자를 만나겠다고 하는 것일까?'

매미의 수수께끼가 원래 〈13의 비밀〉에 들어가기 위한 하나의 관문이었다는 사실을 감안한다면 더욱 궁금한 일이었다.

최후의 경전

그나저나 그 사람이 무턱대고 한국에 온다면 인서는 상당히 난감해질 것이다. 상대가 다짜고짜 진도자를 만나러 백두산으로 가자고 하면 어떻게 해야 할 것인가. 상대는 백두산을 한국에 있는, 마음만 먹으면 아침에 올라갔다가 저녁에 내려올 수 있는 산쯤으로 생각하고 있을지도 모른다.

하지만 인서는 미지의 경고자를 만난다는 사실에 가슴이 부풀었다. 매미가 17년을 땅속에서 사는 이유와 환희를 통해 어느 정도 감을 잡게 된 13의 비밀에 대해서 확실하게 알 수 있을지 모른다는 생각에서였다.

다음날 저녁, 인서는 어떤 외국인으로부터 한 통의 전화를 받았다. 나지막하면서도 또렷한 목소리의 주인공은 바로 그 경고자였다. 그는 마치 한국을 잘 아는 듯 인서에게 롯데호텔 커피숍에서 만나자고 먼저 제안했다. 인서는 자신의 인상착의에 대해 말해주었다.

인서는 약속 시간보다 조금 일찍 나갔는데, 그 사나이가 먼저 와서 기다리고 있었다. 그는 청바지에 재킷 차림의 인서를 금방 알아보았다.

「반갑소. 나딘이오.」

그는 묵직한 목소리와 함께 큼직한 손을 내밀었다.

「반갑습니다. 김인서입니다.」

인서는 한껏 기대에 들뜬 표정으로 나딘의 손을 맞잡았다. 나딘은 오십대 중반의 신사로, 키가 인서와 비슷하고 체격이 좋았으며 표정은 신중해 보였다. 희끗희끗한 곱슬머리는 단정하게 손질돼 있었고, 얼굴은 운동선수처럼 약간 거무스레했다. 점잖은 검은색 정장 차림이어서 전체적으로는 무겁고 든든해 보이는 인상이었다.

「선생님은 무엇을 하시는 분인가요?」

인서는 상대가 한눈에 자신의 온몸을 예리하게 훑는 것을 느꼈다.

「나는…… 수학자요. 지관 스님이란 분의 얘기부터 듣고 싶소.」

나딘은 거두절미하고 바로 지관 스님에 대해 물어왔다. 인서는 이제껏 있었던 일을 상세하게 얘기해주었다.

「그게 사실이오? 지관 스님이라는 그분이 매미의 수수께끼를 듣자마자 '살길을 찾은 놈'이라고 했다는 게?」

「네.」

「음…….」

「그분은 대한민국 최고의 고승이십니다. 물론 보통 분이 아니죠.」

「먼저 그분부터 만나고 싶군요.」

「좋아요. 내일 아침에 출발하죠.」

「그럽시다. 그럼 내일 이 호텔로 와주겠소?」

「이 커피숍에서 만나죠.」

「그럽시다.」

나딘은 단 한마디도 불필요한 말은 하지 않았다. 인서는 궁금한 게 많았지만 상대의 묵직한 표정 때문에 얼어붙고 말았다.

다음날 인서는 나딘과 같이 양산으로 내려갔다. 나딘은 줄곧 창밖만 바라보고 있었다. 인서는 나딘이 입이 무거운 사람일 거라고 짐작은 했지만 이 정도일 줄은 몰랐다. 나딘은 서울에서 양산으로 내려가는 동안 단 한마디도 하지 않았던 것이다.

통도사 인터체인지로 들어간 인서와 나딘은 본사를 지나 극락암으로 올라갔다. 그러나 지관 스님은 극락암에 있지 않았다.

「대사님께서는 백운암으로 올라가셨습니다.」

「백운암은 어딥니까?」

「통도사가 있는 이 산을 영취산이라고 하는데요. 백운암은 영취산 꼭대기에 있는 작은 암자입니다. 두 시간 정도 걸어 올라가셔야 할 겁니다.」

나딘은 산행에 어울리지 않게 여전히 어제와 같은 정장 차림이었는데도 꽤 힘든 길을 두 시간이나 잘 참고 걸었다. 오히려 인서가 힘들어서 한두 차례 쉬었다가 올라가야만 했다. 백운암에 도착하자 동자승이 공손히 합장을 하며 맞아주었다.

「지관 스님을 뵈러 왔는데요.」

「대사님께서는 지금 동굴 수행 중이십니다.」

「동굴 수행이라구요?」

「그렇습니다. 이 산 뒤에는 예전에 사명대사님이 수행하시던 동굴이 있습니다. 대사님께서는 지금 그 동굴에서 폐관수련하고 계십니다.」

「폐관수련. 그럼 나오시지 않는다는 말인가요?」

「아닙니다. 내일 정오에 나오십니다.」

인서는 나딘에게 사정을 설명해주었다. 그러자 나딘은 기다리자고 했다.

「여기서 기다려도 될까요?」

「그렇게 하십시오. 마침 객사가 비어 있습니다.」

동자승은 두 사람을 객사로 안내했다. 그러나 나딘은 어두침침한 골방을 벗어나 말없이 툇마루에 앉아 산 아래만 바라보고 있었다. 산 밑으로 멀리 고속도로가 지나가고 있었다.

나딘은 저녁이 되도록 그 자세 그대로 앉아 있었다.

저녁이 되자 동자승이 밥을 차려놓고 두 사람을 불렀다. 나딘은 한국 음식, 특히 절에서 먹는 음식이 낯설 텐데도 신기하게 음식을 가리지 않고 밥 한 그릇을 다 비웠다. 그러고는 스님들처럼 자신의 밥그릇에 물을 부어 깨끗이 씻은 후 그 물까지 마셨다.

오히려 인서의 밥그릇에 밥풀 따위가 너저분하게 붙어 있었

최후의 경전

다. 인서는 민망해서 나딘이 하는 대로 따라 했다. 나딘은 서양 인인데도 불교에 대해 잘 알고 있는 것 같았다.

밤이 되자 동자승은 인서와 나딘에게 이불을 갖다 줬다. 요사 채에 방이 한 칸밖에 없어 함께 방을 써야만 했다. 인서가 아랫 목에 자리를 만들어주었지만 나딘은 옷을 벗지도, 자리에 눕지 도 않았다. 인서는 나딘에게 자리에 들라고 한두 번 권했으나 그 가 미동도 하지 않자 먼저 눈을 붙였다.

한밤중에 눈을 뜬 인서는 깜짝 놀랐다.

「무슨 걱정이라도 있습니까?」

그때까지도 나딘은 앉은 자세 그대로였던 것이다. 나딘은 말 없이 고개만 가로저었다. 인서는 여기서 물러서면 저 사람이 미 국으로 돌아갈 때까지 침묵만 지킬 것 같다는 생각에 오기가 치 밀어 다시 물었다.

「그런데 어째서 저에게 위험에 빠질 수 있다고 경고하셨죠? 저 는 웹사이트 하나를 개설했을 뿐인데요.」

처음에는 대답하지 않던 나딘은 인서가 기분이 상했을 즈음 에야 비로소 천천히 입을 열었다.

「인서, 나는 당신을 이 일에 개입시키고 싶지 않기 때문이오.」

「왜죠? 무슨 일에 개입을 한다는 거죠, 내가?」

「그건 아주 위험한 일일 수도 있기 때문이오.」

「도대체 무슨 일인데요?」

「음, 그것은 그냥 모르는 게 좋을 거요. 나도 아직 확실치 않으니까.」

인서는 더 물어봐야 소용이 없으리란 걸 느낌으로 알 수 있었다.

「그런데 여기 한국에는 왜 오셨습니까? 위험하다고 생각되셨으면 남의 눈에 띄지 않는 곳에 은신하셔야죠.」

「음…… 그 일과 관련해서 나는 한 초인을 찾고 있소. 인서가 말했던 그 진도자라는 인물이 혹 내가 찾는 사람이 아닐까 해서 여기까지 온 것이오.」

「초인을 찾으신다구요?」

「그렇소.」

「진도자가 초인이라구요? 그러나 그분이 진짜 어떤 분인지, 심하게는 정말 살아 있는 분인지도 모르고, 설사 살아 계신다 하더라도 만나는 것도 쉽지 않을 텐데……. 또 만약 그분을 찾는다 해도 초인이 아니라면 어떻게 하죠?」

나딘은 잠시 생각하다 체념한 듯한 표정으로 말했다.

「그렇다면 할 수 없는 일이오.」

「도대체 그 초인이 어떤 인물이길래……?」

「자세하게 얘기하자면 매우 복잡하오.」

나딘은 다시 입을 닫아버렸다. 또다시 침묵이 시작된 가운데 먼동이 텄다. 이제 인서는 나딘의 표정을 확실하게 볼 수 있었다.

그의 얼굴은 이해심 많고 잘생긴 편이었다. 지금도 무엇인가를 골똘히 생각해서 그런지 표정이 근엄해 보였지만, 그가 지금까지 침묵을 지켰던 것은 가능한 한 자기를 위험한 어떤 일에 끌어들이지 않기 위해서였다는 진심을 읽을 수 있을 것 같았다.

암호의 수

「나를 찾아온 사람이 있다구?」

정확하게 정오가 되자 지관 스님이 나타났다.

「대사님, 안녕하셨어요?」

「어허, 인서구나. 여기까지 오느라 고생했지.」

지관 스님은 인서를 반갑게 맞아주었다. 지관 스님은 인서가 왜 왔는지 다 알고 있다는 듯 환한 웃음을 지었다.

이때 나딘이 객사에서 나왔다. 지관 스님은 그의 얼굴을 보자 가볍게 혀를 찼다.

「대사님, 이분은 미국에서 오신 나딘 박사님입니다.」

나딘은 인서의 소개가 끝나자 가볍게 고개를 숙였다.

「아미타불.」

지관 스님은 인사를 받고 나서 말을 이었다.

「자, 어디 앉읍시다.」

툇마루에 정좌하고 앉은 지관 스님은 동자승에게 차를 끓여 오도록 시켰다. 그러고는 나딘을 바라보며 말했다.

「시주의 얼굴에는 깊은 고민이 어려 있소. 마치 이 세상의 그 누구도 해결할 수 없고 이해조차 할 수 없는 고민을 가진 듯한 기색이오.」

인서가 지관 스님의 말을 단어 하나하나의 분위기에 충실하려고 나름대로 애쓰면서 통역해주자 나딘은 말없이 고개를 끄덕였다. 인서는 지관 스님에게 나딘과 같이 여기까지 오게 된 내력을 설명했다.

「그런데 대사님은 어떻게 첫마디에 그 매미의 비밀을 푸실 수 있었습니까?」

나딘이 지관 스님에게 물었다.

「네? 그게 아니라 대사님은 그저 진도자라는 분이 아실 거라고만 하셨습니다.」

나딘의 말을 인서가 대신 받았다. 지난번 지관 스님은 자신은 모르지만 진도자라면 그 매미의 수수께끼를 알 수 있을지 모른다고 얘기했던 것이다.

「대사님은 당신의 얘기를 듣고 첫마디에 '생로를 찾은 놈'이라고 하셨다면서요? 그렇다면 그 매미의 수수께끼를 푼 것이나 다름없는 겁니다.」

「허허허허, 일개 미물이 17년 동안 땅속에서 지내고 나서야 성충이 되어 하늘로 날아오른다면 심히 대견하지 않소. 그 속사정까지야 알 수 없지만 얼마나 힘든 삶을 사는 것이오. 수억 겁의 죽을 운명을 헤쳐가면서 살아왔기에 17년 동안이나 땅속에서 지내다가 힘겹게 올라오는 것이 아니겠소.」

「음…….」

나딘은 말없이 신음을 토해냈다.

「그런데 그게 수수께끼의 해답이 되는 겁니까?」

인서의 물음에 나딘이 말없이 고개를 끄덕였다.

「아니, 그 정도라면 저라도 맞히겠는걸요. 저는 또 뭔가 대단한 비밀이 숨어 있는 줄 알았죠.」

「허허. 인서야, 나는 그 수수께끼를 푼 게 아니다. 내 머릿속에는 매미가 그 수많은 영겁을 땅속에서 지낸 복잡한 그림이 떠오르질 않거든.」

「그럼 진도자란 분은요?」

「그분이라면 가능할지 모르겠다고 얘기하지 않았더냐.」

「도대체 그분이 누구시길래 이렇게 이상한 수수께끼를 풀 수 있다고 생각하십니까? 아니, 그 전에 그분이 왜 이런 문제에 관심을 가질 거라고 생각하십니까?」

「글쎄다.」

지관 스님은 인서의 질문에 미소를 지어 보이고는 무거운 표정을 짓고 있는 나딘을 보면서 느릿느릿 말했다.

「우선 이분의 얘기부터 한번 들어보자. 무슨 근심을 이렇게나 잔뜩 지고 왔는지.」

「나딘 선생님, 기탄없이 말씀해보세요. 지관 스님은 보통 분이 아니십니다. 사실 진도자, 진도자 해도 이 지관 스님이야말로 세상의 위에 계신 분이죠. 비록 함부로 움직이시진 않지만 그 음덕만으로도 세상을 뒤덮을 분입니다. 박사님은 초인을 찾는다고 하시지 않았나요? 그러니 말씀해보세요. 지관 스님이 모든 것을 해결해주실지도 모릅니다.」

나딘은 인서가 말하는 것을 묵묵히 듣고 있다가 드디어 입을 열었다.

「제가 그 매미의 문제를 냈던 것은 한 초인을 찾기 위해서였습니다.」

「초인이라……」

지관 스님은 동자승이 가지고 온 차를 입에 대는 듯 마는 듯하며 나딘의 얘기에 귀를 기울였다.

「어떤 초인을 찾으시는데요?」

인서가 호기심 가득한 목소리로 물었다. 나딘은 두 사람을 번갈아 바라보더니 이윽고 낮은 목소리로 먼 과거의 이야기를 끄집어냈다.

「나는 원래 수학자였소. 어린 시절부터 수에 관한 한 탁월한 능력을 소유했던 나는 이 세상의 수로 이루어진 모든 문제를 찾아 헤맸소. 그러다 수비학에 깊이 매료되었던 거요.」

「수비학이라뇨?」

인서가 고개를 갸웃하며 물었다.

「수비학이란 수의 신비를 연구하는 학문이오. 세상의 어떤 일들은 수로 설명할 수 있고, 어떤 현상들은 신기할 정도로 수학적이오. 예를 들어 세상의 모든 강들은 구불구불 흐르지만 언제나 직선거리의 파이(π) 배 정도의 길이를 유지한다오. 어쨌거나 나는 수의 신비에 빠져 살았는데, 어느 날 아주 이상한 사실을 깨달았소.」

「그게 뭡니까?」

「이 세상의 어떤 중요한 비밀이 수에 담겨져 있다는 사실을 깨닫게 된 거요.」

인서는 나딘의 한마디도 놓치지 않으려고 애썼다. 그리고 종종 나딘의 이야기를 요약해 지관 스님에게 들려주었다. 지관 스님은 지그시 눈을 감은 채 듣고 있었다.

「이 세상에는 아주 특징적인 수들이 있소. 예를 들면 72나 108 같은 것들이오. 이런 수들은 분명히 지구상의 어떤 비밀들을 담고 있소. 그리고 그 비밀들은 이미 아득한 옛날로부터 어떤 현인들에 의해 전승되어오고 있는 것들이오.」

인서는 호기심이 일었다. 아득한 옛날 인류가 어떤 비밀을 알아내고는 그것을 수에 담아두었다니, 놀라지 않을 수 없었다.

「그런데 그 비밀들을 왜 하필 수에 담아두었을까요? 글자에 남겨두었으면 훨씬 이해하기가 쉬울 텐데.」

나딘은 고개를 가로저었다.

「그 반대요. 글자는 유한하지만 수는 무한하오. 수라는 것은 우주의 글자인 셈이오. 고고학적 발굴에 의존해온 인류의 역사 해석은 오류투성이요. 그러니 발굴 하나에 의해 역사가 뒤집히고 교과서 내용이 바뀌어버리는 거요. 그러나 수는 그렇지 않소. 나는 숱한 서적을 읽고 이 세상 곳곳을 다니면서 이 지구상에는 어떤 수들이 어떤 곳에서 어떤 의미로 존재하고 있는가를 연구했다오.」

「…….」

「매우 신기한 것은 어떤 특정 수들이 이미 아득한 옛날부터 인류에 의해 공통적으로 쓰여왔다는 사실이오. 예를 들어 지금으로부터 5천 년 전, 남미와 이집트 간에는 상호 교류가 없었는데도 피라미드를 지을 때 다 같이 파이라는 숫자를 도입했던 거요. 세계의 모든 역사 교과서들이 파이는 기원전 3세기에 그리스의 아르키메데스가 계산해냈다고 가르치고 있는데 말이오.」

「정말 신기하군요.」

「이외에도 수없이 많은 예를 들 수 있소. 나는 전세계를 돌아다니며 이러한 수들이 궁극적으로 무엇을 말하는가를 연구했지만 효과가 없었소. 왜냐하면 학문이란 어떤 발견이나 연구를 토대로 해야 다음 단계의 성과를 얻을 수 있는 법인데, 이런 수들에 대해서는 아무런 토대가 없었기 때문이오.」

「그렇겠군요. 저도 그런 수들의 의미에 대해서는 전혀 들어본 적이 없습니다.」

「그러던 어느 날 나는 중앙아시아의 사막에서 한 사람을 만났소. 내가 사막에서 노숙하던 중 커피를 끓이고 있었는데, 그 향기를 맡고 찾아온 사람이 있었소. 마치 야수처럼 말이오. 나는 그의 남루한 차림새를 보고는 오랫동안 사막을 헤매고 다니던 상인이려니 생각했소. 하지만 나중에야 그가 보통 사람이 아니란 것을 깨달았소. 그는 커피 한잔을 아주 맛있게 마시며 대화를 나누었소. 그런데 이상하게도 그는 내가 그토록 온 세계를 헤매면서 고심하던 문제를 이미 알고 있는 듯했소.」

「그게 뭔데요?」

나딘은 손을 들어 인서의 조급함을 제지했다.

「더 들어보시오. 그날 나는 갑자기 그에게 내가 어떤 사람인지, 어떤 위대한 일을 하는지 자랑하고 싶어졌소. 아마 오랜만에 사람을 만나서 그런 기분이 들었는지도 모르오. 아무튼 나는 그가 알아듣든 말든 그간 내가 알아낸 수비학적 의미가 있는 숫자들에 대해 얘기해주었소. 이 세상에 전해져오는 그 의미를 알 수 없는 숫자들, 전 대륙에 걸쳐 마치 약속이라도 한 듯이 나오고 있는 숫자들을 열거했단 말이오. 유대교의 '카발라'에는 72명의 천사가 나오는데, 자바 섬의 보로부두르 사원에 있는 불탑의 수도 72개이며, 중국 소림사의 무예도 72가지라는 것. 앙코르와트 사원에는 모두 108개의 석상이 있고, 아그니카야에는 10,800개의 벽돌이 있으며, 브라만교의 '리그베다' 역시 10,800개의 연으로 이루어져 있고, 장미십자회도 108년 주기로 다음의 행동을 결정한다고 하며, 불교에서도 108번뇌에 대해 말하고 있다는 것 등등을 말이오.」

「그런 숫자들은 모두 아시아의 신화나 건축물에서 발견되는 건가요?」

「아시아뿐만이 아니오. 베로수스는 창조 때부터 세계적인 대재해가 일어날 때까지의 기간을 216만 년이라 했고, 북구의 발할라 신화에는 43만 2천 명의 전사가 나오며, 고대 중국의 세계적 대변동에 관한 장문의 전승은 정확히 4,320권이오. 이것은 대륙을 건너 남미로 가서도 마찬가지요. 마야력에서 2툰은 720일, 1카툰은 7,200일, 5바크툰은 72만 일, 6툰은 2,160일, 15바크툰은 216만 일, 6카툰은 43,200일이오. 고대 인도의 신성한 경전인 '푸라나'에서 얘기하는 칼리 유가의 길이도 43만 2천 년이지.」

「세계 각지에서 그런 숫자가 공통적으로 나온다는 말씀이군요? 정말 신기하네요.」

「72나 108, 216, 432는 이미 대륙간 인류의 이동이 있기 전부터 각종 건축이나 기타 문헌 등을 통해 전승되어오고 있었던 거요. 어쨌든 나는 그 야인에게 이처럼 쉽사리 이해하기 힘든 얘기들을 늘어놓았소. 그냥 심심파적으로 말이오. 그런데 그가 내 얘기를 다 듣고 나서 되묻는 것이었소. 그런데 그 숫자들이 무엇을 의미하는지도 아느냐고 말이오.」

「그래서요?」

「나는 순간 당황했소. 그리고 고개를 가로저었소. 그런 숫자들을 수집하기만 했을 뿐, 그 의미가 무엇인지에 대해서는 알지 못했기 때문이오. 그런데 그가 이상한 말을 했소. 그런 숫자들은 모두 하늘의 움직임에서 나온 것인데, 그 의미를 알려면 성경을 보라고 말이오. 그러나 당시 나는 그의 말을 대수롭게 여기지 않았소. 생각해보시오. 나름대로 세계 제일의 수학자라고 자부하는 내가 사막에서 만난 남루한 차림의 야인이 내뱉는 수에 대한 충고를 받아들일 수 있었겠는지.」

인서는 고개를 끄덕였다.

「나는 화제를 돌려 그 야인에게 심드렁한 목소리로, 대체 무얼 하는 사람이길래 물통도 하나 없이 이 지리한 사막을 방황하느냐고 물었소. 물론 주제넘은 소리 그만하고 정신 차리라는 뜻이었소. 그러자 그는 아무 말 없이 한참을 앉아 있다가 자리에서 일어나며 이렇게 물었소. '박사, 박사가 얘기하는 그 많은 숫자들이 궁극적으로는 단 하나의 수를 지향한다는 사실을 아시오?'라고. 내가 의아해 하며 모른다고 대답했더니 그는 다시 한 번 이상한 소리를 했소. '그런 숫자들은 어떤 현상을 말하고 있소. 그런 점에서 수는 영원히 변치 않는 문자라고 할 수 있소. 게다가 수는 최고의 암호기도 하오. 이제껏 이 세상에 존재했던 모든 인류가 깨달았던 최고의 지혜가 암호의 수로 전승되고 있소. 하지만 아무도 찾아내지 못했소'라고. 그의 범상치 않은 말에 조금 놀랐던 나는 내친김에 그럼 그 암호의 수는 어디에 있으며, 뭐냐고 물었소. 그러자 그는 이렇게 말했소. '그 암호의 수는 성경에 있소. 박사가 열심히 모으는 그런 수들을 온 세계에 퍼뜨려놓은 신비가들은 카발라에 모든 원리를 담은 후 이 세상에서 가장 신비한 또 한 편의 경전에 마지막 지혜를 담아두었소. 카발라의 생명나무 원리에 의해 구성된 성경에 있는 숫자가 그 경전을 알아볼 수 있는 신호요. 먼 훗날 언젠가 박사가 성경의 암호를 이용해 그 경전을 찾으면, 예수와 그의 열두 제자를 신봉하는 사람들에게 알려주시오'라고.」

「……?」

「그러고 나서 그는 떠나갔소. 나는 그의 얼굴조차 제대로 쳐다보지 않았소. 사막에서 노숙을 하다 만나는 사람들은 으레 귀찮게 마련이라, 그의 존재에 대해 별반 관심을 갖지 않았던 거요. 오히려 약간 무시했다는 게 맞는 말일 거요. 특히 그가 마지막으로 한 말에 대해서는 조소조차 머금었을 정도였소. 마지막 지혜가 담긴 경전은 무엇이고, 예수와 그 열두 제자를 신봉하는 사람들은 또 누구란 말이오.」

「이해가 됩니다.」

「음…… 그러나 그때는 그자의 그 말을 그렇게 무시했지만 이후 나는 신비한 숫자들의 의미를 파악하는 데 정열을 쏟았소. 역사, 철학, 문화적 상관관계를 가려내기 위해 이 세상에 전해져 내려오는 모든 지식을 샅샅이 훑었지. 그러나 그 숫자들이 의미하는 바까지는 도저히 알 길이 없었소.」

인서는 고개를 끄덕이며 지관 스님의 얼굴로 시선을 돌렸다.

스님은 여전히 눈을 감은 채 듣고 있었다.

「그러던 어느 날, 나는 숫자에 대한 고대인들의 관념을 조사하다가 흥미로운 사실을 발견했소. 그들은 현대 수학에서와 마찬가지로 소수점에 대해 처리하고 있었던 거요. 비록 표기를 하지는 않았어도 소수점이란 개념을 알고 있었단 얘기요. 더욱 재미있는 것은 그들이 반올림도 했었다는 사실이오. 특히 역법이 발달한 마야나 이집트 문명에서는 상당히 미세한 정도까지 소수점을 계산하고 있었소. 나는 놀라지 않을 수 없었소. 그때부터 비로소 이 신비한 숫자들에 대한 수수께끼가 풀리기 시작했던 거요.」

인서는 비상한 관심이 일었다. 야릇한 흥분조차 느껴질 정도였다. 온 세계에 걸쳐 있는 신비한 숫자들이 나름의 정체를 가지고 있다는 말인가?

72의 의미

「박사님이 그 수수께끼를 푸셨다는 말씀인가요?」

인서의 말에 나딘은 말없이 고개를 끄덕였다. 그의 표정에는 수비학자로서의 자부심이 담겨 있었다.

「나는 모든 신비한 숫자들의 근본이 72라는 사실에 착안하여, 이 세상의 의미 있는 현상을 설명한 숫자 가운데 72에 가까운 것들을 모아보았소. 한국의 예를 들자면 회갑을 나타내는 60이라는 숫자가 있지 않소. 이런 식으로 동서양의 모든 숫자를 점검하던 중 내 머리를 강타하는 숫자 하나가 나타났소.」

「그게 무엇이었나요?」

「71.6.」

「네? 그건 도대체 어떤 의미를 가진 숫자입니까?」

「지축 이동을 나타내는 숫자요.」

「지축 이동이라구요?」

「그렇소. 지구는 공전궤도에 대해 비스듬히 기울어진 상태로 돌아가고 있소.」

「그건 누구나 다 아는 사실입니다. 지축이 23.5도 기울어져 있구요.」

「그런데 지축이 기울어진 정도는 고정적인 것이 아니오. 즉 지축은 주변 항성들의 영향을 받아 조금씩 이동하고 있소. 지금은 23.5도 기울어져 있지만, 21.5도에서 24.1도 사이를 왔다 갔다 하고 있소.」

「네? 지축이 이동한다구요? 그럼 큰일 나는 거 아닙니까?」

「급격히 이동한다면 엄청난 변화가 일어날 거요. 하지만 평소에는 극히 미세하게 이동하기 때문에 관측 자체가 매우 힘들고, 짧은 관측 연수를 가지고는 눈치조차 챌 수 없을 정도요.」

「그러면 그 이동을 어떻게 알아차릴 수 있죠? 이 지구에서는 도저히 불가능할 것 같은데요.」

「지축의 이동은 태양과 별자리의 움직임을 통해 관찰할 수 있소. 즉, 지축 이동 때문에 태양이 떠오르는 배후의 별자리가 조금씩 이동하는 것처럼 보이는 거요. 이것을 세차운동(歲差運動)이라고 하는데, 그 움직이는 범위는 아주 작소.」

「얼마나 이동하는데요?」

「그 이동 범위를 정확히 알려면 우선 황도(黃道)라는 개념부터 알아야 하오.」

「황도라면 천구상 태양의 궤도를 말하는 게 아닌가요?」

「그렇소. 지구의 공전궤도를 우주 공간으로 확대한 것이라고

최후의 경전

보면 편할 거요. 그 황도대를 빙 돌아가며 열두 개의 별자리가 있소. 황도 전체의 각도가 360도니 한 별자리당 30도를 차지하는 셈이오.」

「그런데 태양이 배후의 별자리를 이동하는 시간으로 지축 이동을 알 수 있단 말씀인가요?」

「그렇소.」

「그 시간은 얼마나 걸리죠?」

「태양이 황도대 1도를 이동하는 데 걸리는 시간이 바로 71.6년 이오.」

「아까 말씀하셨던 그 71.6이군요.」

「그렇소.」

「그런데 그 71.6이 어떻게 신비의 숫자와 관련된 수수께끼의 해답이 되죠?」

「고대인들은 반올림했던 거요, 이 71.6을.」

「반올림?」

「그렇소.」

「그러면 72란 말씀이군요?」

「그렇소. 태양이 황도대 1도를 지나는 시간 71.6을 반올림하면 72년이오. 별자리 하나가 30도를 차지하니 태양이 별자리 하나를 이동하는 데 걸리는 시간은 2,160년이고 세차운동을 다 마치는 데 걸리는 시간은 25,920년이오.」

「그런데 고대인들이 소수점을 알았다면 72보다는 정확하게 71.6이라고 하지 않았을까요?」

「하지만 그들이 건축물이나 신화, 경전, 이야기 등을 통해 그 개념을 전승하기 위해서는 72를 쓸 수밖에 없었을 거요. 게다가 거기에는 과학적 뒷받침도 있소. 나는 뉴턴의 이론을 연구하다가, 사실은 당시 최고의 과학자였던 그도 고대인들과 같이 세차운동의 주기를 계산해냈다는 사실을 알아냈다오.」

「72로 말입니까?」

「그렇소. 뉴턴 역시 태양이 황도대 1도를 이동하는 데 걸리는 시간을 72년이라고 나타냈지. 그 당시에는 현대와 같이 정밀한 측정기구가 없어 그 정도라고 발표했겠지만, 고대인들도 그와 비슷한 고민을 했었다고 생각할 수 있소.」

「정말 엄청나군요. 지금으로부터 수천 년 전의 사람들이 뉴턴과 같은 수치를 계산해냈다면……. 더욱이 태양이 작은 별자리 하나를 옮기는 데 2천 년이 넘게 걸린다면 한 사람이 평생 관측해도 알 수 없잖아요?」

「인서의 말이 맞소. 이전 세대의 기록과 지혜가 축적돼야 가능한 얘기요.」

「그런 걸 이미 수천 년 전의 사람들이 알았단 말입니까?」

「그렇소.」

「그 사실 자체만으로도 너무나 놀랍습니다. 그럼 고대의 현인들이 남겼다는 숫자들의 의미도 근거 없는 것이 아니겠군요.」

「물론이오. 그 숫자들은 이미 상당한 문명을 이룩해놓았던 고대인들, 그래서 지구의 비밀까지 밝혀낸 그들에 의해 남겨졌기 때문에 의미가 있는 거요.」

「박사님이 수집해오신 신비한 숫자들, 특히 72가 지축 이동의 정도를 나타냈다는 사실은 뭘 의미하는 건가요?」

「인서도 그간 지구에서 수많은 변화가 일어났다는 사실은 알고 있을 거요. 화산 폭발과 지진, 빙하 해빙에 의한 홍수…… 이런 것들이 공룡을 멸망시켰고, 지배적 생물의 종을 바꾸었으며, 심지어는 고대 인류의 문명마저 절멸시켰던 거요.」

「그러나 저는 고대에 이미 그 정도의 문명이 있었다는 사실을 도저히 받아들일 수 없습니다. 학교에서든 어디서든 그런 얘기를 하는 학자는 보지 못했거든요.」

「좋소. 그 얘기는 나중에 다시 합시다. 여하간 나는 지축 이동이라든지 별자리의 변화와 같은 천문 현상을 나타내는 신비한 숫자들이 건축물이나 신화 등에 전승되어온다는 사실을 알게 됐소. 나는 그 숫자들이 고대의 문명인들이 후세에 남긴 경고 내지는 신호라고 생각하오. 물론 이것은 좀 더 연구되어야 할 분야지만.」

고대인이 후세에 남긴 경고라고? 인서는 납득하기 힘들었으나 나딘의 진지한 표정을 보자 반박하고 싶은 생각이 사라졌다. 그

대신 나딘이 우연히 만난 야인에 관해 말하다가 이런 숫자들이 나왔다는 걸 기억하고는 다시 화제를 돌렸다.

「그런데 박사님, 사막에서 만났던 그 야인이 보통 사람이 아니었다고 아까 말씀하신 건 어떤 이유에선가요?」

「아, 그 야인은 기이하게도 이 모든 걸 이미 알고 있었소. 내가 그토록 오랜 세월에 걸쳐 연구한 비밀을 훨씬 오래전부터 알고 있었다는 얘기요. 이걸 믿을 수 있겠소?」

「어째서 그렇게 생각하십니까? 그는 불과 몇 마디 하지 않았다고 하지 않았습니까.」

「그는 신비한 숫자들이 모두 하늘의 움직임에서 나온 것으로, 그 의미를 알려면 성경을 보라고 했다지 않았소? 아까 말했듯이, 나는 처음 그 말을 듣고는 무시해버렸소. 그러나 내가 이런 숫자들의 의미를 깨달아가던 어느 순간 갑자기 그 말이 엄청난 무게를 가지고 다가왔던 거요.」

「……」

「조금 전 얘기했듯이 그 숫자들은 지축 이동을 반영하는 세차운동에 관한 암호요. 그러므로 이런 숫자들이 하늘의 움직임에서 나왔다고 말한 야인은 이미 모든 걸 알고 있었다는 얘기요.」

「그럼 성경은요?」

「놀랍게도 이런 오시리스 숫자는 정말 성경에도 있었소.」

「오시리스 숫자라뇨? 제가 알기로 오시리스는 이집트 신의 이름인데요.」

인서는 기억을 더듬었다. 자신도 한때 진리를 구해보겠다고 온갖 종교 서적과 경전을 뒤졌던 적이 있지 않은가.

「오시리스 숫자는 세차운동을 나타내는 그런 숫자들을 말하는 거요.」

「그런가요? 그렇다면 성경에 있는 오시리스 숫자는 어떤 겁니까?」

「바로 666이오.」

「네? 666이라면 '요한묵시록'에 나오는 악마의 숫자 아닙니까?」

「그렇소. 요한묵시록에는 '영리한 사람은 그 짐승을 가리키는 숫자를 풀이해보십시오. 그 수는 666입니다'라는 구절이 있소.」

「저도 알고 있습니다. 많은 사람들이 악마의 숫자 666으로 알고 있죠. 그래서 공포영화에서 종종 사용하는 장치 중의 하나기도 하구요. 그런데 그 숫자는 어떻게 푸는 겁니까?」

「간단하오. 6×6×6으로 풀면 되오.」

「216이 되는군요.」

「그것은 명백한 오시리스 숫자요. 태양이 별자리 하나를 이동하는 데 걸리는 시간이 2,160년이니까.」

「그럼 성경에서는 216이라는 숫자가 부정적으로 쓰이고 있는 거군요.」

「일종의 경고요. 태양이 별자리를 이동하는 것처럼 보이는 까닭은 사실 지축 이동 때문이오. 즉, 성경의 666은 지축 이동으로 야기되는 재해를 경고하는 거요.」

「네?」

인서는 깜짝 놀랐다. 그동안 많은 책을 읽어서 나름대로는 세상의 주요 이치를 대략 안다고 여겨왔는데, 나딘은 지금 인서 자신이 한 번도 생각해본 적이 없는 얘기를 하고 있지 않은가. 인서는 나딘의 이론에 대해 뭐라 대답해야 좋을지 알 수 없었다. 나딘의 이론이 맞는 것이든 맞지 않는 것이든 간에, 모두가 악마의 수라고 하던 666에 대한 과학적 해석이 놀랍기만 했다.

나딘은 분명 보통 사람과는 비교할 수 없는 인물인 듯했다.

「박사님, 그럼 야인이 얘기했던 인류 최고의 지혜를 담은 경전을 알아볼 수 있는 숫자도 발견하셨나요? 그것도 성경에 있다고 했다면서요?」

나딘은 말없이 고개를 가로저었다. 하지만 나딘의 수비학에 대한 성취는 대단했다. 인서는 이 정도의 역량을 가진 나딘이 왜 굳이 진도자를 만나려는지 궁금했다.

「아까 박사님은 초인을 찾고 계신다 했는데, 진도자란 분을 만나시려는 이유가 뭡니까? 그분이 이런 숫자들에 대해 다른 해답을 일러주실 수 있으리라 생각하시기 때문입니까?」

나딘은 고개를 가로저었다.

「그렇지 않소. 내가 그를 만나고자 하는 것은 두 가지 이유 때문이오.」

「…….」

「짐작하겠지만 하나는 진도자가 바로 그 야인일 수 있기 때문이오. 매미의 비밀을 알 수 있을 정도라면 말이오.」

「그럴 가능성도 있겠군요.」

「또 하나는 초인은 초인끼리 서로 알아볼 수 있다고 믿기 때문이오. 만약 진도자가 그 야인이 아니더라도 그를 만날 수 있는 길을 알려줄지도 모르는 일이잖소.」

「박사님은 왜 그토록이나 그 야인을 만나고 싶어 하시는 거죠? 그가 말한 신비한 경전을 알아볼 수 있는 성경의 수 때문인가요?」

「그렇다고 한다면 그렇지만…… 꼭 그 이유 때문만은 아니오. 그 야인 역시 그 수를 알고 있는 것 같지는 않았으니까. 어쩌면 야인도 그 수를 찾아 헤매고 있을지 모르오. 보통 어려운 일이 아니니까 말이오.」

「그런데 왜 꼭 그를 찾으시려는 겁니까?」

「나는 20년이 걸려 오시리스 숫자를 규명해냈소. 내가 오시리스 숫자에 집념을 쏟아붓지 않았더라면 아마도 페르마의 마지막 정리를 증명해냈을 거요. 어쨌든 오시리스 숫자를 규명하고 난 후 나에게 찾아온 것은 환희가 아닌 허무였소. 내 심정을 이해할 수 있겠소? 나는 그 야인이 이미 오래전부터 알고 있었던 것을 온 인생을 바쳐 뒤쫓아갔던 것이오.」

인서는 고개를 끄덕였다.

「하지만 그건 나의 오기일 뿐, 그 야인을 꼭 만나려는 이유는 다른 데 있소. 바로 '13의 비밀'과 관계가 있단 말이오.」

「역시 그 13의 비밀이란 건 보통의 비밀이 아닌가 보군요.」

인서는 천천히 고개를 끄덕였다. 시종 묵묵히 듣고만 있던 지관 스님이 입을 열었다.

「도대체 13의 비밀이 어떤 문제길래 그런 심산의 수도자가 도움이 될 것으로 생각하시오?」

「매우 복잡하고 기괴한 문제라……」

「아미타불, 그렇다면 말을 아끼시오.」

지관 스님은 나딘이 머뭇거리자 더 이상 강요하지 않았다. 나딘은 지관 스님이 도움이 될 것 같지 않은 모양이었다. 인서는 매우 궁금했지만 자신이 끼어들 일이 아닌 듯해 참았다.

「대사님, 그런데 박사님은 지금 어떤 위기감을 느끼시는 모양입니다. 누구에겐가 쫓긴다고 생각하시는 것도 같구요. 혹시 대사님의 높은 수행으로 박사님의 운명을 한번 살펴주시지 않겠습니까?」

인서의 말이 끝나자 지관 스님은 두 사람을 한 번씩 훑어본 후 지그시 눈을 감았다.

「아미타불.」

지관 스님은 불호(佛呼)를 한 번 외우고는 감았던 눈을 떴다.

「업보로다.」

그러고 나서 나딘의 얼굴을 물끄러미 바라보았다. 한참이 지나도록 지관 스님이 눈을 떼지 않자 나딘은 영문을 몰라 했다.

「박사님의 관상을 보시는 겁니다.」

인서의 말대로 과연 지관 스님은 나딘의 얼굴을 한참 뜯어보고 나서 말문을 열었다.

「추기급인(推己及人). 나를 바쳐 남을 이루는 상이로다.」

「무슨 뜻이오?」

인서는 당황했지만 그대로 통역하지 않을 수 없었다.

「문자 그대로예요. 나를 희생하여 다른 사람들을 행복하게 한다는 뜻입니다.」

「희생?」

나딘은 희생이라는 말에 예민하게 반응했다. 인서는 당혹스러웠다. 희생이라면 통념상 죽음을 의미하는 것이 아닌가. 스스로 위험하다고 생각하는 나딘으로서는 민감한 단어가 아닐 수 없었다. 인서가 지관 스님을 쳐다보았으나 그는 말없이 웃음만 머금고 있었다.

「휴, 다행이에요. 죽음을 뜻하는 게 아니라. 세상에 좋은 일을 한다는 뜻인가 봐요.」

　인서는 팽팽해진 분위기를 풀려고 일부러 익살스럽게 얘기했다. 그제야 나딘도 마음이 풀리는지 지관 스님에게 물었다.

　「대사님, 그 진도자라는 분을 제가 만날 수 있겠습니까?」

　「아미타불.」

　지관 스님은 여전히 눈을 감은 채 불호를 외웠다.

　「인연이 있으면 절에서도 고기 맛을 볼 수 있고, 인연이 없으면 노루 피를 마시다가도 체해서 죽는 법이오. 세상만사 모두 인연으로 얽혀 있소.」

　인서는 이런 이야기를 어떻게 영어로 설명해야 할지 난감했다. 그러나 나딘은 의외로 지관 스님이 말한 '인연'이란 단어를 통역 없이 알아듣는 듯했다. 그는 불교와 힌두교뿐만 아니라 동양의 학문에도 관심이 깊은 모양이었다. 나딘이 이내 되물었다.

　「인연이라구요?」

　「그렇소.」

　「어떻게 하면 그 인연을 구할 수 있습니까?」

　「인연이야 이미 구했지만 하늘의 뜻이 어떨지…….」

　「네? 누가 인연이란 말입니까?」

　「선생이 낸 문제를 기억했다가 되살렸다면 인연 중에도 큰 인연이 아니겠소?」

　나딘은 무슨 말인지 어리둥절해 하다가 인서를 바라보았다.

「그렇소. 이 청년이 선생에게는 인연인 게요.」

나딘은 곰곰 생각하더니 인서에게 손을 내밀었다.

「알겠습니다. 만약 진도자를 만날 인연이 있다면 인서에게서 도움을 받아야 한다는 말씀이군요.」

「힘은 젊은 사람들에게서 나오는 법이오. 석가든 예수든 마호메트든 모두 삼십대 초반에 세상을 구했소. 인서는 이제 한창 나이라 더욱 힘을 낼 거요.」

「네?」

인서는 지관 스님의 말을 듣고 있기가 민망했다. 자신을 마치 세계의 3대 성인과 비교하는 얘기같이 들렸던 것이다.

「인서야. 진도자 님이든 누구든 모두 마음이 만들어낸 허상일 뿐이다. 네가 자신을 버린다는 착한 마음으로 세상을 대하면 세상이 너를 따라올 것이며, 누구라도 세상을 지배하여 약한 자들을 괴롭힌다면 세상이 저버릴 것이다. 예수가 너보다 나을 것이 없고, 네가 석가보다 못할 것이 없단다. 매 순간 착한 마음만을 간직해라. 수천만 년의 역사를 통해 인간이 깨달은 유일한 진리는 바로 그 착함 하나니라.」

「착함이요? 그게 진리가 될 수 있습니까?」

「그럼, 착한 자가 바로 석가요 예수다. 네가 착하기만 하다면 그 어떤 초인도 너보다 못하니라.」

「…….」

「천상천하유아독존(天上天下唯我獨尊)이란다.」

인서는 민망한 기분이 들어 얼른 말머리를 돌렸다.

「그런데 대사님, 백두산은 워낙 깊지 않나요? 설사 찾아간다 해도 진도자 님을 어떻게 만날지 걱정입니다.」

「모든 것은 인연이니라.」

「하지만…….」

지관 스님은 인서가 계속 걱정스런 표정을 짓자 동자승을 불러 뭔가를 시켰다. 그리고 잠시 후 동자승이 가지고 온 것을 인서에게 건네주었다.

「자, 여기 있다.」

「이게 무엇입니까?」

「독경이다. 밤에 노숙할 때는 이것을 틀어놓거라.」

「대사님이 독경하신 겁니까?」

「그렇다.」

「고맙습니다. 대사님 목소리를 들으면 두려울 게 없겠네요. 비록 그 심산유곡에서 호랑이를 만난다 하더라도 말입니다.」

「무호호호.」

　　　　　　　　　　　　　　　　　최후의 경전

첫 만남

백운암에서 내려온 인서와 나딘은 서울로 올라왔다.

「박사님, 여행을 준비하는 데 며칠 걸릴 겁니다.」

「일단 오늘은 쉬고 내일부터 같이 준비합시다. 참, 이번 여행의 모든 경비는 내가 댈 테니 거절하지 마시오.」

인서는 나딘을 호텔에 내려주고 집으로 돌아왔다. 그러고는 바로 컴퓨터를 켰다. 역시 환희로부터 이메일이 와 있었다.

이메일을 읽어본 인서는 그 자리에서 답장을 썼다. 자신이 나딘 박사라는 아주 특이한 인물과 같이 갑자기 백두산에 가게 됐다는 것, 그리고 나딘 박사는 13의 비밀에 대해 전문가라는 내용 등을 담았다. 그러자 환희로부터 즉시 답장이 날아왔다. 방해가 안 된다면 같이 백두산에 가고 싶다는 내용이었다.

인서는 너무나 뜻밖이었다. 이번 백두산행은 관광이 아니라 노숙을 해야 하는 고생스런 여행이라고 했는데도 환희는 다시금 다음과 같은 이메일을 보내왔다.

그것이 관광이 아니라 등산이며, 기인을 찾아나서는 여행이라는 사실이 더욱 저를 기대에 차게 합니다. 저는 내일이라도 바로 떠날 수 있습니다.

인서는 환희의 이런 편지를 받고 나자 더욱 걱정이 됐다. 자신으로서는 대환영이지만 나딘이 어떻게 생각할지 몰랐기 때문이다. 나딘에게는 너무도 중요한 일인데, 마치 자기는 놀러 가기라도 하는 듯한 모습을 보일 수는 없었다. 인서는 나딘에게 전화를 걸어 사정을 설명했다.

「이메일을 나누던 여자친구라구요?」

나딘은 잠시 생각하더니 이내 승낙했다.

「같이 가도 무방할 것 같소.」

나딘은 의외로 덤덤했다. 인서는 다소 놀랐다.

「지관 스님의 말씀에서 나도 깨달은 바가 있소. 모든 것은 인연이라고. 그렇게 생각하면 마음이 편한 것을.」

나딘은 지관 스님을 만나고 나서 마음이 많이 안정된 모양이었다. 전화기를 통해 들려오는 그의 목소리도 여유가 있었다. 인서는 전화를 끊은 뒤 바로 환희에게 이메일을 보냈다.

다음날 오후 환희는 약속 장소인 롯데호텔에 나타났다. 한결 여유를 되찾은 나딘도 환희를 만나는 데 동행했다.

「인서, 우리는 이제 동료가 아니오?」

최후의 경전

환희는 인서가 사진으로 본 이상의 미인이었다. 인서는 연두색 원피스에 노랑나비 같은 스카프를 두른 그녀에게서 시선을 떼지 못했다. 환희는 요즘의 젊은 여성들과 달라 보였다. 마치 사극의 주인공처럼 말도 천천히 하고 행동도 품위가 있었다. 게다가 그녀가 요즘 인사법 같지 않게 90도 가까이 고개를 숙여 인사하자 인서는 감동을 받았다.

「환희 씨, 어떻게 휴가를 냈어요?」

「저는 비상근이기 때문에 자유로운 편이에요. 그리고 요즘은 중요한 프로젝트를 끝내고 마침 한가하던 참이에요.」

세 사람은 남대문시장에 가서 갖가지 등산 장비를 샀다. 나딘은 환희가 자신의 몫을 지불하려는 것을 한사코 말렸다.

같이 저녁을 먹는 자리에서 인서는 나딘에게 환희를 만나게 된 동기에 대해 설명해주었다. 나딘은 처음 두 사람이 13의 비밀로 인해 만났다는 대목에서는 묵묵히 듣고만 있었으나, 환희가 인서보다 먼저 13의 비밀에 대해 알고 있었다는 얘기를 듣자 관심을 보였다.

「환희는 어떻게 그런 걸 알고 있었소?」

「우연한 기회에 그냥 알게 되었을 뿐이에요.」

환희는 부끄러운 듯 겸연쩍은 미소를 띠며 대답했다.

나딘은 더 이상 묻지 않았다.

그러나 인서는 '그냥 알게 되었을 뿐'이라는 환희의 대답이 왠지 이상했다. 그녀는 13년의 매미에 대해서도 알고 있지 않았던가. 그 매미의 일생은 '그냥' 알게 되는 것이 아니었다. 그러나 인서는 그 문제를 깊이 파고들지 않았다. 환희의 아름다움에 취해 있었으니까.

「박사님, 내일이면 비자 문제도 해결되고 하니 모레쯤 떠날까요? 마침 그날 중국 선양으로 떠나는 비행기도 있더군요.」

「그럽시다. 그동안 나는 호텔에서 좀 쉬고 싶으니 두 사람은 데이트라도 하시오. 서로에 대해 알아두는 것이 이번 여행에 도움이 될 거요.」

「지시라면 따르겠습니다.」

인서의 익살에 환희는 밝게 웃었다. 입술 사이로 드러난 덧니가 더욱 애교 있어 보였다.

백두산

이틀 후 인서는 등산 장비를 잔뜩 짊어지고 집을 나섰다. 호텔 앞에서는 이미 나딘과 환희가 기다리고 있었다. 세 사람은 공항으로 가서 수속을 밟은 뒤 비행기에 올랐다. 비행기는 세 시간 정도 걸려 선양에 도착했다.

선양공항에서의 수속 절차는 매우 간단했다. 하지만 공항 밖으로 나오자마자 수많은 사람들이 달려들어 어디로 가느냐고 묻는 통에 정신을 차릴 수가 없었다.

「호호, 낯선 풍경이죠?」

세 사람을 금방 알아본 여성 안내자가 신속히 다가왔음에도 사람들은 여전히 어딜 가느냐며 극성이었다. 인서는 한국에서부터 안내자를 정하고 오기를 참 잘했다고 생각했다.

「바로 역으로 가시죠. 이제 곧 기차가 출발합니다.」

「그러죠.」

세 사람은 안내자가 미리 예약해두었던 택시를 타고 역으로 향했다.

「다른 분들은 선양에서 하루쯤 묵으면서 관광을 하시는데, 바로 백두산으로 가시는 걸 보니 등산을 매우 좋아하시는 모양이에요.」

「네.」

차분한 인상의 여성 안내자는 자기 이름이 신홍화이며 창춘대학 2학년 학생이라고 소개했다.

「신홍화라는 이름은 중국 이름입니까?」

「이름은 중국식이지만, 성은 한국 성이에요.」

「어디서 태어났는데요?」

「헤이룽장성 무단장시에서요. 거기에는 조선족들이 많이 살고 있죠.」

인서는 끝없이 뻗은 만주 벌판을 바라보다가 왠지 이상한 느낌을 받았다. 한참을 생각하던 인서는 그것이 지평선 때문이란 사실을 깨달았다.

「세상에!」

「왜 그러세요?」

「아, 땅이 이렇게 넓을 수도 있나요? 지평선이 보이다니!」

「……」

신홍화는 인서가 놀라는 이유를 이해하지 못하겠다는 듯 눈을 깜박였다.

「한국에서는 지평선을 볼 수 없나요?」

인서는 말없이 고개를 끄덕였다. 지평선을 보는 순간 인서에게는 한국이란 나라와 중국이란 나라의 역사와 현실이 생생하게 다가왔다. 그동안 한 국가의 지리적 규모에 대해서는 그다지 생각해본 적이 없었지만 지평선을 대하니 자신도 모르게 국토라는 개념이 실감났던 것이다.

「부럽군요.」

「하지만 땅이 너무 넓어도 불편해요.」

「무슨 뜻이에요?」

「도시들은 고립되고, 교류도 드무니까요. 또 타지에서 온 사람들에 대한 텃세도 심하죠.」

인서는 그럴 법도 하다고 생각했다. 그런 면에서는 오히려 한국처럼 작은 나라가 편리한 점도 있을 것이다.

기차는 한참을 쉬지 않고 달렸다. 멈출 만한 역이 중간에 없기 때문인 모양이었다.

「자, 여기서부터 등산로예요. 재미있는 시간 보내시길 바랍니다. 무엇이든 어려운 일이 생기면 즉각 제게 연락해주세요.」

「네, 신홍화 씨 덕분에 아주 편히 왔어요. 내려와서 연락할게요.」

나딘은 고개를 끄덕이는 것으로 인사를 대신했고, 환희는 인사를 했다. 신홍화는 세 사람이 시야에서 완전히 벗어날 때까지 그 자리에 서 있었다.

인서는 눈앞에 다가선 백두산을 대하자 가슴이 부풀어 올랐다. 귀에 못이 박이도록 들어온 민족의 영산을 밟게 된다는 생각에 만감이 교차했다. 한민족은 수많은 시련을 겪었지만 백두산만은 변함없는 모습으로 떡 버티고 서서 민족의 상징이 되어 왔다는 사실을 떠올리자 산은 더욱 신비한 느낌으로 다가왔다. 하늘을 찌를 듯 솟아오른 나무 사이에는 수천 년을 이어온 정기가 서려 있었다.

「과연 영산이라 할 만하군요.」

인서의 말에 환희가 고개를 끄덕였다. 그러나 나딘은 별 반응을 보이지 않았다. 하지만 등산로를 접어들어 한참이나 올랐음에도 여전히 산기슭에서 맴돌고 있자 나딘은 비로소 백두산을 인정하는 눈치였다.

「높이로 보아서는 별것 아니라고 생각했는데, 백두산이 생각보다는 넓고 큰 것 같소.」

「높이가 별게 아니라뇨? 그래도 한국에서 제일 높은 산으로 2천7백 미터도 넘는데요.」

「중앙아시아의 산들은 거의 4~5천 미터가 넘소.」

「그렇군요.」

세 사람은 말없이 한참을 걸었다. 나딘은 가파른 길도 별로 힘들어 하지 않고 잘 올랐고, 인서도 그런대로 제법 산을 타는

최후의 경전

편이었다.

두 남자는 길이 만만찮아 환희가 힘들어 하리라 예상했는데, 가볍게 산을 오르는 솜씨를 보자 놀라지 않을 수 없었다. 환희는 몸을 날렵하게 움직이면서 조금도 뒤처지지 않고 올라왔다. 거친 숨을 내뱉는 인서와 나딘에 비해 숨소리가 고른 걸로 보아 오히려 두 남자보다 산을 잘 타는 듯했다.

「대단하군요. 환희 씨가 이렇게 산을 잘 타리라고는 생각도 못 했어요.」

「호호. 어릴 때부터 할아버지로부터 단련을 받았어요.」

「이런 정도라면 내일 오전에는 정상에 다다르겠는데요.」

「너무 무리할 필요 없소. 우리는 사실 높이 올라가지 않아도 되오. 진도자가 꼭 정상에 있으란 법은 없으니까.」

나딘이 행로를 설명했다. 그러자 인서가 끼어들었다.

「참, 그렇군요. 그런데 우리는 왜 이렇게 올라가고 있는 거죠? 여기 어딘가에 머무르고 있어도 결과는 마찬가지 아닐까요?」

「아니오. 그래도 어느 정도는 올라가야 산의 모양을 알아볼 수 있소. 또 진도자가 은신하고 있을 법한 장소도 물색해볼 수 있을 테고.」

「그렇겠군요.」

일행은 부지런히 걸어 저녁 무렵에는 꽤 높은 데까지 다다랐다.

「이제 끝이 보일 것도 같네요.」

인서의 말에 환희는 웃었다.

「왜 웃는 거죠?」

「인서 씨, 이런 큰 산은 몇 번이나 정상에 다다른 것 같은 착각을 하게 만들어요. 그러면서 지치죠.」

환희의 말을 듣고 질린 인서를 향해 나딘도 한마디 보탰다.

「그렇소. 지금까지는 경사가 완만했지만 앞으로는 급경사 지대가 나타날 거요.」

「두 분은 이 산이 처음인데도 어떻게 알죠?」

「세상의 모든 산이 다 그렇소. 등산로에 따라 다소 차이가 있긴 하지만 산은 대체로 처음에는 완만한 거요.」

「네? 그럼 우리가 여태 그 완만한 기슭에서 이렇듯 헤맸단 말입니까?」

「그렇소.」

「이런!」

「하지만 어느 정도 올라왔으니 염려 마시오. 내일부터는 산세를 살피면서 천천히 다녀도 될 테니까.」

나딘의 말이 끝나자 인서가 걱정스러운 얼굴로 속마음을 털어놓았다.

「출발하기 전에도 막막했지만, 막상 산에 올라오니 더 막막합니다. 이 큰 산에서 어떻게 진도자 님을 찾을 수 있을지……」

「그러니 오르기만 하는 게 대수는 아니오. 이 등산로에서 저 등산로로 옮겨 다니면서 산을 빙빙 돌아야 할 거요.」

「한데 문제가 있군요. 설사 우리가 그분을 만난다 해도 어떻게 알아보죠?」

「이 산에서 사람을 만날 때마다 진도자를 아느냐고 물어봐야겠소. 생각해봤는데 그 방법밖에는 없을 것 같소.」

「그렇겠네요. 참, 그런데 지관 스님은 왜 독경 테이프를 틀라고 하셨을까요?」

「아마 나름대로 생각하신 게 있지 않겠소.」

페르마의 정리

세 사람은 가파른 산길을 한참이나 올라가서야 짐을 내렸다. 나딘은 독경 테이프에 신경을 많이 쓰고 있었는지 짐을 풀자마자 인서에게 말했다.

「이쯤에서 야영하는 게 좋을 듯하니 지금부터 그 테이프를 틀어둡시다.」

인서는 배낭에서 테이프와 리코더를 꺼내 스위치를 켠 후 볼륨을 한껏 높였다. 나딘은 환희의 도움을 받아서 텐트를 쳤다.

환희는 텐트를 치는 데도 능숙했다. 그동안 인서는 저녁 준비에 나섰다. 그런데 텐트를 치고 난 나딘이 인서에게 말했다.

「내가 요리를 하겠소.」

「아니, 산에서 요리랄 게 뭐 있나요? 그냥 대충 먹는 거죠.」

「진짜 요리는 이렇게 빈약한 상황에서 탄생하는 거요.」

나딘은 자신의 말을 증명이라도 하려는 듯 짐 속에서 꺼낸 캔과 햄, 야채 등 몇 가지 재료를 써서 요리를 준비했다.

「도와드릴까요?」

최후의 경전

「아니오. 맛 버릴까 두렵소.」

인서와 나딘은 어느덧 스스럼없는 농담을 주고받을 정도의 친근한 사이로 발전해 있었다. 나딘의 요리 솜씨는 정말 보통 수준이 아니었다.

「이런 식의 요리는 수의 신비를 알아내기 위해 세상을 돌아다니던 때 익혔던 거요. 하긴 결혼을 안 했으니 늘 직접 요리를 해먹기도 했고. 사실 요리할 때 너무 많은 재료를 쓰면 제 맛이 안나는 법이오.」

「박사님 덕분에 오늘 새로운 사실을 배웠네요.」

인서가 이렇게 말하자 환희도 고개를 끄덕였다. 그녀는 햄에서 나온 기름으로 지져낸 고추를 맛있게 먹었다.

환희는 나딘의 요리 솜씨를 보고 새삼 그의 생활방식이 궁금해졌는지 옅은 웃음을 띠며 물었다.

「그런데 나딘 박사님은 왜 이런 고생을 하시죠? 천재 수학자로서 얼마든지 편안하게 즐기면서 생활하실 수 있을 텐데요.」

「이것은 수학자로서의 내 양심 때문이라고 할 수 있소. 어떤 면에서는 이 세상 깊숙이 감추어져 있는 신비가들의 음모를 알아낼 수 있는 능력을 가진 사람으로서의 자존심이기도 하고.」

「신비가들이라뇨?」

인서가 반문했다.

「13을 선호하는 놀라운 존재들 말이오.」

「그 사람들이 도대체 어떤 음모를 꾸미고 있나요?」

「지금 자세히 얘기할 수는 없지만, 나는 그들의 음모를 알아내는 데 인생을 걸었소.」

「아무튼 나딘 박사님의 인생은 매우 특별한 것 같습니다. 모험심과 신비감에 둘러싸여 있는 느낌이랄까요. 존경스럽기도 하구요.」

「인서의 그런 기분은 사치스런 거요. 어찌 보면 내가 하고자 하는 일은 아주 위험하기 때문이오. 지금 이 순간도 그들은 우리의 일거수일투족을 지켜보고 있을지 모르오.」

환희는 두 사람의 대화를 경청하면서도 무슨 얘기를 나누는지 모르겠다는 듯 순진한 표정으로 그들의 얼굴을 번갈아 쳐다봤다.

인서는 햄 한 조각을 집어 환희에게 내밀었다. 그러자 그녀는 웃음을 머금은 채 받아서는 반쯤 베어 물었다. 마치 그들 세 사람만이 존재하는 듯한 백두산의 밤은 묵직하면서도 정겹게 다가왔다. 인서가 잠시의 정적을 깨며 입을 열었다.

「그런데 박사님, 그 페르마의 마지막 정리라는 건 결국 증명이 되었나요?」

「그렇소.」

「굉장하군요. 3백 년 동안이나 이 세상 천재들의 머리를 썩여온 그 지긋지긋한 문제를 푼 사람이 과연 누구인가요? 참, 〈13의 비밀〉 사이트에서 그 이름을 본 것도 같은데…….」

「앤드루 와일스 말이오? 그는 영국의 수학자로, 원래 케임브리지 출신인데 미국에서 연구 활동을 했소. 그가 남긴 수학적 업적은 그야말로 대단한 것이오.」

「굉장한 천재인 모양이죠?」

인서는 부러움과 더불어 질투를 느꼈지만 아무렇지도 않은 듯 물었다. 만약 나딘에게 자신의 마음을 들키면 비웃음을 살 것만 같았다. 동시에 인서는 자신이 참 묘한 존재로 느껴졌다. 최고의 천재들조차 엄두를 못 낸 난제 중의 난제를 해결한 사람에게 질투심을 느끼다니, 인간이란 그런 존재인지도 모른다.

잠시 생각에 잠겨 있던 나딘이 말을 꺼냈다.

「사실 앤드루 와일스는 엄밀한 의미의 천재는 아닌 것 같소. 그 문제를 풀었으니 물론 천재라고 해야겠지만, 그가 그 문제를 풀 수 있기까지는 많은 사람들이 다양한 분야를 개척해둔 것이 큰 힘이 되었기 때문이오. 그는 일본의 천재 수학자인 타니야마-니시무라의 추론을 증명했는데, 이것은 전혀 다른 두 분야의 수학을 하나로 합친 대통일 수학으로의 첫발을 내디딘 것으로 평가되고 있소.」

「그리고 그것이 바로 페르마 정리의 증명으로 귀착되었나요?」

「그렇소.」

「박사님은 페르마의 정리에 도전하지 않으셨나요?」

「왜 안 했겠소?」

「결과는요?」

「내가 앤드루 와일스가 아니란 사실만 확실히 증명해냈소.」

「하하하.」

「하지만 앤드루 와일스는 내가 발전시킨 고차방정식에서의 군론(群論)에 의거하여 페르마의 정리를 증명했기 때문에 나도 일조를 한 셈이오.」

「그럼 앤드루 와일스를 직접 만나보셨나요?」

「만나보기만 했겠소? 그는 철저하게 숨어서 그 정리를 증명하려 했지만 결국은 나를 찾아오지 않을 수 없었소.」

「아니, 왜 숨어서 작업을 했죠?」

「약간이라도 알려지면 사람들이 몰려들어 그때까지의 연구 실적이 드러날까 봐 그랬을 거요. 남들이 자신의 연구 실적을 이용해 문제를 해결하는 게 싫었겠지. 그러면 고생은 자기가 하고 공은 남이 차지하게 되니까.」

「그런데 앤드루 와일스가 도중에 해결이 되지 않아 박사님을 찾아왔단 말이죠?」

「그렇소. 앤드루 와일스의 증명 방식은 그동안 현대 수학자들이 연구한 여러 가지 이론을 종합하는 것이었는데, 19세기 프랑스의 수학자 갈루아와 내가 함께 발전시켜놓은 고차방정식의 군론이 그에게 몹시 필요했던 거요. 나는 그에게 연구 결과를 제공했고, 그 후 그는 케임브리지에서 전세계의 수학자들을 모아놓고 마침내 페르마의 정리를 증명했던 거요.」

인서는 마치 자신이 앤드루 와일스에게 도움을 준 듯이 어깨가 으쓱해졌다.

「하지만 앤드루 와일스가 케임브리지에서 증명한 방법은 사실 완벽한 것이 아니었소. 처음엔 수학자들이 탄성을 질렀지만 그것을 검증하는 과정에서 오류가 발견됐소. 검증도 결코 쉽지 않은 작업이었소. 수백 가지의 계산이 수천 개의 논리로 얽혀 있어, 앤드루 와일스가 혼자 증명해낸 방식을 검증하기 위해서 세계적 수학자가 여섯 명이나 동원되어야 했소. 그들은 앤드루 와일스의 논문을 각자의 전문 분야에 맞춰 나누어 검증했는데, 그러던 중 심각한 문제를 발견했던 거요. 그가 제시한 논리에 구멍이 뚫려 있었던 거요. 비록 바늘귀만한 구멍이었지만 수학에서는 그런 것조차 그냥 넘길 수 없으니까. 그 후 앤드루 와일스는 칩거한 채 세상에 나오지 않았고, 모두 그 역시 실패했다고 생각했소. 하지만 그는 자신이 활용했던 여러 이론 중에서 콜리바긴-플라흐 이론의 문제점만 해결하면 증명 방법이 완전해진다고 생각했소. 즉, 콜리바긴-플라흐 이론은 어떤 특정 조건하에서만 성립되는 원리인데, 앤드루 와일스가 그것을 강화시켜 모든 조건하에서 가능하다고 보았던 거요.」

「그 이론을 통하지 않고는 페르마의 정리를 증명할 수 없었나요?」

「사실 앤드루 와일스의 증명 방법은 고대로부터 현대 수학에 이르기까지의 다양한 테크닉을 총망라한 것이어서 방대하기 짝이 없었소. 그도 8년 동안 온갖 방법을 써보았지만 그 이론이 제일 적합하다고 보았던 거요.」

「그 후 어떻게 되었나요?」

「앤드루 와일스는 칩거하는 동안 끈질기게 그 이론의 문제점을 생각하다가 드디어 그것을 자신이 한때 포기했던 전혀 다른 이론과 결합시키면 완전해진다는 것을 알아냈소. 그것도 아주 드라마틱하게 말이오. 앤드루 와일스 자신 역시 실패했다는 자괴감으로 모든 것을 던져버리고 항복하기 직전 무서운 영감이 번득였던 거요. 그래서 결국 최후의 승자가 될 수 있었소. 앤드루 와일스는 곧바로 내게 전화를 걸었는데 감정이 너무 격한 나머지 뜻 모를 소리만 깍깍 질러댔소. 마치 무슨 새새끼마냥 말이오. 그게 바로 몇 년 전의 일이었소.」

나딘은 그 순간이 생각나는지 감회에 젖었다.

「감동적이었겠군요.」

인서의 말에 나딘은 고개를 끄덕였다.

「그런데 박사님이 〈13의 비밀〉에서 말씀하셨던 건 무슨 뜻입니까? 왜 현대 수학은 페르마처럼 증명하지 못한 거죠? 페르마는 앤드루 와일스같이 복잡한 방식을 쓰지 않고도 문제를 풀었

최후의 경전

나요? 그 시대의 초보적인 방식만을 써서 말입니다.」

「물론이오. 페르마가 살던 당시는 수학이 이런 정도로 발달되지 못했소. 수학자들끼리의 교류도 지금처럼 완전하지 못했고.」

「그렇다면 페르마의 정리는 여전히 수수께끼라고 말할 수 있겠군요.」

「그렇소. 페르마의 마지막 정리는 완전히 증명됐지만, 아직 의문의 여지는 남아 있는 거요.」

「그게 뭐죠?」

「그것은 바로 페르마가 어떤 식으로 증명했는가 하는 거요.」

「박사님이 아까 앤드루 와일스는 천재가 아니라고 말씀하셨던 것도 그가 페르마의 방식을 따르지 않았기 때문인가요?」

「음, 그런 점도 있소.」

「페르마가 했던 방식은 훨씬 간단했겠죠?」

「당연하오.」

「페르마가 증명도 하지 못하고서 거짓말을 했거나, 엉뚱하고 빈약한 증명을 해놓고 그 자신도 오인한 것은 아닐까요?」

「나는 아니리라 믿소.」

「그런 의미에서 보면 페르마의 마지막 정리는 아직도 풀리지 않은 셈이군요.」

나딘은 희미하게 고개를 끄덕였다. 두 사람이 얘기를 나누는 동안에도 지관 스님의 독경 소리는 끊이지 않고 흘러나왔다. 환희가 커피를 끓여, 세 사람은 따뜻한 커피 잔을 손으로 감싸쥐고 얘기를 계속했다.

「박사님은 세계를 돌아다니면서 숫자에 대해 많이 연구했다고 하셨죠? 그런데 일전에 말씀하셨던 것 중에서 이집트의 피라미드와 남미의 피라미드에 공통적으로 이용됐다는 파이 개념은 정말 이상하더군요.」

「이상하게 생각하는 것이 당연하오. 세계사의 진정한 지식은 일부에 의해서만 전승되어 내려오고 있으니까.」

「이해할 수 없어요. 세상에는 학문이 있고 학자가 있는데, 어째서 그런 사실이 알려지지 않고 일부에 의해서만 전승되는 거죠?」

「거기엔 뭔가 심오한 이유가 있는 것 같소. 나도 완전히 알지는 못하오.」

「도대체 피라미드에 파이는 어떻게 쓰였나요?」

「먼저, 이집트 기자에 있는 대(大)피라미드의 밑면 둘레는 921.46미터요. 높이는 146.73미터고. 그러면 높이인 146.73 곱하기 2를 하고, 거기에 다시 파이 값인 3.14를 곱해보시오. 그러면 921.46미터가 나올 거요.」

인서는 나침반과 함께 있는 휴대용 계산기를 꺼내 계산을 해보았다. 나딘의 말이 틀림은 없겠지만 한번 확인해보고 싶었던 것이다.

「네, 틀림없어요.」

「다음에는 멕시코의 테오티우아칸의 피라미드를 보시오. 밑면 둘레는 893.91미터, 높이는 71.17미터요. 높이 곱하기 4를 하고 거기에 다시 파이 값인 3.14를 곱해보시오.」

환희는 언제 꺼냈는지 수첩에다가 펜으로 계산을 했는데, 계산기를 쓰는 인서만큼이나 빨리 계산해냈다.

「893.89미터네요.」

「밑면 둘레와 2센티미터 정도 차이가 나지만, 이것은 오차라고 생각되오.」

「890미터 이상 되는 길이에서 불과 2센티미터의 오차라면 거의 정확하다고 봐야겠죠?」

인서는 믿기지 않는 사실 앞에서 경악했다.

「동감이오. 그렇다면 5천 년 전의 문명에서 계산으로 유추할 수 있는 바와 같이 양쪽의 피라미드가 모두 파이 개념을 건축에 적용했다고 확실히 말해도 되지 않겠소?」

「물론입니다.」

「그들은 지구가 둥글다는 사실에서 출발하여 피라미드를 지을 때 원의 개념을 가진 파이를 썼던 거요. 2를 곱하든 4를 곱하든 간에 말이오.」

인서는 말없이 고개만 끄덕였다. 나딘이 말을 이어나갔다.

「모든 역사서와 교과서는 파이가 기원전 3세기에 나온 개념이라고 가르치고 있소. 그런데 이미 5천 년 전에 지어진 양 대륙의 피라미드에서 각각 파이를 정확하게 채택하고 있소.」

「그렇군요.」

「이것은 무엇을 뜻하는 것 같소? 단지 우연이라고 생각하오?」

「아니, 절대 우연은 아닌 것 같습니다.」

「그렇소. 이것은 이미 5천 년 전의 사람들도 파이를 알았고, 무엇보다도 이집트와 멕시코 사이에 같은 문명의 뿌리가 있었다는 것을 의미하는 거요. 게다가 그들이 왜 피라미드에 굳이 원, 혹은 지구를 나타내는 파이를 썼는가도 큰 의문이오.」

「정말 그러네요.」

인서는 고개를 끄덕였다.

「그들은 파이를 씀으로써 피라미드의 경사각을 매우 복잡하게 만들었소. 직각을 절반으로 나눈 45도를 쓴다든가 하면 건축도 매우 쉬웠을 텐데 말이오.」

「왜 그랬을까요?」

「깊이 연구해보았지만 그들이 왜 굳이 파이를 썼는지는 알 수 없었소. 다만 이 세상에는 그런 것들을 아는 사람이 존재한다는 사실만은 분명하오.」

「역시 그 신비가들인가요?」

나딘은 고개를 끄덕였다.

「그들 중에서도 극소수일 거요.」

「정말 이상하군요. 어째서 그런 세계가 따로 있는 거죠? 어째서 그런 이상한 인간들이 존재하는 걸까요?」

「나도 모르겠소.」

「그들의 역사는 얼마나 되는 겁니까? 도대체 언제부터 이 지구상에 그런 인간들이 존재하기 시작했던 걸까요?」

「모르겠소. 그 모든 사실이 내게도 커다란 미스터리일 뿐이오.」

환희는 빈 커피 잔을 두 손으로 감싸 쥔 채 두 사람의 대화에 귀 기울이고 있다가 가만히 한숨을 내쉬었다.

독경 테이프는 벌써 몇 번째 계속 돌아가고 있었다. 지관 스님의 독경 소리는 어둠을 뚫고 울려 퍼졌다.

그 독경 소리는 인서의 마음을 움직였다. 부처가 태초에 이 세상은 모든 것이 혼돈이라 했던가. 나딘의 설명을 듣다 보니, 너무나 뻔해서 권태롭기조차 하던 이 세상이 갑자기 뿌연 안개 속으로 잠겨 들어가는 듯했다.

「그런데 그 매미의 수수께끼는 나딘 박사님이 처음 생각하신 겁니까?」

나딘이 고개를 끄덕였다.

「왜죠? 왜 매미는 그 오랜 세월을 땅속에서 애벌레로 지내는 겁니까? 진도자 님을 만나기 전에는 말씀해주실 수 없나요?」

「좀 기다려봅시다.」

나딘은 대답을 피했다.

「그런데 우리는 과연 진도자 님을 만날 수 있을까요?」

「지관 스님이 인서에게 인연이 있다고 하시지 않았소?」

「걱정이 됩니다. 제가 무슨 도움이 될까요.」

「우리 그 인연이란 걸 한번 믿어보기로 합시다.」

나딘은 지관 스님을 만나고 나서부터 수학자답지 않게 운명론적 사고로 기울어진 듯했다. 그는 인서의 미심쩍어 하는 얼굴을 보자 다시 한 번 신념에 찬 목소리로 말했다.

「그 지관 스님이란 분 말이오. 인서를 데려가라 하셨으면 반드시 이유가 있을 거요. 그분은 매미의 수수께끼도 푸시지 않았소?」

나딘은 매미의 수수께끼에 대한 지관 스님의 말씀을 높이 사는 모양이었다.

「이상해요. 지관 스님은 부드럽고 조용하면서도 세상 일을 모두 아시는 분 같아요.」

「범인과는 어딘지 다른 분이오.」

세 사람의 이야기는 계속되었고 밤은 깊어갔다. 백두산의 별은 차가운 공기 탓인지 더욱 또렷해 보였다. 이윽고 달이 기울기 시작하자 그들은 각자 텐트 안으로 들어갔다.

어스름한 달빛 아래 불룩 솟은 세 개의 텐트는 마치 세 개의 작은 바위처럼 지면에 단단히 뿌리를 박은 채 백두산의 바람을 받고 있었다. 그리고 바람을 타고 지관 스님의 독경 소리만이 정적에 잠긴 백두산을 휘감았다.

진도자

인서가 머리맡을 비추는 아침 햇살에 잠을 깼을 때 이미 나딘과 환희는 아침 식사 준비를 마친 후였다.

「세수는 어디서 했어요?」

인서의 질문에 환희는 살며시 웃었다.

「저는 수건에 식수를 적셔 닦았어요. 인서 씨의 수건도 적셔 줄게요.」

「아니, 괜찮아요. 내가 할게요.」

인서 역시 웃으며 대꾸했다.

아침 식사로 나딘은 커피만 두 잔 마셨고, 환희는 빵 한 조각과 과일을 먹었다. 인서는 환희가 통조림을 따서 만든 샌드위치를 세 조각이나 먹었다. 아침 식사를 마친 세 사람은 텐트를 걷고 짐을 챙겨 길을 떠났다. 그들은 이제 약간 여유가 생겨 천천히 산을 올라갔다.

사람을 만나는 일이라 굳이 정상까지 올라갈 필요는 없었다.

하지만 사실 큰 산에서 기약도 없이 사람을 찾는 일에 계획이

최후의 경전

나 방법이 따로 있을 리 만무했다. 세 사람은 도중에 등산객들을 마주칠 때마다 진도자에 대해 물어보았지만 예상했던 대로 아무도 알지 못했다.

「아마 등산객들은 모를 거예요.」

그래서 인서는 약초 캐는 사람들에게 희망을 걸고 물어봤지만 하루 종일 마주치는 사람이래야 열 명도 채 안 되었다. 더욱이 그들도 진도자를 모르기는 매일반이었다. 인서는 차츰 실망이 커졌다. 이래 가지고는 진도자를 만나기는커녕 진도자라는 이름을 들어본 사람조차 만날 수 없을 것 같았다.

온 산을 헤매고 다니다 다시 밤을 맞은 그들은 전날보다 약간 기가 꺾여 있었다. 그러나 나딘의 요리 솜씨만은 전날과 변함없었다. 인서는 식사를 하고 나서 다시 독경을 틀었다. 인서의 입에서 푸념이 새어나왔다.

「스님도 참, 이런 큰 산에서 어떻게 사람을 찾을 수 있다고……. 이름조차 들어본 사람이 없는데.」

「참고 기다려봅시다.」

나딘이 인서를 달랬다.

다시 아침이 찾아오고 세 사람은 방향도 없는 길을 떠났다. 그러나 역시 결과는 마찬가지였다. 이렇게 여러 날이 지나가자 이제는 인서뿐 아니라 나딘까지 어깨가 처졌다. 그러나 환희의 입에서는 한마디 불평도 새어나오지 않았다.

「환희 씨, 지루하고 힘들지 않아요?」

「아니에요, 저는 오히려 좋은걸요. 제가 이렇게까지 산에 푹 빠질 거라고는 생각 못했어요. 언제 다시 이런 기회가 있겠어요?」

인서는 환희의 마음씨가 고마웠다. 아무래도 젊은 여성에게 이런 여행이 재미있을 리는 없을 것이다. 인서는 마침내 나딘에게 하산하자고 얘기할 수밖에 없었다.

「밑도 끝도 없군요. 이런 방식으로는 아무래도 안 되겠어요. 일단 하산해서 신홍화 씨하고 의논해보는 게 낫지 않을까요?」

「그래요. 그렇게 할 수밖에 없겠소.」

나딘 역시 피곤하고 지친 얼굴로 맥없이 대답했다. 세 사람은 산에서의 마지막 식사를 하고 아껴두었던 캔 맥주를 하나씩 나눠 마신 다음 일찍 잠자리에 들었다. 그동안 주고받았던 희망 섞인 얘기들이 모두 공허한 여운만을 남기고 있는 분위기에서 새삼스럽게 뭘 얘기하기조차 민망했던 것이다.

인서는 다음날 아침 터덜터덜 산을 내려가는 모습을 그려보며 잠을 청했다. 사실 따지고 보면 소득이 없는 여행은 아니었다. 아니, 인서에게는 오히려 매우 유익한 여행이었다. 민족의 영산이라는 백두산을 온통 헤집고 다니며 산에 대해 뭔가를 알게되었기 때문이다. 또 산에 머무는 동안 인내와 지혜를 배웠고,

무엇보다도 신중하게 생각하고 움직여야 한다는 사실을 깨달았던 것이다.

인서는 이런저런 생각을 하다가 이내 곯아떨어졌다. 그동안 쌓였던 긴장과 피로가 한꺼번에 몰려왔다.

— 인서야.

— 아, 대사님!

지관 스님은 여느 때와 달리 붉은 가사를 입고 있었다.

— 어째서 내 목소리가 들리지 않느냐?

— 네? 목소리라뇨?

— 왜 내 목소리가 들리지 않느냔 말이다.

— 아, 독경 말씀이군요.

— 그래, 지금이다, 지금. 인서야 일어나라. 어서!

꿈이었다. 인서는 너무도 놀라 자리에서 벌떡 일어났다. 그동안 독경을 틀었지만 아무런 효과가 없었고, 오늘 밤은 마지막이기도 해서 테이프를 틀지 않은 채 잠들었던 것이다. 인서는 황급히 텐트 안에 있던 리코더를 들고 나가 스위치를 켰다.

「마하반야바라밀다……」

낭랑한 목소리의 독경은 어두운 밤하늘 저편으로 퍼져나갔다. 인서는 볼륨을 최대한 높였다. 어딘지 신비스런 기분이 들면서 꼭 누군가 나타날 것만 같았다.

「박사님!」

인서는 속삭이듯 작은 목소리로 나딘을 불렀다.

「무슨 일이오?」

나딘이 텐트 밖으로 나왔다. 뒤이어 환희도 머리칼을 쓸어올리며 조심스럽게 밖으로 나왔다. 나딘과 환희는 독경 소리에 갑자기 잠을 깨어 어리둥절한 모양이었다.

「꿈을 꾸었나 봅니다. 지관 스님을 뵈었어요. 지금이라는 예감이 듭니다.」

인서의 말이 끝나자, 나딘은 리코더의 볼륨 스위치로 손을 가져갔다. 그리고 볼륨이 최대한 높여져 있는 것을 확인한 다음 신발을 고쳐 신고는 주변을 살폈다.

나딘 역시 인서의 예감에 기대를 걸고 있는 모양이었다. 인서는 꿈이나 심령 따위와 거리가 먼 수학자 나딘에게서 의외로 신비주의자 같은 인상을 받았다.

세 사람이 불을 피우고 앉아 초조하게 기다리고 있을 때였다.

어둠에 싸인 숲속에서 파란빛이 움직였다.

「박사님, 저 빛 보이세요?」

「보고 있소.」

「짐승인가 봅니다.」

「혹시 맹수는 아닐까요?」

환희가 걱정스런 목소리로 끼어들었다.

「불을 피우고 있으니 괜찮을 거요.」

나딘은 불을 돋웠고, 인서는 불이 잘 붙은 나뭇가지 하나를 골랐다. 여차하면 그 나뭇가지를 무기 대용으로 쓸 작정이었다. 파란빛은 사각사각 소리와 함께 곧장 세 사람에게로 다가오는 듯하더니 희미한 모습을 드러냈다.

「어! 사람 같은데요.」

인서의 말에 나딘도 고개를 끄덕였다. 이내 괴존재가 모습을 드러냈다. 비록 어둠 속이지만 얼굴은 빛나 보였고, 모습에는 어딘지 모르게 은은하고 단아한 기상이 서려 있었다. 인서는 파란빛이 바로 괴인의 눈에서 나오는 안광이란 걸 깨닫고는 흠칫 놀랐다.

'아, 이 사람은 도대체 얼마나 기가 강하길래 눈에서 마치 짐승처럼 파란빛을 내쏘는 것일까.'

세 사람은 놀랍기도 하고 반갑기도 해 엉거주춤한 자세로 바라만 보고 있는데, 괴인이 그들 앞으로 다가왔다. 괴인은 두툼하게 누빈 법복 비슷한 차림이었고, 숱이 많은 머리를 뒤로 늘어뜨린 채였다. 멀리서 볼 때의 당당한 풍채와 달리 가까이에서 본 그의 표정은 고요했다.

괴인은 세 사람을 지그시 바라보며 천천히 입을 열었다. 괴인의 목소리는 의외로 부드러웠다. 그러나 인서는 그의 말을 알아들을 수 없었다. 중국말이었기 때문이다. 당황해 하는 인서의 모습을 보고 괴인은 다시 한 번 천천히 말했다.

「이 사람은 누구요?」

억양은 다소 이상했지만 이번에는 분명 한국어였다. 인서는 놀라 반문했다.

「네? 누구를 말씀하십니까?」

인서는 괴인이 아무도 가리키지 않고 물어와 누구를 말하는지 알 수 없었다.

「독경하는 이 사람 말이오.」

괴인은 부드러우나 날카로운 눈빛으로 세 사람을 쓱 훑으며 말했다.

「아, 그분은 지관 스님입니다.」

「지관이라? 음…….」

「왜 그러십니까?」

「음, 그는 어디에 있소?」

「양산 통도사에 계십니다.」

「양산이 어디요?」

「한국에 있습니다.」

괴인은 고개를 끄덕였다. 그러나 세 사람은 괴인이 왜 고개를 끄덕이는지 알 수 없었다.

「음, 천하에 이런 고인(高人)이 있었단 말인가. 이 독경은 이미 마음을 완전히 비우고 있다는 증거가 아닌가. 삼천대법을 쌓는다고 해서 이런 경지에 다다를 수 있겠는가. 역시 불법은 깊고도 깊도다.」

괴인의 입에서 긴 탄식이 흘러나왔다.

「지관 스님은 우리나라 제일의 고승이십니다.」

괴인은 인서의 얼굴을 쳐다보았다. 인서는 그의 강한 눈빛에 얼굴이 화끈거렸다.

「혹시 진도자 님이 아니십니까?」

「진도자? 그거 참 오랜만에 들어보는 이름이로다. 그런데 어떻게 나를 아는가? 이 고인이 가라고 일렀느냐?」

역시 짐작대로 그는 진도자였다.

「네, 그렇습니다. 그분이 저희더러 백두산에 가면 진도자 님을 만날 수도 있을 거라 하셨습니다.」

「음, 그래? 그러고는 내가 와보지 않을 수 없도록 독경을 주었겠다?」

「네, 그렇습니다. 우선 소개를 드리죠. 이분은 나딘 박사님, 세계적인 수학자십니다. 여기는 백환희 씨, 그리고 저는 김인서입니다.」

나딘은 진도자가 중앙아시아 사막의 야인이 아님을 알고는 실망했다. 하지만 그는 또 다른 희망을 거는 듯한 표정이었다. 진도자의 눈이 나딘을 거쳐 환희의 얼굴에 가서 머물렀다. 한참 동안 그녀의 얼굴을 살피더니 알 수 없는 말을 던졌다.

「영롱한 얼굴이로다. 어떤 도를 깨쳤기에 이렇게 맑을까.」

인서는 진도자가 환희의 얼굴을 보고 감탄하는 이유를 물으려다가 힘들게 그를 만난 터라 이내 본론으로 들어갔다.

「사실 저희는 한 가지 수수께끼의 해답을 알고 싶어 진도자님을 찾아왔습니다. 지관 스님이 추천해주셨으니까요.」

「오호, 그가 나를 그토록이나 잘 알고 있단 말인가?」

「네.」

인서는 진도자가 지관 스님에게 관심이 매우 깊다는 것을 눈치채고는 대화에 자꾸 지관 스님을 끌어들였다.

「그가 나를 어떻게 알고 있지?」

「그분은 세상에 모르는 게 없으십니다.」

「푸하하하!」

진도자는 재미있다는 듯 웃음을 터뜨렸다.

「하지만 그분도 이 수수께끼만큼은 정확히 설명하지 못하셨습니다.」

「불자무불해(佛者無不解), 선자무불통(仙者無不通).」

「그게 무슨 말씀이세요?」

「경지에 오른 자는 통하지 않는 것이 없다는 뜻이다. 이 정도 독경을 하는 경지라면 어떤 수수께끼도 풀지 못하는 것이 없을 터인데 어째서 네가 여기까지 왔는지 모르겠구나. 하긴 세상은

최후의 경전

모두가 수수께끼지. 그래, 그게 무슨 수수께끼냐? 하늘의 수수께끼냐, 땅의 수수께끼냐? 아니면 사람의 수수께끼냐?」

「숫자의 수수께끼입니다.」

「오호, 숫자라. 한국에서 그 수수께끼를 풀러 여기까지 왔단 말인가? 참 재미있구나.」

과연 지관 스님의 말대로 진도자는 숫자의 수수께끼라는 말에 관심을 보였다.

「그럼 제가 수수께끼를 여쭙겠습니다.」

「그래.」

진도자는 흥미롭다는 표정으로 인서의 얘기에 귀를 기울였다.

「매미는 17년 동안이나 땅속에서 애벌레 상태로 지내다가 성충이 되어서는 단 한 달 동안만 살다 죽습니다. 왜 이렇게 이상한 일이 일어나는 겁니까?」

「오호, 그거 참 오랜만에 들어보는 재미있는 얘기로구나.」

진도자는 수수께끼를 듣자 온 얼굴에 웃음을 머금었다.

「참으로 재미있는 수수께끼야. 하지만 내게 시간을 좀 주겠느냐?」

「물론입니다.」

「그럼 내일 다시 오마.」

「알겠습니다. 하루면 충분할까요?」

「허허허, 하루에 모르면 평생 모르는 것이다.」

진도자는 수수께끼 같은 말을 남기고 다시 숲속으로 사라져 버렸다.

「어때요, 나딘 박사님?」

「너무도 신비한 분이오. 저런 도인이라면 이 세상 모든 일을 아실 수 있을 것 같소. 하지만 지금 생각하니 매미의 수수께끼는 산에 은거하는 도인에겐 부적합한 것 같소.」

「왜요?」

「그것은 지극히 수학적인 문제이기 때문이오. 지관 스님과 같은 대답밖에는 들을 수 없을 것 같소.」

「그렇다면 진도자 님은 왜 하루의 시간을 달라고 하셨을까요? 지관 스님처럼 즉각 '생로를 찾은 놈이로다' 하실 수도 있었을 텐데요.」

「정말이지 지관 스님이야말로 대단한 분이오.」

「하여튼 기다려보죠.」

최후의 경전

매미의 수수께끼

　세 사람은 반신반의하며 하루를 보냈다. 저녁 무렵이 되자 환희도 궁금해서 견딜 수 없는지 인서에게 물어왔다.

　「과연 그 신비한 진도자 님이 문제를 풀어 오실까요?」

　「글쎄요, 나도 알 도리가 없죠.」

　「그런데 진도자 님은 재미있으신 분 같아요. 처음엔 무서워 보이더니 조금 지나니까 어린아이 같아 보이더라구요.」

　「그렇더군요. 냉랭하면서도 부드럽고, 진지한 것 같으면서도 익살스럽고.」

　「네, 얘기하시는 것도 소탈해 보여요.」

　그러나 나딘은 회의적인 얼굴로 인서와 환희의 대화를 듣기만 했다.

　「박사님, 왜 그렇게 심각하세요?」

　「내가 생각을 잘못한 것 같소. 세상에는 초인이 존재하고, 우리가 어제 만난 진도자 님도 초인임에는 틀림없는 듯하오. 하지만 지금은 회의적인 생각이 들고 있소. 그것은 이 문제를 풀 수 있는 초인이 없을지도 모른다는 거요. 진도자 님도 이처럼 지극히 수학적인 문제만큼은 푸실 수 없을 것 같소.」

「그분이 못 푸시면 그만이지 걱정하실 것까지는 없잖아요?」

「아니오. 문제를 못 풀 경우 진도자 님은 나의 얘기를 들으려고도 하시지 않을 거요.」

일리가 있는 말이었다. 진도자의 어린아이 같은 성품으로 보아, 문제를 못 풀면 다른 얘기도 들으려 하지 않을 가능성이 충분했다.

「설혹 그분이 문제를 푸시지 못한다 하더라도 박사님의 얘기를 들을 만한 자격은 있나요?」

「당연하오. 그리고도 남을 분이오.」

인서 역시 고개를 끄덕였다. 어둠 속에서 내쏘았던 파란 눈빛만 봐도 그 신통력은 이미 극에 달해 있을 것이다.

온 산에 짙은 어둠이 깔렸을 무렵 진도자가 다시 나타났다. 인서는 일흔 살도 넘어 보이는 노인이 어떻게 바람처럼 가볍게 나타날 수 있는지 의아했다.

「세상에는 축지법이란 게 정말 있습니까?」

인서는 마음 내키는 대로 말문을 열었다. 진도자가 다소 괴팍해 보이면서도 한편으로는 관대한 노인이란 생각이 인서를 편하게 했던 것이다. 역시 예상대로 진도자는 인서의 당돌한 질문에 웃으면서 대답했다.

최후의 경전

「축지법이라……. 산에서 평생 살다 보면 보통 사람보다 좀 빨리 걷게 되지.」

「좀 빠른 정도가 아닌 것 같은데요. 그런데 수수께끼는 푸셨나요?」

「물론이다.」

「네?」

인서는 물론 나딘도 깜짝 놀랐다. 진도자는 나딘의 얼굴에서 경악의 표정이 가시기도 전에 말을 시작했다.

「매미는 처음엔 잘 번식하다가 땅속에서 아주 위험한 놈을 만났다. 아마 그놈은 매미의 천적인 기생충이었을 거다. 그 기생충은 놀라울 정도로 끈질긴 놈이어서 매미가 멸종의 위험에 처하게 되었지.」

인서로부터 진도자의 얘기를 전해들은 나딘은 놀라서 말문도 열지 못했다. 인서가 나딘 대신 진도자의 말을 받았다.

「그래서요?」

「모든 숙주가 그렇듯 매미 역시 기생충에게는 속수무책이었다. 하지만 위기에 몰려 고심하던 매미는 마침내 세월을 이용하여 기생충을 전멸시킬 수 있는 방법을 알게 되었다.」

「네? 매미에게 세월을 이용할 수 있을 정도의 지능이 있다는 말씀입니까?」

「매미가 그렇게 생각한 것까지는 아니어도 본능이란 그리도 무서운 것이다. 매미의 본능은 오묘한 자연의 섭리를 좇았지.」

「자연의 섭리라구요?」

「그래, 매미는 살기 위해 자연과 수학이 공존하는 영역으로 피했다고나 할까.」

「정말 궁금하군요. 매미가 어떻게 그 무서운 기생충을 피했는지 말입니다.」

「음, 이렇게 생각해보아라. 만약 그 기생충의 수명이 2년이라면 매미는 2로 나누어떨어지는 수명을 피하는 게 상책일 것이다. 또 기생충의 수명이 3년이라면 매미는 역시 3으로 나누어떨어지는 수명을 피하려 했겠지. 그렇지 않으면 매미는 대대손손 새로 태어나는 기생충의 숙주가 될 수밖에 없을 테니까.」

「……」

「이런 식으로 진화해온 매미는 결국 기생충의 수명이 몇 년이건 간에 그들과 수명 주기를 달리하는 최선의 방법이 소수(素數)의 수명을 사는 것임을 터득했다. 예를 들어 소수 17은 어떤 수로 나누어도 떨어지지 않으므로, 기생충의 수명도 17년이 아닌 한 매미의 가계는 효과적으로 기생충의 가계를 피할 수 있는 거지. 만일 기생충의 수명이 2년이라면 기생충의 후손과 매미의 후손은 34년에 한 번씩 만날 것이다. 또 기생충의 수명이 16년이라면 매미와 기생충은 16×17인 272년 만에 한 번씩 만나게 되는 거다.」

인서가 진도자의 이야기를 이해하려고 애쓰는 동안, 나딘의

　　　　　　　　　　　　　　　　　　　최후의 경전

얼굴에는 놀라움이 차올랐다. 진도자는 어느 순간 영어로 말하고 있었으므로 따로 말을 옮길 필요도 없었다.

「종족 보존을 위한 본능이란 무서운 것이어서 기생충도 나름대로 안간힘을 썼겠지. 그들도 매미의 몸속이 아니면 살아갈 수 없었기 때문에 자신의 수명을 매미의 수명과 일치시키려 애썼을 것이다. 그러나 매미의 기생충이 17년을 살 수는 없었다. 왜냐하면 17년을 살려면 먼저 16년부터 살아야 하는데, 이 단계에 갓 부화한 기생충이 이제 막 밖으로 나오는 매미와 운 좋게 마주칠 경우는 272년에 한 번밖에 되지 않으니까. 즉, 그 오랜 세월 동안 숙주 없이 버텨야 하는 것이다.」

인서는 나딘의 얼굴을 쳐다보았다. 나딘은 아무 말이 없었지만 그 표정만으로도 진도자의 말에 완전히 빠져 있음을 알 수 있었다.

「매미는 이렇게 해서 종족을 보존시켜온 거다.」

「그렇다면 정말 대단한 일이군요.」

「그런데 나딘 박사, 지금도 매미의 몸에 기생충이 있소?」

「아니, 없습니다.」

「그럴 거요.」

「그건 왜 그렇죠?」

인서가 다시 진도자에게 물었다.

「멸종된 거지. 기생충은 매미를 따라잡으려고 눈물겨운 노력을 해왔지만 수명이 마의 벽과도 같은 16년에 이르던 순간부터 향후 272년간 매미를 보지 못하고 고생하던 끝에 모두 멸종돼버린 거다.」

「아, 굉장합니다. 믿을 수가 없을 정도예요.」

「그것이 바로 매미가 애벌레 상태로 땅속에서 17년을 지내는 이유다.」

「진도자 님은 정말 대단하시군요. 마치 수학자 같으신데요.」

인서는 나딘이 경악을 금치 못하는 것으로 보아 진도자의 말이 틀림없다는 것을 알 수 있었다.

한동안 침묵이 흘렀다. 진도자는 후련해 하는 표정으로 고개를 들어 밤하늘의 별들을 바라보았다. 겉으로 말은 안 해도 수수께끼를 푸느라 무척이나 고생한 듯했다. 인서는 여전히 넋을 잃은 듯한 표정을 짓고 있는 나딘을 채근했다.

「박사님, 뭐라고 말씀 좀 해보세요. 진도자 님의 설명이 맞는지 어떤지…….」

「인서도 잘 알지 않소. 솔직히 이 문제를 이렇게 수학적으로 풀 수 있는 사람이 있으리라고는 기대하지 않았는데…….」

그러자 인서는 마치 자신이 문제를 푼 것처럼 유쾌한 목소리로 말했다.

「세상에는 기인들이 많은 법이랍니다. 박사님. 그런데 13년 매미란 것도 있다면서요?」

최후의 경전

「그건 어떻게 알았소?」

인서는 손으로 환희를 가리켰다.

「사실 제가 박사님의 흉내를 내서 매미의 수수께끼를 인터넷에 올렸을 때 환희 씨가 응답을 해왔어요. 환희 씨는 매미의 수수께끼는 풀지 못했지만 그 대신 13년 매미에 대해 설명해주었죠.」

나딘은 고개를 끄덕였다.

「그렇소. 13년 매미도 소수의 수명을 삶으로써 천적인 기생충을 피했던 거요. 17년보다는 짧아도 마찬가지로 소수였기 때문에 기생충은 13년 또한 따라잡을 수 없었을 거요.」

「똑같은 원리군요.」

「여하튼 진도자 님의 지혜는 하늘과도 같소. 이 문제를 이처럼 정확하게 푸실 줄은 짐작조차 못했소.」

나딘의 말을 들은 진도자가 웃으며 물었다.

「후후, 박사가 이 문제를 냈소?」

「네.」

「그런 수수께끼나 내려 이 백두산까지 왔을 리는 없고, 그렇다면 박사는 뭔가 다른 일로 나를 찾아왔을 터.」

「그렇습니다.」

「그럼 이 청년을 상대로 얘기해보시오. 두 사람이 대화를 나누면 내가 들으리다.」

이 말과 더불어 진도자는 조용히 눈을 감았다.

13의 신봉자들

나딘은 담담한 목소리로 이야기를 시작했다.

「인서, 나는 수비학을 신봉하며 각종 숫자를 연구하던 중 미국의 많은 상징들이 13이라는 숫자에 의해 표현되고 있음을 알게 되었소. 국기나 휘장은 말할 것도 없고 심지어는 돈이나 의회, 정부 할 것 없이 13이라는 숫자를 나타내고 있었지. 나는 이 사실을 매우 이상하게 생각했소. 13은 누구에게나 불길한 숫자라고 알려져 있었으니까.」

「그건 그렇죠.」

「나는 그 이유가 뭘까 생각해보았소. 역사서를 샅샅이 훑었으나 13이 상징이 된 이유를 설명하는 문헌은 전혀 없었소. 미국이 독립할 당시 주의 수가 모두 열세 개여서 각종 상징을 열세 개로 했다는 주장도 있었지만, 13의 전통은 그때 시작된 게 아니었소. 그 전통은 아주 뿌리가 깊었소. 유럽에서 시작되어 미국으로 건너갔던 거요. 13은 이미 중세 이전에 유럽에서 성스러운 숫자로 신봉되고 있었단 말이오. 아마 로마에서 기독교가 탄압받기 시작할 무렵부터 13은 사람들에게 성스러운 숫자로 받아들여졌던 것 같소.」

「그렇다면 13을 중시하는 사람들이 미국을 세웠을 가능성이 있겠군요. 그래서 13이 미국의 상징이 되어 있는 거구요.」

「바로 그렇소. 그들의 요람은 유럽이지만 미국에서 꽃을 피웠다고 볼 수 있소. 어쨌든 나는 성조기와 휘장을 만들고 자신들의 상징이 담긴 돈을 찍어냈던 사람들과 그 당시의 권력자들, 기타 영향력 있는 사람들의 가계를 조사했소. 그리고 그들의 후손도 찾아내어 은밀히 관찰했소.」

「무슨 특별한 점이라도 있었나요?」

「그렇소. 나는 그들의 일상생활 속에서도 수많은 13을 발견했는데, 그들은 여전히 13이라는 숫자를 신봉하면서 살고 있었던 거요. 내 생각대로 미국의 주가 독립 당시 열세 개여서 그랬다는 주장은 허구였소. 사실 그들이 미국의 독립일로 지정한 7월 4일조차 태양과 지구의 조사(照射) 각도가 13도가 되는 날이었소.」

「정말요?」

나딘은 고개를 끄덕이며 말을 이었다.

「그리고 13을 중시하는 사람들은 모두 명망가거나 권력자, 혹은 엄청난 재산가들이었소. 앞길이 양양한 정치가나 촉망받는 엘리트들도 예외 없이 13을 중시하고 좋아했소.」

「그건 정말 이상한 일이군요. 하지만 실제로 미국의 국기나 휘장 같은 데 그러한 상징들이 들어 있는 것을 보면 터무니없는 현상은 아닌 것 같은데요.」

「그 사실을 처음 확인했을 때의 놀라움은 말로 표현하기 힘들 정도였소. 비밀리에 대중과 완전히 거꾸로 사는 사람들, 그런데 왜 대중은 13을 지독히도 나쁜 숫자라고 믿는 것일까 하는 의문이 강하게 치밀어 올랐소.」

「그러셨겠네요.」

「더욱이 그런 사람들이 한둘이 아닌 것을 발견하고는 경악했소. 그리고 결국은 세상이 내가 알고 있던 것과 영 딴판인 게 아닐까 하는 의문까지 갖게 됐소.」

「영 딴판이라구요?」

「그렇소. 이제껏 우리가 믿어오던 그런 세상과는 전혀 다른 또 하나의 세상이 있는 건 아닐까 생각하게 되었단 말이오.」

「이를테면 '그들만의 세상' 말입니까?」

「그래, 좋은 표현이오. 바로 그들만의 세상이지.」

「그러나 13을 신봉하는 사람들이 그렇게나 많을라구요?」

「내 생각에는 상상을 초월할 정도인 것 같소.」

「그건 너무 심하지 않나요? 자신들만의 비밀 교의를 가진 작은 조직 정도라면 또 몰라도.」

「나는 이보다 더한 의심도 해보았소.」

「어떤 의심입니까?」

「13을 신봉하는 사람들은 아주 가끔씩 자신들끼리의 표시로 빨간 장미 한 송이를 지니고서 대중 앞에 나타나는 경우가 있소.」

「왜 그러죠?」

「그것은 중세로부터 이어져온 그들의 전통이오.」

「그런데 그 장미가 어떤 의심을 갖게 한 겁니까?」

「오래전 나는 텔레비전에서 클린턴 대통령의 연설을 시청하던 중 그가 손에 빨간 장미 한 송이를 들고 나오는 것을 본 적이 있소. 그때 나는 머리끝이 쭈뼛해졌소. 그가 왜 빨간 장미를 들고 나왔을까 생각하니 온갖 의심이 생겼던 거요. 미국의 대통령까지 13의 신봉자들과 관련되지 않았나 하는 의심이 들었단 말이오.」

「설마 그럴 리가?」

「나는 클린턴 대통령의 어린 시절부터 지금에 이르기까지의 과정을 면밀히 조사해보았소. 그는 옥스퍼드에서 로즈장학금(Rhodes Scholarship)을 받아 공부한 적이 있었는데, 이 로즈장학금의 수혜자들 중 대다수가 13을 신봉하는 사람들과 일치했소. 또 그는 어렸을 때부터 록펠러의 도움도 받았는데, 록펠러 역시 13을 신봉하는 사람이었소.」

「확실한 증거는 없지만 그 정도면 의심해볼 만하군요. 그런데 그들의 성향은 어떻습니까? 일단은 배타적으로 보이는데요.」

「아직 확실한 것은 모르겠으나, 13이란 숫자를 신봉하는 걸 봐도 알 수 있듯이 그들은 비밀의 교의를 신봉하고 있소. 나는 그들이 종교적 믿음에 의거해 세계를 통일하려는 면도 있다고 생각하오. 나는 그들의 뿌리가 유대인이란 사실을 알아냈는데, 알다시피 유대인들은 선민의식이 강하지 않소?」

「그러나 유대인들의 메시아적 구원 사상은 세계 통일하고는 거리가 먼 게 아닙니까? 그들의 믿음은 현실의 고통을 참고 기다리면 메시아가 나타나 구원해준다는 거잖아요.」

「원래는 그랬소. 하지만 문제는 그들이 너무 많은 돈을 가져버렸고, 이제는 돈이 세상에서 가장 큰 힘이 되었다는 사실이오.」

「그들이 따르는 가르침은 뭔가요? 기독교인가요, 아니면 유대교인가요?」

「그들은 신비주의적 교의를 가지고 있소. 나는 그 뿌리가 유대인들의 신비 경전인 카발라에서 나오는 것이라고 생각하오.」

「그들은 어떤 방법으로 세계를 통일하여 정부를 만들려고 하나요?」

「일차적으로는 경제적 지배를 통해서요. 대한민국이 진 외채가 1천 몇 백억 달러니 얼마니 하던데, 그들 중 한 사람이 가진 금융그룹의 자산 총액만 따져도 1조 달러에 육박하는 실정이오. 그러니 인서도 현 상황을 판단할 수 있을 거요. 즉, 대한민국 같은 나라는 그들이 이끌면 이끄는 대로 따라갈 수밖에 없다는 얘

　　　　　　　　　　　최후의 경전

기요.」

「음…….」

인서는 화가 치밀었다. 수천 년 전통을 지닌, 인구 4천5백만이 넘는 나라의 재정이 일개 금융그룹의 자산 규모를 따라가기가 힘들다는 사실을 받아들이기 힘들었다. 갑자기 모두가 부르짖는 '세계화'라는 현상에는 상상도 못할 음모가 숨어 있을지 모른다는 생각이 들었다. 사실 세계화를 주도하는 힘은 전적으로 돈이 아닌가.

「돈으로 세상을 지배하지만, 결국 그들은 신의 가르침을 좇는다? 그들은 매우 특이한 집단이군요.」

「카발라의 신봉자들은 결코 그 교리를 떠나지 않소. 그들에게 신의 목소리란 목숨과도 바꿀 수 없는 거요. 돈 같은 것은 말할 것도 없고.」

「그들은 카발라에서 신의 목소리를 듣나요?」

「그렇소. 하지만 그들에게는 신을 대리하는 신비스러운 지도자가 있소.」

「네? 그게 정말인가요?」

「그렇소. 그게 바로 내가 진도자 님을 찾아온 이유요.」

인서는 입을 다물 수 없었다.

「누군가요, 그들의 지도자는?」

「신비에 싸인 그 인물은 문명 세계에 살고 있지 않소. 그리고

대다수 13의 신봉자들도 그가 누군지는 모르고 있소. 마스터 중의 마스터인 불과 대여섯 명만이 그의 존재를 알 뿐, 모든 것이 베일에 가려져 있는 인물이오.」

「그 지도자는 어떤 사람이죠? 누구도 따라가지 못할 권력과 돈을 가졌나요? 아니면……..」

「그는 돈이나 권력으로 조직을 다스리는 것이 아니오. 세상을 보는 신비한 눈의 소유자일 뿐이오. 이 세상 모든 것을 꿰뚫어보는 눈, 바로 전시안(全視眼) 말이오.」

나딘은 이렇게 말하며 지갑에서 돈을 꺼냈다. 1달러짜리 지폐였다.

「미국인들이, 아니 세계인들이 가장 많이 쓰는 지폐요.」

「그런데요?」

인서는 나딘이 내미는 돈을 쳐다보았다.

「여기를 보시오. 이 피라미드 말이오. 피라미드가 모두 몇 층이오?」

「하나, 둘, 셋…… 모두 13층이군요.」

아! 인서는 경악했다. 또 하나의 13이 1달러짜리에 버티고 있는 것이다.

「이 피라미드 위를 자세히 보시오.」

「어, 아니 이게 뭐지?」

신기한 그림이었다. 피라미드 위에는 빛을 발하는 눈이 그려져 있었다.

「참 이상한 그림이군요.」

「이게 바로 그 신비의 지도자를 나타내는 그림이오. 그들 조직의 지도자인 전시안 말이오.」

「아!」

정말 놀라운 일이었다. 13층의 피라미드 위에 있는 하나의 눈. 왜 이처럼 이상한 그림이 1달러짜리 지폐 위에 버젓이 그려져 있단 말인가. 그렇다면 정말 세상은 이미 오래전부터 이렇게 이상한 존재에 의해 이끌려왔다는 얘긴가.

「정말 놀랍군요. 1달러짜리 지폐에 전시안의 존재가 나타나 있다니…….」

「이미 예전부터 그들의 행위는 세계를 자신들 아래로 모이게 만들고 있소. 각 나라와 민족의 고유한 문화가 파괴되고 그 빈자리에 획일화된 의식이 채워지고 있소. 대중매체를 통해 세계의 문화가 단일화되는 것이오.」

「그런 움직임이 세계화와 관계가 있나요?」

「세계화란 단일화의 전형적인 수단이오. 그들의 실력은 자본에서 비롯되기 때문에 모든 문화는 자본에 의해 통제되는 쪽으로 흘러가고 있소. 이렇게 각 문화의 고유한 틀을 깨고 나면 결국 세계는 빈국과 부국, 아니 가진 자와 못 가진 자로 완전히 갈라지고 마는 거요. 이 분리는 결국 인간에 의한 인간의 지배를 뜻하는 거요. 가치 판단의 결여와 무절제한 소비. 이것이 바로 13의 신봉자들이 세계를 만들어가는 과정이오.」

인서는 고개를 끄덕였다. 멀리서 찾을 것도 없었다. 몇몇 친구들의 생활만 떠올려봐도 자명한 이치였다. 책도 읽지 않고 사색도 없이 오직 즐기는 일로만 시간을 보내고 있지 않은가. 가치에 대한 판단은 무의미하다고 느끼면서도 정작 브랜드에는 턱없이 약한 일부 젊은이들. 그들이야말로 13의 신봉자들이 바라는 인간상이라는 생각이 들었다.

인서는 문득 환희를 바라보았다. 그녀는 그렇게 뿌리 뽑힌 듯한 젊은이들과는 전혀 다른 부류로 느껴져서였다.

환희는 나딘의 얘기 때문에 충격을 받아서인지 깊은 생각에 빠져 있었다. 그래서 인서가 자신을 바라보는 것도 의식하지 못하고 나딘의 얼굴에 시선을 고정시킨 채 꼼짝도 하지 않았다.

그들의 지도자, 전시안

잠시 침묵이 흐른 후 인서가 나딘에게 물었다.

「그들의 지도자라는 전시안 역시 초인이겠죠?」

「그렇소. 세상의 모든 것을 다 본다는 전시안. 하지만 그도 모르는 게 하나 있었소.」

순간 인서는 깜짝 놀라 소리를 지를 뻔했다.

「네? 박사님은 그가 누군지 아십니까? 그를 만나신 적이 있다는 뜻입니까?」

나딘은 놀란 인서를 담담하게 바라보며 말했다.

「내가 중앙아시아의 사막에서 만난 야인에 대해 얘기했던 걸 기억하오?」

「아, 설마…… 박사님이 언젠가 만나셨다던 그 야인이 바로 그들의 지도자라는 말씀입니까?」

나딘은 고개를 끄덕였다.

「사실은 그렇소. 내가 만난 그 야인, 그가 전시안이오.」

「어떻게 단정하실 수 있죠?」

「언제부터인가 내 의식 깊숙한 곳에서 그 야인이 전시안이란 존재가 아닐까 하는 의문이 항상 내 머릿속을 떠나지 않았소. 하지만 나는 수학자라 함부로 억측하는 것을 극도로 싫어했기 때문에 그 우연한 만남을 의도적으로 무시해왔소. 그러던 어느 날 나는 어떤 사람으로부터 그들이 좋아하는 숫자 13이 뭘 의미하는지를 듣고 깨닫게 되었소.」

「13이 도대체 뭘 의미하는 겁니까?」

「13은 열세 사람을 얘기하는 거요.」

「열세 사람? 어떤 사람들 말인가요?」

「예수와 그의 12 제자.」

「네? 13이 그런 뜻이었나요? 그런데 그게 그 야인과 무슨 상관이?」

「그 야인이 말했다고 하지 않았소. 인류 최후의 지혜가 담긴 경전을 찾으면 '예수와 그의 열두 제자를 신봉하는 사람들'에게 알려주라고.」

「아!」

「그를 억지로 부정하고자 하는 생각이 걷히자 그가 13을 신봉하는 사람들의 지도자인 전시안이라는 확신이 생겼소. 그때부터 나는 그를 다시 만나고 싶어 미칠 것만 같았소. 하지만 그런 기회는 다시 오지 않았소. 한편으로는 그는 어쩌면 자신이 말했던 최후의 경전을 찾고 있는지도 모르겠다는 생각이 들었소. 그래서 나는 카발라와 짝이 된다는 그의 힌트를 좇아 카발라를 깊이 연구해보았소. 유대인 중에서도 최고의 머리와 부를 자랑하는 이들은 이 신비한 카발라를 최고의 경전으로 꼽는데, 생명나무 사상으로 우주의 생성과 소멸을 설명하고 있었소.」

「생명나무 사상이요?」

「그렇소. 성경에 나오는 선악과나 뱀도 이 생명나무에서 그 유래를 찾을 수 있소.」

「카발라와 성경과 그 최후의 경전 사이에는 삼각관계가 있는 모양이군요.」

「하지만 나는 카발라에서도 성경에서도 그 경전을 찾을 수 있는 암호를 알아내지 못했소.」

인서는 고개를 끄덕였다. 나딘이 비록 수비학의 대가라 해도 그것은 결코 쉬운 일은 아닐 것이다.

「그렇겠군요. 그런데 이후 아무에게도 연락이 오지 않았습니까? 일부러 〈13의 비밀〉이라는 사이트도 개설했는데 말입니다.」

「그렇소. 아무에게서도 연락이 오지 않았소. 그런데 누군가 몇 번 나의 집에 침입했었소. 아주 감쪽같이 말이오. 침입자는 나의 서재를 뒤졌는데, 그야말로 먼지 하나 안 내고 들어왔다가 사라졌소. 나는 뒤늦게 그게 경고라는 걸 알아차렸소. 중세 시절부터 그들의 조직을 캐려 했던 많은 사람들이 죽음을 당했다는 사실을 알고 있던 나는 즉각 사이트를 폐쇄하고 아무도 모르게 이

사해버렸소.」

「13의 신봉자들은 자신들의 조직이 알려지는 것을 극도로 싫어하는 모양이군요. 그래서 제게도 사이트를 폐쇄하라고 했구요.」

「그렇소. 당시 나는 위험이 시시각각 다가오고 있는 걸 느꼈소.」

인서는 오싹해짐을 느끼며 자신도 모르게 얼른 뒤를 둘러보았다. 갖가지 형상의 나무들이 어둠 속에 서 있을 뿐이었다.

「그런데 진도자 님을 만나려 하셨던 건…….」

「나는 신비주의자요. 오랜 세월 동안 수비학을 공부하다 보니 이 세상의 신비한 초인들끼리는 서로를 알아보지 않을까 하는 생각을 하게 되었소. 내가 진도자 님을 만나려 했던 이유는 지난번에도 얘기했듯이, 첫째는 진도자 님이 바로 그 야인이 아닐까 해서였고, 둘째는 진도자 님이라면 전시안이 세상에 나오지 않는 이유를 아실 수 있지 않을까 해서요.」

나딘의 얘기는 한편으론 놀랍고, 또 한편으론 흥미진진했다.

세계를 은밀히 지배하는 자들이 있고, 그들의 최고 지도자는 문명 세계에 나타나지 않고 있다니. 인서는 혼란스러웠다. 그 얘기를 믿을 수도 믿지 않을 수도 없었기 때문이다.

이 특별한 사람 나딘은 〈13의 비밀〉이라는 사이트를 개설해 전시안을 유도하려 했지만 실패했고, 이제 또 다른 초인 진도자를 앞에 두고 있는 것이다.

인서는 진도자에게로 눈길을 돌렸다. 이제 진도자의 이야기를 듣고 싶었다. 그의 입에서 무슨 말이 나올지 관심이 쏠렸다.

「나딘 박사, 중앙아시아에서 만났다는 야인의 얘기를 좀 더 자세하게 해보시오.」

진도자는 여전히 눈을 감은 채 말했다. 나딘은 다시 한 번 소상하게 야인과 만났던 얘기를 했다. 그러자 진도자는 고개를 가로저으며 혼잣말로 중얼거렸다.

「카발라와 짝을 이루고, 성경에 그 열쇠가 있는 경전이라……」

「과연 그런 경전이 있을까요?」

인서의 물음에는 아무런 대답도 없이 진도자는 한참이나 사색에 잠겼다. 인서는 밀려오는 궁금증을 참을 수가 없었다. 시간이 제법 흐른 다음에야 진도자는 비로소 눈을 떴다.

「박사의 기대와는 달리 나는 전시안에 대해서는 잘 모르오. 따라서 그가 세상에 나오지 않는 이유도 알 수 없소. 언젠가 나의 제자로부터 그와 비슷한 얘기를 들은 것 같기는 하오만. 그런데 박사는 그 이유가 숫자와 관계가 있다고 생각하오?」

「그렇습니다. 저는 전시안이 세상에 나서지 않는다는 말을 들었을 때 불현듯 야인의 얘기가 생각났습니다. 바로 세상에는 카발라와 짝이 되는 경전이 있고, 그 암호가 숫자라는 얘기였죠.

그 순간 제 머릿속에는 전시안이 혹시 그 경전에 의해 발이 묶여져 있는 게 아닐까 하는 생각이 직관적으로 떠올랐습니다.」

진도자는 고개를 끄덕였다.

「박사는 그 신비의 경전을 찾기만 하면 그들의 세계 지배 야욕을 막을 수 있다고 생각하오?」

「그것까지는 모르겠으나 최소한 전시안을 어떤 형태로든 움직일 수는 있을 거라고 생각합니다. 그도 그 경전을 찾는 데 온 신경을 곤두세우고 있었으니까요. 어쩌면 그 경전에 그들이 신봉하는 신의 가르침이 들어 있을지도 모른다는 생각이 듭니다.」

「그럴지도 모르겠소. 이미 세계를 장악한 전시안이 세상에 나서지 않는 이유가 그 경전에 있는 선지식 때문이라면 박사의 생각대로 경전을 찾는 일이 중요할 것 같소. 물질로는 이미 세계를 지배한 그들이 그토록 애타게 찾는 경전이라면 아마도 정신의 지혜를 담고 있는 것이 아닐까 싶소. 결국 인간은 물질의 굴레를 벗어나 정신의 깨달음으로 가야 하는 존재니까 말이오.」

인서는 자신도 한때 진리가 무엇이고 깨달음이 무엇인지 알아내겠다며 방랑한 적이 있는 터라, 진도자의 이야기에 다소 흥분되었다.

「진도자 님, 어떤 게 깨달음입니까?」

「세상에는 두 가지의 깨달음이 있다. 하나는 그 독경을 한 지관 스님처럼 마음의 모든 단계를 완전히 거쳐 결국에는 있어도

최후의 경전

있지 않고 없어도 없지 않은 무념무아의 경지에 도달하는 것이다. 또 하나는 온 세상의 기를 모아 내 몸 안의 우주를 여는 것이다. 먼저의 것이 정신을 다스리는 것이라면 나중의 것은 물질을 다스리는 것이다. 이런 점에서 불교는 매우 탁월한 종교지. 그러나 불교 못지않게 탁월한 것이 바로 선도(仙道)다.」

「선도라면 단전호흡을 통해 우주의 진기를 빨아들인다는 것을 말씀하시는 겁니까?」

「후후.」

진도자는 그냥 웃기만 했다.

「제가 틀렸나요?」

「불법은 쉬웠다 어려웠다 하지만, 선도는 모든 것이 어렵기만 하다.」

「네? 정말 어렵네요. 무슨 말씀인지 통 못 알아듣겠습니다. 지관 스님의 말씀은 알아듣기가 쉽던데…….」

「자, 나는 이만 가야겠다.」

「네? 가신다구요? 그 전시안은 어떻게 하구요? 나딘 박사님은 전시안을 만날 목적 하나로 여기까지 오셨는데요.」

인서뿐만 아니라 나딘도 놀란 표정이었다.

「나딘 박사, 다음에 다시 만날 일이 있을 거요.」

「한 가지만 대답해주고 가십시오. 진도자 님도 그 경전이 무엇인지 모르십니까?」

「글쎄, 세상에서 가장 난해한 경전이 있긴 하지만…….」

진도자는 말을 채 끝내기도 전에 몸을 돌렸다.

「가장 난해한 경전? 그게 뭡니까?」

이번에는 인서가 급히 물었다.

「도움이 되지 않을 게다. 평생 고생만 시킬 수야 없지.」

진도자는 이 말을 남기고 뒤도 돌아보지 않은 채 걸음을 옮겼다. 인서는 벌써 저만큼 걸어가는 진도자의 뒤에 대고 외쳤다.

「진도자 님, 다음에 어떻게 만나뵐 수 있을까요?」

「다음에? 내가 연락하마.」

「어떻게 연락하실 건데요?」

「허허허허.」

인서가 다급하게 물었지만 진도자의 웃음소리는 벌써 멀어지고 있었다.

「아니, 도대체 어떻게 연락을 하시겠다는 걸까요?」

「어쨌든 진도자 님은 일세의 기인이오.」

나딘은 진도자가 사라진 곳을 바라보며 혼잣말처럼 중얼거렸다.

「그런데 박사님, 진도자 님이 과연 연락을 해오실까요?」

「…….」

잠시 침묵이 흐른 뒤 인서가 억울한 듯이 소리쳤다.

「그런데 어째서 진도자 님이나 전시안같이 신비한 인간들이

최후의 경전

존재하는 걸까요? 그들은 도대체 무슨 공부를 한 거죠? 이 세상의 어떤 책에 그들이 알고 있는 그런 지식들이 담겨 있죠?」

「그 기분을 이해하겠소. 나도 인서와 똑같은 기분이 들곤 했으니까. 오시리스 숫자들이 무슨 의미인지 알아낼 때도 무척 괴로웠소. 미친 듯 방황하고 온갖 해석을 시도해봤지만 모두 실패했소. 하지만 늘 인간은 위대한 존재라는 사실을 깨닫곤 했소. 약간의 실마리라도 있으면 결국은 답을 찾아내니까. 나에게는 다시 그 신비한 경전이 숙제로 남겨졌소. 그리고 나는 이제까지와 다른 새로운 투지로 불타오르고 있소. 전시안도 모르고 진도자님도 모르는 그 경전을 찾아낸다는 큰 과업이 내 앞에 있으니 말이오.」

나딘은 결의에 찬 표정으로 말했다.

「저도 그러고 싶지만 능력이…….」

인서는 그만 풀이 죽고 말았다. 나딘은 오랜 수수께끼였던 페르마의 정리를 풀어낸 앤드루 와일스의 증명 방식에 문제가 있음을 지적한 천재 수학자가 아닌가. 그런 나딘도 알아내지 못한 수의 비밀을 자신이 알아낸다는 것은 어불성설이었다.

인서는 환희에게 공감을 구하며 시선을 던졌다. 하지만 그녀는 심각한 얼굴로 아무 말이 없었다. 인서는 하릴없이 나무토막을 모닥불에 던지며 생각에 잠겼다.

전세계를 배후에서 조종하고 지배한다는 전시안, 난해하기 짝이 없는 매미의 수수께끼를 단번에 풀어낸 진도자, 세상에는 어째서 이런 인간들이 존재하는 것일까. 이들의 지식은 어디에서 오는 것이며, 어째서 수많은 똑똑한 사람들이 이들의 존재조차 알지 못하는 걸까. 이 세계란 알고 보면 얼마나 신비한가. 인서는 불타오르는 모닥불에서 눈을 떼지 못했다.

오랜 시간이 흐르고 나서야 세 사람은 각자 텐트로 들어갔다. 백두산의 밤은 수많은 신비와 수수께끼를 간직한 채 깊어만 갔다.

특종과 의문의 죽음

《뉴욕타임스》의 핼로란은 출근하기가 무섭게 바로 자료실로 들어갔다. 그는 벌써 며칠째 자료실에 틀어박혀 뭔가를 찾고 있었다. 모두가 퇴근한 한밤중까지 자료실 밖으로 나오지 않았다.

「저 친구 평생 자료실에는 한 번도 안 들어갈 줄 알았는데 웬 바람이 불었어?」

늘 밖으로만 돌던 핼로란의 변화에 동료들은 의아해 했다.

핼로란은 밤에 집으로 돌아와서도 보통 때와는 너무도 달라졌다. 위스키를 입에 대고 살다시피 하던 그가 술은 한 모금도 마시지 않은 채 방문을 잠그고 들어앉기 바빴다. 그러고는 마치 정신 나간 사람처럼 뭔가를 중얼거리기도 하고, 때로는 자리에서 벌떡 일어나 벽을 주먹으로 치기도 하고, 다시 허수아비처럼 털썩 주저앉기만 할 뿐 방 밖으로는 한 걸음도 나가지 않았다.

그날 뉴저지의 모임을 보고 난 이후 핼로란의 머릿속에는 엄청난 혼란이 밀려왔던 것이다.

뉴저지의 모임을 목격한 다음날, 핼로란은 의기양양하게 편집국장을 찾아가서는 간밤에 미리 작성해놓은 기사를 책상 위에 던졌다.

「읽어보고 연락 주세요.」

자기 자리로 돌아온 핼로란은 엄청난 특종을 꿈꾸며 편집국장으로부터의 인터폰을 기다렸다. 기사는 아주 상세했다. 그날 밤 그들 열두 명이 입었던 옷에서부터 머리 모양에 이르기까지. 그러니 이제 편집국장은 혼비백산하여 자신을 호출하리라. 어쩌면 연말에 두둑한 보너스와 함께 올해의 특종상을 받을지도 모른다. 더 운이 좋으면 사주로부터 평생 고용을 보장받을 수도 있을 것이다.

그들 열두 명의 모임, 그들이 나누었던 대화, 그리고 그들의 지도자. 핼로란의 생각에 이 기사는 금세기 최고의 가치가 있는 특종이었다.

드디어 편집국장으로부터 인터폰이 왔다. 핼로란은 음성을 가다듬고 무게 있는 목소리로 인터폰을 받았다.

「핼로란, 사진 갖고 있어?」

「사진? 무슨 사진이요?」

「이 삼류 소설을 뒷받침할 만한 사진이 있느냐 말이야.」

「네? 뭐라구요?」

「사진, 사진 말이야. 사진 몰라?」

「사진은 없는데요. 찍을 수 있는 상황이 아니었어요.」

「자네, 지금 장난하는 건가?」

「장난이라뇨?」

「그럼 장난이 아니란 말인가? 이런 소설 같은 일이 어떻게 일어날 수 있어? 로스차일드가 어떤 사람의 지시를 받아, 빌 게이츠한테 구글과 리눅스에 여유를 주라고 충고했다면 과연 누가 믿겠나?」

「하지만 제 두 눈으로 똑똑히 보고 두 귀로 똑똑히 들었습니다.」

「쓸데없는 소리 말고 정신 차리게!」

핼로란은 인터폰을 꽝 소리가 나게 내려놓고는 바로 편집국장실로 뛰어 올라갔다. 사진을 못 찍은 것 자체는 실수지만 당시로서는 찍을 상황도 아니었다. 사진 자체가 이미 가택 침입을 했다는 유력한 물증인데다가, 플래시 없이 찍을 수 있는 사진기도 준비할 여유가 없었다.

편집국장은 핼로란을 보자 기사를 홱 집어던졌다.

「왜? 아직 할 말이 남았나?」

「마틴 국장님. 보세요, 이렇게 상세한 기사를 누가 추측으로 썼겠습니까?」

「자네, 아직 정신 못 차렸군. 이건 뒀다가 만우절 기사로나 쓰라구!」

편집국장은 막무가내였다.

「내 자네를 아끼기에 한마디 충고하는데, 이번 건으로 더 떠들고 다니면 즉각 해고야. 록펠러 씨가 우리 신문에 어떤 영향을 미치고 있는지는 자네도 잘 알 거 아냐?」

「그렇다면 제가 록펠러 씨를 만나 그날 밤의 상황에 대해 직접 물어볼까요?」

「자네, 돌았어? 무슨 얼빠진 소리를 하는 거야? 정말 잘리고 싶어?」

핼로란은 문을 거칠게 닫으며 편집국장실을 나왔다. 이 특종을 《뉴욕타임스》에 실을 수 없다면 다음 두 가지 방법 가운데 하나를 택할 수밖에 없다. 하나는 자신이 다른 신문사로 옮기는 것이다. 그러나 이것은 결코 쉬운 일이 아니다. 오기가 발동하긴 했지만, 사실 기사 하나로 직장까지 위태롭게 만들고 싶지는 않았다. 또 하나는 다른 신문사의 기자에게 기사를 넘기는 것이다.

핼로란은 하루 종일 고민에 휩싸였다. 둘 중 어느 것도 썩 내키지는 않았다. 신문사를 옮겨 특종을 노리는 것도 매력 있는 일이긴 하지만, 다른 신문사라고 해서 호락호락 이 기사를 실어준다는 보장은 없지 않은가. 게다가 섣불리 신문사를 옮겼다가는 그동안 《뉴욕타임스》에서 쌓아온 모든 기득권을 포기해야 한다. 곰곰 생각하던 핼로란은 한 사람의 얼굴을 떠올리고는 전화를 걸었다.

최후의 경전

「이봐, 짐. 오랜만에 술이나 한잔할까?」

짐은 폭로 전문 잡지의 기자였다. 핼로란은 일단 폭로 전문 잡지에 기사를 실어 반응을 본 후에 자신이 나서는 방법을 택한 것이다.

그날 밤 핼로란은 술집에서 짐을 만나 자신의 기사에 대해 얘기했다.

「그런 일이라면 망설일 게 없어. 내게 줘. 우리 잡지에다가 싣자구.」

「자네 이름으로 말이지?」

「그래.」

「좋아.」

짐은 흥분해서 어쩔 줄 몰라 했다. 핼로란의 기사는 틀림없이 대단한 반향을 일으키리라는 예감이 들었던 것이다. 그 기사가 사실이냐 아니냐는 폭로 잡지에서는 그리 중요한 문제가 아니다.

만약 기사 속 인물 가운데 누군가 명예훼손으로라도 고소한다면, 잡지는 더욱 날개 돋친 듯이 팔릴 것이다. 그리고 그런 고소 건은 얼마든지 해결하는 방법이 있고, 사주야 원래 그런 일을 전문으로 해결하는 사람이 아닌가.

「이봐 짐, 내 이름은 내가 원할 때만 공개하는 거야.」

「여부가 있나. 취재원 보호는 우리 잡지의 생명이라구.」

핼로란은 술집을 나오기 직전, 기사의 사본을 짐에게 넘겼다.

그러나 그것이 짐을 본 마지막이 되고 말았다.

다음날 아침 경찰이 헬로란을 찾아와 얘기한 바에 의하면, 짐은 그날 밤 집으로 돌아가다가 강도를 만나 가진 것을 몽땅 털린 채 죽음을 당했다는 것이다.

「기사는요?」

「무슨 기사 말입니까?」

「양복 안주머니의 기사 말이오.」

「아무것도 없었습니다. 강도는 모든 것을 깡그리 털어갔어요. 심지어는 신고 있던 구두까지 말입니다. 잡스런 놈이죠.」

「그곳은 우범 지역이 아니잖소?」

「글쎄 말입니다. 뒷골목에서 바퀴벌레처럼 살던 놈이 무슨 바람이 불었는지 백야로 뛰어나왔던 모양입니다. 하여튼 수사에 협조해주셔서 감사합니다. 최선을 다해 수사하겠습니다. 성과가 있는 대로 바로 연락드리죠.」

그러나 며칠이 지나도록 경찰로부터는 아무런 연락도 오지 않았다. 헬로란은 짐의 죽음이 자신의 기사와 관련된 것이 아닐까 하는 생각을 떨쳐버릴 수가 없었다. 하지만 이상한 일이었다. 도대체 누가 자신이 짐에게 기사를 넘긴 사실을 안단 말인가.

헬로란은 편집국장실로 올라갔다.

「마틴 국장님, 혹시 누구에겐가 제 기사 얘기를 하신 적이 있습니까?」

최후의 경전

「자네 도대체 왜 이래? 왜 자꾸 그 만화 얘기를 해대는 건가?」

「다시 한 번 묻죠. 누구에게 제 기사 얘기를 하셨냐구요!」

「그 쓰레기 같은 기사를 도대체 누구에게 얘기한다는 거야? 그것도 대 뉴욕타임스의 편집국장이 말이야. 내가 무슨 폭로 전문 잡지의 브로커인 줄 알아! 그리고 자네, 이게 내 마지막 경고일세. 쓸데없는 일에 끼어들지 마. 자네는 우리 신문사가 자랑하는 사건기자야. 살인사건을 뒤쫓고 사회의 비리를 캐면서 뛰어다니는 게 자네의 본분이라구. 내말 알겠어, 무슨 소린지!」

핼로란은 편집국장실을 나서면서 짐작되는 바가 있었다. 편집국장은 넌지시 경고를 한 것이다. 기사는 절대 실으면 안 된다, 너는 짐처럼 쓰레기 같은 폭로 잡지의 기자가 아니라 대《뉴욕타임스》의 기자이기 때문에 그냥 둔다는 뜻의 경고였다.

'그렇다면 내가 감시당하고 있다는 건가?'

프리메이슨

신문이란 이상한 것이었다. 하나하나의 사건에 대해서는 기가 질릴 정도로 소상하게 분석해대지만, 전체를 한꺼번에 뭉뚱그리는 기사에는 희한할 정도로 관심이 없었다. 또 신문은 매우 자세한 것 같으면서도 사실은 독자의 눈을 멀게 하는 웃기는 종이 뭉치였다.

핼로란은 자료실에 틀어박혀 지내면서 이 사실을 깨달았다.

핼로란은 뉴저지의 모임에서 보았던 열두 명에 대한 자료를 전부 한데 모아 테이블 위에 펼쳐 놓았다. 그리고 머리카락 하나라도 놓치지 않겠다는 듯 그들의 신상에 대한 모든 정보를 꼼꼼하게 비교 분석해보았다.

그러던 어느 날, 드디어 핼로란의 입에서 외마디 소리가 터져 나왔다.

「이럴 수가!」

핼로란의 예상은 적중했다. 그들에게는 단지 돈으로 얽힌 것만이 아닌 매우 특이한 공통점이 있었다.

'유대인.'

핼로란은 이미 로스차일드 등 몇몇이 유대인이며 이스라엘을 위해 엄청난 역할을 하고 있다는 사실은 알고 있었지만, 빌 게이츠까지 유대인인 줄은 몰랐다. 그들에게는 또 하나의 공통점이 있었다.

'카발라.'

그 세계 최고의 부자들이 일주일에 한 번 이상은 반드시 카발라의 연구회에 참석했던 것이다. 핼로란은 그들이 이렇게 꼬박꼬박 유대교 신비 경전의 독회에 참석한다는 것을 이해할 수 없었다.

'그들의 모임에는 뭔가 단순한 자본 합작 이외의 의미가 있을 거야. 그분이란 누구를 말하는 것일까?'

의문 속에서 자료를 끈질기게 살피던 핼로란은 자신 말고도 누구인가가 그들 열두 명에 대한 냄새를 맡았던 흔적을 발견했다. 핼로란은 그들에 대한 자료를 집중적으로 조사해온 기자의 이름을 찾아보았다.

리처드 풀턴.

그는 작년에 갑자기 신문사를 그만둔 경제부 기자였다. 핼로란의 머리는 무서운 속도로 회전하기 시작했다.

'당시 풀턴은 아무런 이유도 없이 사직했다. 그는 나와 마찬가지로 뉴욕타임스의 토박이였다. 우리는 그의 이유 없는 사직을

수수께끼라고 생각하지 않았던가. 그렇다면 그의 사직에는 뭔가 숨겨진 비밀이 있는 게 틀림없어.'

핼로란은 자료실을 나와 2층 인사부로 내려갔다.

「리즈, 리처드 풀턴의 주소 좀 알려줘.」

「풀턴 기자는 퇴직했잖아요.」

「알아, 주소 좀 알아줘. 맥주 한잔 살게. 근데 입에 자물쇠 채우는 거 잊지 마.」

「이게 뭐 그리 중요한 일이라구. 설마 동료 기자 가지고 특종 잡으려는 건 아니겠죠?」

핼로란은 리즈가 뽑아준 풀턴의 주소를 주머니에 집어넣었다. 그러고는 아무 일도 없는 듯 자신의 책상으로 가서 처리해야 할 기사를 작성하기 시작했다.

「이봐, 핼로란. 이제 정상으로 돌아온 거야?」

「언제 무슨 일 있었어?」

「우린 자네가 자료실에 살림 차렸나 했지.」

퇴근 후 핼로란은 집으로 차를 몰았다. 그리고 집에 도착해 차고에 차를 집어넣고 난 다음 옷을 바꿔 입고는 길가에 주차해둔 아내의 차에 올라 시동을 걸었다.

브루클린 32번가.

핼로란은 목적지에 도착하자 시동을 끄고 조심스럽게 주위를 둘러봤다. 그리고 아무도 없는 것을 확인한 뒤 날렵한 동작으로

최후의 경전

현관으로 다가가 초인종을 눌렀다.

「누구세요?」

핼로란도 여러 번 만난 적이 있는 풀턴의 아내 목소리였다.

「핼로란입니다.」

「어머, 핼로란 씨. 오랜만이네요. 어서 들어오세요.」

그녀는 문을 열면서 주변을 살폈다. 핼로란 역시 집으로 들어가며 뒤를 돌아다보았다.

「요즘 어떠세요? 좋은 기사 많이 쓰시던데요. 여보, 핼로란 씨가 오셨어요!」

핼로란은 깜짝 놀랐다. 2층에서 내려오는 풀턴의 모습이 너무도 변해 있었기 때문이다.

「아니, 자네 얼굴이 왜 이래?」

예리하고 재기 번득이던 예전의 풀턴이 아니었다.

「핼로란 기자, 어서 와. 웬일로 여기까지 찾아왔어?」

「뭐, 그냥. 잘 있나 보려고.」

「하여튼 잘 왔어. 2층 서재로 가세.」

핼로란은 왜 풀턴이 통상 손님을 맞는 거실이 아닌 2층 서재로 가자는 것인지 의아했다.

2층에 있는 풀턴의 서재는 비록 작지만 아담했다. 서재에 앉아서 일상의 안부와 회사 돌아가는 얘기를 묻던 풀턴은 커튼을 걷고 밖을 내다보더니 은밀한 목소리로 말했다.

「자네 뭔가 일이 있어서 왔지?」

핼로란은 고개를 끄덕였다.

「그들 때문인가?」

「그들이라면?」

「세상을 지배하고 있는 자들 말이야.」

「……..」

「내겐 숨길 필요 없네.」

「아니, 나는 사실상 아는 게 거의 없어. 자료실에서 자네가 남긴 것을 보고는 흥미가 생겨 찾아온 것뿐이야.」

「후후, 날 속이려 하지 마. 자넨 분명 뭔가 발견한 게 있어. 아마 우연이겠지만 말이야.」

핼로란은 어차피 풀턴을 찾아온 바에야 숨길 일이 아니라고 생각했다.

「그래, 사실 나는 너무도 놀랐어.」

「그게 뭐지?」

핼로란은 주머니에서 기사를 꺼내 풀턴에게 내밀었다. 풀턴은 잠시 읽어보더니 흡족한 듯 미소를 지었다.

「대단하군. 자넨 역시 뛰어난 민완기자야. 그들이 모이는 현장을 잡아내다니 말일세. 나는 이 열두 명 모두가 '그들'인지는 몰랐어.」

「자네 말대로 우연이었어.」

「어쨌거나 말이야. 하지만 이 기사는 실리지 못하겠지?」

「그래.」

「당연하지.」

「마틴 국장이 그들의 끄나풀인가?」

「마틴 국장만이 아냐. 모든 언론이 그들에 의해 조종되고 있어.」

「설마!」

「이 기사는 어느 신문에도 실을 수 없어. 자네, 클린턴 대통령일 기억나나?」

「…….」

「섹스 스캔들이 절정이던 때 각 언론이 일제히 여론조사 결과를 실었던 것 말야.」

「그래, 알지.」

「클린턴 대통령은 '미국의 경제를 회생시켰다'고 그의 이미지를 부각시킨 여론조사 기사 덕분에 살아났던 거야.」

「그런데?」

「언론사들의 일사불란한 협조였지. 그들에 의해서 통제되는.」

「음…….」

「자네가 끝까지 이걸 신문에 실으려 한다면 내 꼴이 되고 말걸세.」

「자네가 어떤데?」

「힘든 세월이었어. 밤낮 없이 감시당했지. 아마 아직 살아 있는 것도 뉴욕타임스 출신이기 때문인지 몰라.」

「그럼 자네가 신문사를 그만둔 것도?」

「물론. 타의에 의한 것이었지. 그 후 다른 언론사에도 취직이 되질 않아.」

「도대체 그들의 목적은 뭔가? 그리고 자네는 어떻게 그들을 알게 됐지?」

「사실 자네나 나나 그들을 탓할 자격이 없는지도 몰라. 그들 덕에 편하게 살고 있는 건지도 모르니까.」

「무슨 소리야?」

「미국의 구세주라고나 할까? 그들이 아니었으면 미국은 지금 굉장히 힘들 거야.」

「글쎄, 그들 모두가 세계적인 기업을 갖고 있으니 그렇게 얘기할 수도 있겠지만 미국의 기업이 그들 소유뿐이겠어?」

「아냐. 그렇게 쉽게 얘기할 문제가 아냐. 이것은 기업이 몇 개 있고 없고의 문제가 아니라구. 나는 처음에 매우 이상한 현상을 조사하다 그들의 존재를 알게 됐어.」

「이상한 현상이라니?」

「1970년대부터 1990년대 초반까지 고전을 면치 못하던 미국 경제가 1990년대 중반부터는 갑자기 막강한 위력을 발휘하게 됐지. 자네, 그 내막을 아나?」

최후의 경전

「그야 신기술이 등장하고 미국의 경영자들이 잘해서 그런 거 아닌가?」

「그렇다면 일본이나 아시아 국가들은 왜 그렇게 망가져버린 걸까?」

「글쎄, 신문에 의하면 금융을 따라잡지 못해서 그렇다고 하던데……」

「그래?」

「사실 나 같은 사회부 기자야 경제는 잘 모르지. 세금이나 주식 정도나 관심을 둘까 말이야.」

「주식? 그렇다면 그 주식으로 이야기를 풀어나가 볼까?」

「얘기해보게.」

「헬로란, 지난 10년 동안 미국의 주식은 수직 상승을 해왔어. 경이적이지. 그런데 나는 특집 기사를 쓰기 위해 미국의 주식을 조사하던 중 이상한 현상을 발견했어.」

「그게 뭔가?」

「미국의 주식, 그것은 실적과는 아무 상관없이 오르고 있었단 말이야.」

「주식이란 그런 거 아냐? 다분히 심리적인 거잖아.」

「물론 그렇지. 그런데 전체 주식이 마구잡이로 오른다면? 즉, 한두 개 회사도 아닌데 아무런 이유도 없이 전체 주식시장이 미친 듯이 질주한다면? 더군다나 무역 적자는 매년 사상 최고치를 경신하는데 말이야.」

「그야 어디 투자할 데가 마땅치 않은 자금이 모두 증권시장으로 몰려왔기 때문일 수도 있잖아.」

「물론 그럴 수도 있겠지. 그래서 주식시장이 의심을 받지 않았던 거고……. 하지만 말일세, 만약 이렇다면 자네는 어떻게 생각하겠나?」

「……」

「어떤 사람들이 무슨 일이 있어도 주가를 하늘 끝까지 올리기로 미리 협약을 체결한다면, 그래서 자신들이 보유한 주식을 절대로 팔지 않고 계속 사대기만 한다면? 그리고 그들이 세계 자본의 30퍼센트 이상을 장악하고 있는 엄청난 자들이라면?」

「글쎄, 나로서는 잘 이해가 안 되는걸. 그런데 그런 일이 실제로 일어날 수 있는 거야? 아무리 협약을 맺었다 하더라도 그렇게나 쳐낼 수 있는 거냐구.」

「헬로란 자네도 보지 않았나? 자네 기사에 의하면 '그분'이라는 사람이 있잖아.」

「그럼 그가 뒤에서 조종했다는 거야? '그분'이라는 사람이?」

「그래, 그가 세상을 완전히 바꾸어버린 거지.」

「세상에! 어떻게 한 개인이 그럴 수 있지?」

「그들은 이미 '프리메이슨(freemason)'이란 비밀 조직을 형성해놓고 있어. '그분'은 바로 프리메이슨의 지도자인 셈이지.」

「프리메이슨이라구?」

「그래, 프리메이슨은 세계사의 주역이라 할 수 있을 정도로 세계를 좌지우지하고 있어. 미국 경제에도 깊이 관여하고 있지. 지난 1980년대 미국은 아시아와의 경제 전쟁에서 패했어. 시장쟁탈전에서 밀려난 거지. 일본이니 한국이니 중국이니 하는 아시아의 맹장들하고 싸워서 이길 수는 없었으니까. 그들은 정말이지 값싸고 질 좋은 상품을 만들어내잖아.」

핼로란은 고개를 끄덕였다.

「미국은 엄청난 무역수지 적자와 재정 적자로 휘청거리고 있었지. 그때 프리메이슨의 일원인 그들 열두 명이 모여서 동원할 수 있는 모든 자금으로 주식시장에 불을 붙이자고 맹약을 맺었어. 물론 '그분'의 지시에 의해서 말이야.」

핼로란은 자신이 목격한 그들의 모임에서 나왔던 얘기에 비추어보면 충분히 가능한 일이라는 생각이 들었다. 이윽고 풀턴이 다시 말을 이었다.

「나는 당시 주가가 미친 듯이 뛰는 걸 보고 도무지 이해가 되지 않았어. 알고 보니 그들 열두 명이 주식을 사대는데 어마어마하더군. 그러자 바로 다른 투자가들이 뒤따르고, 결국 미국인이란 미국인은 모두 주식시장으로 모여들었지. 그들 열두 명 외의다른 사람들은 아무것도 몰라도 됐어. '묻지 마 투자' 알지? 사기만 하면 오르는데 누가 망설이겠어.」

「그래서 나도 제법 주식에 맛을 들이게 됐잖아.」

「그들은 자본주의 자체를 아예 바꾸어버린 거야. 이제까지의 생산자본주의에서 금융자본주의로 말일세. 사실 금융이란 실체가 없는 거 아닌가? 그들 열두 명이 가진 자본은 자본주의 전체를 흔들어댈 정도로 막강해. 빌 게이츠가 세계 제일의 부자니 뭐니 하지만 사실 로스차일드 가문 등이 수백 년에 걸쳐 형성한 자본에 비하면 아무것도 아니지. 어쨌거나 그 자본이 주식시장으로 몰리자 이런 폭등 현상이 일어났고, 미국은 완전히 기사회생한 거야.」

「아무리 그래도 뭔가 갖다 댈 게 있어야 하는 거 아냐?」

「갖다 댈 거라니?」

「이유 말이야. 주식이 오르는 이유를 제공해야 하는 거 아니냐구.」

「나스닥. 나스닥이 바로 그거야. 그 어마어마한 돈을 인터넷이니 정보화사회니 뭐니 하는 꿈의 세계로 이끌어낸 거야. 빌 게이츠가 왜 저렇게 순식간에 부자가 됐겠어? 세계의 돈을 주식으로 끌어대는 어마어마한 돈을 흡수할 기업, 아니 필드가 필요했던 거지. 마이크로소프트는 그런 필드 중의 하나였어.」

풀턴의 말에 핼로란은 말없이 고개만 끄덕였다. 따지고 보면 자신도 미국인으로서 프리메이슨들에게 감사해야 할 일이었다. 하지만 핼로란의 가슴속에서는 일종의 무력감 같은 것이 생겨났다. 그렇다면 프리메이슨들이 지배하는 세계에서 자신의 존재란 무엇이란 말인가. 일개 티끌에 불과하지 않은가.

「풀턴, 도대체 판단이 서지 않는군. 프리메이슨들에게 고마워해야 되는 건지 어떤 건지 말이야. 현실적으로 보면 미국이 기사회생한 데 대해서 감사하지 않을 수 없으니까.」

핼로란은 혼란스러웠다.

「물론 미국인들은 감사해야지. 하지만 다른 지역에서는 얘기가 달라져.」

「그게 무슨 말인가?」

「자본이 현저하게 노동을 유린하자, 값싼 노동 세계의 대표격인 아시아는 희생양이 되었던 거야. 아시아가 겪었던 위기와 고통이 바로 여기에서 나온 거지.」

「무슨 말인지 잘 모르겠군.」

「자본주의의 두 축은 자본과 노동이 아닌가.」

「그렇지.」

「그런데 자본이 저토록 질주해버리니까 상대적으로 노동이 왜소해진 거지. 프리메이슨들은 전세계적으로 자신들의 자본을 굴리기 위해 각국의 고유한 경제 환경을 완전히 파괴해버린 거야. 바로 세계화라는 걸 통해서 말이지. 이제 세계는 어쩔 수 없어. 더 이상 자본과 정보의 결합 앞에 저항할 나라가 없는 거야. 점차 자본 앞에 굴복하고 있는 거라구. 우리 모두는 자본 앞에서 문화적 고유성을 잃어버리게 될 거야.」

「국가라는 개념이 없어질 거란 이야긴가?」

「꼭 그렇진 않다 하더라도 큰 방향은 프리메이슨들이 마음먹
기에 달렸다는 뜻이야. 소위 '그분'이 국가를 없앨지 그냥 둘지
어떻게 결정하느냐에 따라 모양이 달라질 수 있다는 이야기야.」

「엄청난 얘기군.」

「프리메이슨들에게 이런 것쯤은 아무것도 아냐. 내가 보기에
그들은 오랫동안 뭔가를 준비해온 것 같아. 그런데 '그분'은 아직
세상에 나서지 않고 있어. 그 이유는 모르겠지만……. 여하튼
'그분'이 세상에 모습을 드러내는 날이면 틀림없이 엄청난 일이
벌어질 거야.」

「자네는 이런 사실을 왜 공개하지 않는 거야?」

「나로서는 최선을 다해 노력했지. 하지만 언로가 꽉 막혀 있
어. 공론 자체가 거부되고 있는 거야. 그러니 대중은 전혀 몰라.
이건 개인의 힘으로는 안 돼. 나는 주눅든 듯이, 정신병자처럼
생활함으로써 그나마 일을 당하지 않고 있는 거야. 하지만 자네
는 상당히 위험해 보이는군.」

「그렇잖아도 이미 사고가 있었어.」

핼로란은 짐의 죽음에 대해 얘기했다.

「그건 약과야. 프리메이슨들은 자본을 지키기 위해서 전쟁까
지 불사하는 자들이야. 중동에서 얼마나 많은 사람들이 죽어가

고 있는지 아나? 그들 조직은 석유를 지배하는 데 장애가 되는 자들을 모조리 처단하고 있어. 산유국들은 자국의 기름인데도 마음대로 권리 행사를 못하고 있지. 그들에게 지배당하고 있으니까. 예를 들어 걸프전 같은 것도 모두 석유 때문에 일어난 거야. 러시아의 체첸 침공 같은 것도 결국은 그들과의 싸움이고. 석유 장악을 둘러싼 경쟁이지. 하지만 러시아는 이기지 못해. 그 옛날 히틀러가 그랬듯이 말이야.」

「그건 또 무슨 소리야? 프리메이슨들이 히틀러와도 관계가 있었다는 얘긴가?」

「히틀러는 프리메이슨의 세계 지배 음모를 알았지. 그래서 유대인을 박해했던 거야. 지금은 워낙 그들의 세력이 광범위하지만 본래 그들의 실체는 유대인이었으니까.」

「난센스야. 그래서 히틀러가 죄 없는 유대인을 6백만 명이나 죽였단 말인가?」

「6백만이라구? 그것 자체도 프리메이슨들이 만들어낸 허위야. 극도로 과장된 거짓말이라고. 모두 독일의 힘을 빼놓자는 수작이지.」

「역사조차도 프리메이슨들에 의해 조작되고 있다는 얘긴가?」

「역사뿐만이 아냐. 모든 것이 조작되고 있지.」

「그런데 ‘그분’은 도대체 어디에 있는 건가?」

「그건 나도 몰라.」

핼로란은 고개를 절레절레 흔들었다.

핼로란은 풀턴의 집을 나서자마자 단골 술집으로 차를 몰았다. 술을 마시지 않고는 이 엄청난 사실을 감당할 수 없었던 것이다. 그는 바에 앉아 몇 잔을 거푸 들이켜며 이제 자신의 길은 분명해졌다고 다짐했다.

리훙즈

인서는 백두산에서 돌아온 이후로 도서관에서 살다시피 했다. 나딘으로부터 들었던 신비한 경전에 대한 얘기가 마음을 완전히 사로잡았던 것이다. 전시안이라는 야인도 나딘도 찾지 못한 경전이 있다는 사실에 더 호기심이 동했다. 그들에 비해 지적 능력은 떨어질지 몰라도 자신에게는 무엇보다 젊음이 있지 않은가.

그러던 어느 날, 아침부터 저녁 늦게까지 도서관에서 성경을 연구한 인서가 막 집에 들어서는데 전화가 울렸다. 나딘이었다.

「아, 박사님.」

「마침내 진도자 님이 사람을 보내왔소.」

「어, 진도자 님은 제게 연락하실 줄 알았는데…….」

「미국에 있는 어떤 사람 때문에 내게 연락을 하신 것 같소.」

「그렇군요.」

「그런데 인서가 지금 곧 미국으로 좀 와야겠소.」

「왜요?」

「진도자 님은 내게 인서와 함께 누군가를 만나라고 하셨소.」

「누군데요?」

「리홍즈라는 사람이오.」

「리홍즈, 그가 누구죠?」

「구체적인 얘기는 만나서 합시다.」

「알겠습니다.」

「내가 비행기 좌석을 예약해놓았소.」

「고맙습니다.」

「그럼 내일 곧장 공항으로 가시오.」

「네.」

다음날 아침 인서는 서둘러 공항으로 나갔다. 공항에 나가 보니 나딘이 이미 비즈니스 클래스의 운임을 지불해둔 상태였다. 비행기는 뉴욕까지 열네 시간을 논스톱으로 날아갔다. 뉴욕공항에는 나딘이 마중 나와 있었다.

「박사님, 나와주셨군요.」

「아, 인서. 반갑소. 피곤하지는 않소?」

「아직 젊은데요, 뭘. 그런데 진도자 님이 박사님의 연락처를 어떻게 아셨을까요?」

「찾아온 사람 얘기로는 수학자협회에서 알아냈다더군.」

「그렇군요. 그런데 리홍즈라는 사람이 도대체 누구길래 진도자 님이 우리한테 만나라고 하셨을까요? 그가 초인에 대한 어떤 정보라도 가지고 있는 걸까요?」

「내 짐작에 의하면 리홍즈는 보통 사람이 아닌 것 같소. 찾아온 사람은 자신이 그 문하에 있는데 리홍즈는 아무에게도 거처를 알리지 않는다고 하더군.」

「네? 그럼 어떻게 리홍즈를 찾죠?」

「진도사 님이 보내오신 메시지가 있소. 아마 그 메시지를 광고로 내면 리홍즈가 볼 수 있을 걸로 생각하신 모양이오.」

「어떤 메시지인데요?」

「'수레바퀴는 돌고 도는데 사람은 어디에 있나'라는 메시지요.」

「재미있군요.」

다음날 《뉴욕타임스》의 광고란에 그 메시지가 실렸다. 아버지로부터 물려받은 유산으로 인해 돈에 구애를 받지 않는 나딘은 광고를 아주 큼지막하게 냈다.

인서가 나딘의 아파트에 머무는 동안, 나딘은 예의 그 요리 실력을 발휘했다. 백두산에서는 재료가 제대로 없어 실력 발휘를 못했지만 자신의 집에서는 각종 요리의 진수를 선보였던 것이다.

「그런데 리홍즈라는 사람은 광고를 보았을까요?」

「아마 곧 연락이 올 거요. 진도자 님을 믿는 수밖에 없소.」

「그런데 도대체 리홍즈라는 사람은 누굴까요? 미국에서 사는 사람 같긴 한데. 그리고 진도자 님이 왜 그를 만나라고 하셨을까요? 찾아온 사람이 그 이유는 설명해주지 않던가요?」

「아무 얘기도 없었소.」

「참, 그 작업은 무슨 성과가 있었습니까? 카발라와 짝이 되는 경전을 찾는 일 말입니다.」

「아니, 아직. 하지만 성경에서 보통의 숫자와는 다른 특이한 수들을 발견하기는 했소.」

인서는 고개를 끄덕였다. 전시안도 찾지 못하는 것을 나딘이 그렇게 쉽게 찾을 리는 만무했다. 인서는 나딘에게 그 특이한 수들이 뭐냐고 물으려다가 입을 다물었다. 인서는 자신도 독자적으로 이 작업에 뛰어들고 싶었던 것이다. 나딘을 보면 자신도 그처럼 신비스런 고대의 신화와 지혜에 도전해보고 싶은 욕구가 샘솟았다.

며칠 후 나딘과 인서가 같이 저녁을 먹고 있을 때 초인종이 울렸다.

「누굴까, 이 시간에?」

나딘이 모니터를 켰다. 모니터에는 한 사람의 모습이 비치고 있었는데, 중후하고 준수한 인상이었다.

「누구요?」

「리홍즈입니다.」

「혼자요?」

「네.」

나딘은 스위치를 눌러 문을 열어주었다.

「어서 오시오. 잘 찾아오셨군요.」

「반갑습니다.」

인서는 리홍즈의 얼굴을 보는 순간 깜짝 놀랐다. 그의 얼굴에서는 천하를 버티고 선 듯한 위풍당당함과 한 줄기 봄바람같이 부드러운 정이 동시에 느껴졌기 때문이다. 역시 진도자가 만나라고 한 사람다웠다.

「앉으시오.」

나딘이 친절하게 자리를 권하며 말했다.

「우리는 백두산에 가서 진도자 님을 뵙고 왔는데 그분께 한 가지 부탁을 해두었소. 그랬더니 선생을 만나라는 연락이 왔소.」

리홍즈는 진도자라는 말에 잠시 눈을 감았다가 떴다. 그의 얼굴에는 외경의 기색이 선연했다.

「무슨 부탁입니까?」

「그 전에 선생과 진도자 님과의 관계를 물어봐도 되겠소?」

「그분은 저의 스승님이십니다.」

「음, 그랬군요.」

인서는 백두산에서 진도자를 만났던 때의 일을 기억해냈다.

진도자가 자신은 전시안에 대해 잘 모르지만 제자가 그에 관한 얘기를 한 적이 있다고 말하지 않았던가. 나딘이 진도자를 찾아가게 된 경위에 대해 설명하자 리홍즈는 주의 깊게 들었다. 그리고 설명이 끝나자 리홍즈는 눈을 감은 채 한동안 무슨 생각엔가 깊이 몰두했다. 약간의 시간이 지나 이윽고 눈을 뜬 그가 말했다.

「스승님의 하교에 따라 제가 알고 있는 것을 말씀드리겠습니다.」

나딘과 인서는 약간 놀랐다. 리홍즈가 보통 사람이 아닐 거라고는 생각했지만, 진도자도 대답을 하지 않고 사라져버린 문제에 대해 이토록 쉽게 얘기하겠다니 놀라지 않을 수 없었다.

「사실 그 문제는 그렇게 간단한 것이 아닙니다. 은둔 중인 전시안은 한 가지 어려운 문제 때문에 세상에 나오지 못하고 있습니다.」

「어려운 문제라뇨? 그게 도대체 뭐죠?」

인서가 깜짝 놀라 물었다.

「나딘 박사님이 말씀하신 대로 13의 신봉자들은 세계를 지배하려 하는데, 그것이 단순히 물리적 지배만을 의미하는 건 아닙니다. 이미 그들은 자신들이 만든 나라 미국을 이용하여 어느 정도는 목적을 달성했습니다. 앞으로는 더욱 빠르게 모든 것이 그들의 프로그램대로 진행될 겁니다.」

리홍즈의 대답에 이번에는 나딘도 관심을 나타냈다.

최후의 경전

「그런데 왜 그들의 지도자인 전시안이 세상에 나오지 않는 거요?」

「그들 조직이 궁극적으로 지향하는 것은 종교적 신념에 따른 완전한 생성과 소멸입니다. 그러기 위해서는 오래전부터 이 지구상에 전해져 내려오는 무서운 비밀을 풀어야만 합니다.」

인서가 마른침을 삼키며 물었다.

「어떤 비밀이죠?」

「지구의 물리적 변화입니다.」

「지구의 물리적 변화라고요?」

「그렇습니다. 지구는 오랜 세월 동안 주기적으로 변화를 겪어왔습니다. 그 변화가 너무도 격렬하여 이제껏 지구상에 존재하던 어떤 문명이든 일거에 파괴되었던 것입니다.」

「무슨 말이에요? 그럼 우리가 속해 있는 문명이 지구상에서 첫 번째 문명이 아니란 얘긴가요? 메소포타미아에서 시작하여 전세계로 퍼져나간 문명 외에 또 다른 문명이 있었단 말입니까?」

리홍즈는 고개를 끄덕였다.

「그걸 어떻게 알죠? 과학도 증명을 못하는 판에 어떻게 그런 사실을 증명하죠?」

인서가 따지듯 묻자 리홍즈는 잔잔한 웃음을 머금었다.

「그 신비가들은 누구보다도 이런 사실을 먼저 알았습니다. 13

을 신봉하는 사람들은 원래 건축 기사들의 비밀결사였습니다. 아득한 옛날부터 도시에서 도시로 옮겨 다니며 건축에 종사했던 그들은 이미 오래전에 지구상에 존재한 위대한 건축물의 비밀을 알았던 것입니다.」

「피라미드 같은 것 말입니까?」

「그렇습니다. 그러나 고대의 신비한 문명은 비단 피라미드에만 남겨져 있지 않습니다. 최근에 남극을 레이저로 탐사하여 그려낸 지도에 의하면, 1.6킬로미터 두께의 얼음 밑에는 산과 강이 있는 것으로 밝혀졌습니다. 그런데 이미 아득한 고대로부터 전해져 내려오는 지도에도 이 산과 강이 그려져 있습니다. 놀랄 만큼 정교하게 말입니다. 하지만 세계사에서는 인류 최초로 남극을 탐험한 사람이 19세기의 인물 아문센이라고 가르치고 있습니다. 인류는 과거의 지식을 잘 알지 못합니다. 특히 지진에 대해 인류는 거의 모르고 있습니다. 지진은 문명을 한 번에 끝장낼 수도 있고, 13의 신봉자들은 생성은 소멸을 부른다는 사실을 알기 때문에 두려워하고 겁내는 것입니다.」

인서는 리홍즈가 무슨 말을 하는지 이해하기 힘들었으나 나딘은 고개를 끄덕이며 듣고 있었다. 리홍즈는 설명을 계속했다.

「13의 신봉자들은 지구의 인간들을 지배하는 일은 어렵지 않다고 생각합니다. 다만 그들이 진정 겁내는 것은 바로 지구 자체입니다.」

「그러나 지구는 오랜 세월 아무 일 없이 지내왔는데 설마 무슨 일이 생길라고요?」

「아닙니다. 그들 조직은 최근 매우 겁을 내고 있습니다. 샌프란시스코 지진 이후 세계적으로 빈발하고 있는 지진과 이상 기후에 대해 누구보다도 민감합니다. 그들은 지구의 프로그램을 알고 싶어 합니다. 그래야 자신들의 지배구조를 설계할 수 있으니까요.」

「그게 무슨 뜻이요?」

「그들은 지구의 변화가 어느 시기에 어떤 형태로 오는지 알고 싶어 합니다. 그래서 이 모든 변화를 겪었던 고대의 문명이 보내는 메시지를 알고자 하는 것입니다.」

「놀라운 얘기군요.」

「그래서 그들의 지도자는 오랜 기간 중앙아시아 오지에서 은둔하며 지구의 비밀을 알고자 온갖 고행을 해왔습니다.」

「왜 그런 오지에서 고행을 하죠? 과학에 의지해야 하는 게 아닌가요?」

「과학은 아직 지구의 물리적 변화를 예측할 수 있는 단계에 도달하지 못했습니다. 그들은 지구의 비밀이 매우 신비한 형태로 전승되어오고 있다고 믿습니다.」

「신비한 형태라면 무엇을 말하는 겁니까?」

「일단 전세계에 퍼져 있는 신화를 들 수 있습니다.」

「하지만 신화는 모두 다르잖아요? 나라마다 지역마다…….」

「이 세상의 신화는 다르면서 같고, 같으면서 다릅니다. 표현 수단도 다르고 언어도 다르죠. 하지만 이미 고대로부터 내려오는 신화에는 이상한 숫자들이 공통적으로 존재합니다.」

「예를 들면 72니 108이니 하는 오시리스 숫자들 말인가요?」

「그렇습니다. 비극적인 것은 인류가 그런 숫자들의 시기를 계산하는 코드를 잊어버렸다는 사실입니다.」

「네? 그게 무슨 말이죠?」

「끊임없이 되풀이되는 재해의 주기를 계산하는 방법을 전승받지 못했다는 겁니다. 그래서 그런 숫자들은 문화인류학적으로는 엄청난 의미가 있지만, 미래를 대비한다는 측면에서는 아무 의미가 없습니다. 그래서 전시안이 세상에 나오지 못하는 겁니다. 그는 이 지구의 변화를 겪고 생존한 사람들이 보낸 메시지를 얻고자 하는 것입니다. 소위 선지식입니다.」

인서는 리홍즈의 말을 받아들이기 힘들었다. 과학이 최고로 발전한 현대를 지배하는 13의 신봉자들이 과거로부터 내려오는 지혜를 얻지 못해 그들의 리더인 전시안이 오지에서 그걸 찾아 헤매고 있다는 말은 합리적으로 받아들이기 힘들었다.

「그런데 리홍즈 선생은 여기 미국에서 무엇을 하고 있소? 진도자 님의 제자라면 산에서 은둔할 것 같은데 말이오.」

「제가 여기 있는 것도 이 세상의 운명과 관련된 것입니다.」

최후의 경전

「어떻게 관련되어 있소?」

「13의 신봉자들이 미국을 이용하여 세계 지배의 야욕을 달성하려 든다면, 저는 중국을 이용하여 그 야욕을 막으려는 것입니다.」

'중국'이란 말에 인서가 눈을 반짝이며 물었다.

「중국을 이용한다고요? 어떻게요?」

「정신과 물질은 세계를 이루는 두 축입니다. 그동안 동양은 서구의 침략적 물질문명으로 고통을 받아왔습니다. 하지만 고요한 정신의 세계는 영원히 존재하는 것이고, 동양의 정신문화에는 물질문화가 도저히 따라올 수 없는 큰 힘이 들어 있습니다. 그래서 저는 중국인들을 일깨워 그들 조직의 지배를 막으려는 것입니다.」

「중국인들을 어떻게 일깨우는 거죠?」

「저는 스승님의 혹독한 수련을 통해 위대한 힘을 전수받았습니다. 사람들은 비로소 이 힘을 이해하기 시작했습니다. 이것은 기를 다스리고 몸을 안정시킴으로써, 마음을 밝고 고요하게 해 주는 힘입니다. 저는 많은 중국인들에게 오염된 물질문명을 기피하는 눈과 새로운 정신세계에 안주할 수 있는 힘을 주고 있습니다.」

인서가 이해할 수 없다는 듯 물었다.

「그런데 여기 미국에서 어떻게 중국인들에게 그런 힘을 준다는 건가요?」

리훙즈는 여기에 대해서는 대답 대신 웃음을 보이고는 자리에서 일어섰다.

「이제 저는 그만 가봐야겠습니다. 스승님께서는 두 분에 대해 호감을 가지고 계십니다. 만약 어려운 상황에 처하면 제게 연락을 주십시오. 미흡하지만 스승님 대신 제가 도움이 돼드리겠습니다.」

리훙즈는 연락처를 남기고는 단호하지만 정중하게 인사를 하고 돌아갔다.

또 다른 인류가 있었다

「대단한 사람인데요.」

리홍즈가 돌아간 뒤에도 인서는 감탄을 금치 못했다.

「잠깐.」

「네?」

「저 사람 어디선가 본 것 같은데…….」

「그럴 리가요?」

「아니, 분명히 어디선가 보았소. 저 사람 중국인이니까……
아, 그렇지! 거기서 보았겠군.」

「어디서요? 백두산에서요?」

「아니, 아니오.」

나딘은 컴퓨터 앞에 앉더니 인터넷으로 기사를 전송받았다.

「리홍즈, 바로 이 사람이오.」

인서는 기사를 건네받아 읽었다.

'파룬궁의 창시자 리홍즈, 미국으로 망명하다'

중국에 1억 이상의 문하생을 거느리고 있는 파룬궁의 창시자 리홍즈가 미국으로 망명했다. 파룬궁은 그동안 중국 정부에 대해 민주화 절차를 조속히 이행할 것을 촉구해왔다. 이에 대해 중국 정부는 파룬궁이 중국의 안보를 위협한다는 이유로 집회를 불허해왔으며 리홍즈를 수배했다. 리홍즈가 미국으로 망명하자, 중국 정부는 그의 망명은 중국을 분열시키기 위한 CIA의 음모의 일환이라고 성명을 발표했다.

「아, 역시 대단한 사람이었군요.」

「1억 이상의 추종자를 거느리고 있다면 세계에서 가장 막강한 힘을 갖고 있는 사람이 아니오?」

「그런데 도대체 어떻게 된 일이죠? 리홍즈 선생님은 중국의 힘을 이용하여 미국의 세계 제패를 막겠다고 하셨는데, 정작 본인은 미국으로 망명했으니…….」

「그 속내야 우리가 어떻게 알겠소? 게다가 그 정도 되는 인물이라면 정치니 뭐니 하는 것이 무슨 의미가 있겠소? 그의 흉중은 아무도 알 수 없지.」

「참으로 놀랍군요. 도대체 뭐가 뭔지 모르겠어요. 하나 분명한 사실은 우리가 그동안 알고 있던 모든 것, 심지어는 역사까지도 겉과 속이 다르다는 겁니다. 그리고 그 명확한 진실을 아는 사람들이 따로 있고, 그들 사이에서 드러나지 않는 역사가 진행

최후의 경전

되고 있다는 거죠.」

나딘도 고개를 끄덕였다.

「그런데 아까 리홍즈 선생님이 얘기하던 남극이니 지도니 하던 것들은 뭔가요? 박사님은 고개를 끄덕이시던데요.」

「음, 그것에 대해서는 한 지리학 교수로부터 자세한 설명을 들은 적이 있소. 그 발단은 피리 레이스라는 16세기 인물로부터 비롯되었소.」

「그는 어느 나라 사람인가요?」

「터키의 해군 제독이었소. 그런데 피리 레이스가 1513년에 그린 지도가 아주 이상했단 말이오.」

「어떻게요?」

「그가 그린 지도에 남극이 표시돼 있었는데, 그것이 얼어 있지 않은 상태였소.」

「1513년에 그린 지도인데요? 그럴 리가 있나요? 만약에 그렇다면 공상의 산물이겠죠.」

「그래서 우리 대학 지리학과의 찰스 햅굿 교수는 미 공군에 피리 레이스의 지도를 보내 정밀 비교를 의뢰했소.」

「그랬더니요?」

「깜짝 놀랄 수밖에 없는 회답이 왔소. 지금 1.6킬로미터 두께의 얼음 밑에 묻혀 있는 남극대륙의 모양을 그대로 그린 것임에 틀림없다는 내용이었소.」

또 다른 인류가 있었다

인서는 이해할 수 없다는 얼굴로 물었다.

「박사님, 남극대륙이 발견된 것이 언제인가요?」

「1820년이오.」

「정말 놀라운 일이군요.」

「물론 1820년에 발견된 남극대륙이 1513년의 지도에 그려졌다는 사실 자체도 놀라운 일이오. 하지만 더욱 놀라운 것은 얼음으로 뒤덮이기 이전의 남극 육지가 그 옛날의 지도에 그려져 있다는 사실이오.」

「그야말로 수수께끼군요. 어떻게 이런 일이 일어날 수 있죠? 1513년이면 아무도 남극에 발을 디디지 못했을 때인데 말입니다. 혹시 피리 레이스가 남에게 알리지 않고 남극을 갔다 온 것은 아니겠죠?」

「물론 아니오. 피리 레이스는 인서의 의문에 대한 해답을 지도 안에 자필로 써놓았소.」

「네? 뭐라고 썼는데요?」

「자신은 옛날 지도를 보고 남극의 지형을 그대로 그려넣었다고 했소.」

「옛날 지도라고요? 1820년에 발견된 남극대륙을 1513년보다 더 오래전 지도를 보고 그려넣었단 말입니까? 어떻게 그럴 수 있죠? 또 옛날이라면 도대체 언제를 말하는 것인가요?」

「찰스 햅굿 교수는 이 세상의 모든 지도를 뒤지다시피 하여

최후의 경전

그 옛날이 기원전 4세기란 사실을 밝혀냈소. 정말 기원전 4세기에 만들어진 어떤 지도에는 확실히 남극이 육지 상태로 나와 있었던 거요. 하지만 기원전 4세기의 지도 역시 그보다 더 오랜 옛날의 것을 모사한 것이었소.」

「그렇겠죠. 기원전 4세기에도 남극이 얼음으로 뒤덮여 있었을 테니까요. 그런데 더 오랜 옛날의 것이라면 또 언젠가요?」

「기원전 4천 년.」

「거의 원시시대에 가까운 때잖아요?」

「역사학자들에 의하면 이집트와 메소포타미아에 인류의 문명이 막 일어나던 때라고 하오. 그런데 지도는 한 종류가 아니었소. 찰스 햅굿 교수는 기원전 4천 년보다 더 오랜 옛날의 것도 있었으리라 확신하고 있소.」

「점입가경이군요. 그것은 또 언젠데요?」

「기원전 1만 년 정도로 판단되고 있소.」

「믿을 수 없군요. 그런 시기에 아직 얼어붙지 않은 상태의 남극대륙이 표시된 지도가 존재했다니.」

「지도가 피리 레이스의 것 하나뿐이었다면 우연으로 치부해 버릴 수도 있었지만 이와 같은 지도, 혹은 더 오래전의 것을 모사한 지도들이 이미 여섯 개 이상 발견되었소. 모두 남극의 산과 강, 반도, 섬들이 너무도 정확히 그려져 있소.」

「현재는 1.6킬로미터 두께의 얼음 속에 갇혀 있는 것들이 말이죠?」

「그렇소.」

「이 수수께끼들을 어떻게 해석해야 하나요?」

「아무도 해결할 수 없소.」

「그러나 과학적 추론은 할 수 있지 않습니까? 말하자면 추리 말입니다.」

「추론은 간단하오. 누군가가 남극대륙이 얼어붙기 이전에 그 모습을 지도에 그린 것 아니겠소?」

「그럴 리가 있나요? 비록 기억이 희미하지만, 제가 학교에서 배우기로는 수십만 년 전에 이미 남극대륙은 얼어붙었다고 하던데요.」

나딘은 천천히 고개를 가로저었다.

「최근 남극의 바다를 조사한 바에 의하면, 기원전 약 1만 년 무렵까지 남극의 강에서는 육지의 토사를 바다로 운반했다고 하오. 그러니 남극은 기원전 약 1만 년쯤에 얼어붙었다고 볼 수 있을 거요.」

「아무리 그렇다 하더라도 지금으로부터 1만 년 전 지도에 남극을 그린 사람이 있었다는 건 믿어지지 않는군요. 그 시대에 지도라는 개념이 있었다는 것도요. 정말 이 세상을 어떻게 해석해야 할지 정신을 못 차리겠습니다.」

「문제의 지도는 남극뿐 아니라 남미의 아마존 등도 보여주고 있는데, 그 시대에는 아무도 그 오지에 들어가보지 못했소. 뿐만 아니라 지도의 경도와 위도가 아주 정확하오. 경도 위도의 개념은 19세기에 들어와서야 생겨났는데 말이오. 이것 역시 불가사의라 아니할 수 없소.」

「이럴 수가! 학교에서 배워온 것이 이렇게 쉽게 뒤집히다니!」

「21세기에는 더할 거요. 과거를 알 수 있는 새로운 기술의 발달로 역사는 모조리 뜯어고쳐질 테니까.」

인서는 나딘과 애기를 나누면서도 전혀 갈피를 잡을 수 없었다. 16세기에 이미 얼어붙지 않은 상태의 남극을 그린 지도가 존재했고, 그 지도는 더 오랜 옛날의 것을 모사한 것이며, 그 옛날이란 지금으로부터 1만 년 전이라는 사실을 믿을 수도 믿지 않을 수도 없었다. 믿지 않자니 여섯 개나 된다는 지도의 존재 사실 자체를 부정할 수 없었고, 믿자니 원숭이와 가까운 상태의 인간이 남극 지도를 그렸다는 사실을 받아들여야만 했다.

「박사님, 그럼 추론의 결과는 뭐죠? 어떻게 해석해야 합니까? 지도는 신이 그린 것이란 말인가요?」

「추론대로라면 과거에 지금의 인류와는 다른 인류가 존재했다는 애기가 되오. 물론 남극의 지도를 그릴 수 있을 정도의 문명을 가진 인류가 말이오.」

「세상에!」

나딘이 지금 제정신인가. 지구상에 지금의 인류와는 다른 고도의 문명을 지닌 또 다른 인류가 실재했다니 말이다.

「그럼 그들은 지금 도대체 어디에 있단 말이죠? 누군가의 허무맹랑한 주장대로 남극대륙 아래 살고 있단 말인가요?」

「아니오.」

「그렇다면?」

「모두 멸망했소.」

「멸망했다고요? 언제요? 왜요?」

「정확한 것은 알 수 없소. 멸망 이유도 확실하지는 않고. 하지만 그들이 존재했고 멸망했다는 찰스 햅굿 교수의 정연한 논리에 나는 고개를 끄덕일 수밖에 없었소.」

인서는 고개를 가로저었다. 믿을 수 없었다. 세상이 아무리 불가사의한 일로 가득 찬 곳이라 해도 그럴 리는 없었다. 마치 과거 어느 한때 공룡이 이 지구를 지배하다 갑자기 사라져버린 것처럼, 한때 지구에 살던 인류가 멸망하고 지금의 인류가 다시 원시시대부터 시작했다는 얘기를 어떻게 믿으란 말인가.

「말도 안 되는 얘기예요. 만약 그렇다면 그들의 뼈는 어디에 있는 거죠? 그들이 남긴 문화유산은 어디에 있냐고요! 절대로 믿을 수 없어요!」

인서는 목소리를 높였고 나딘은 더 이상 말이 없었다. 하지만 인서의 뇌리 한구석에는 나딘이 얘기한 남극 지도가 앙금처럼 남아 있었다.

　　　　　　　　　　　　　　　　최후의 경전

다음날 인서는 공항으로 나가 한국행 비행기를 탔다. 나딘이 공항까지 나와 배웅했다.

「인서, 나는 이제 세계의 모든 경전을 섭렵할 예정이오. 도대체 어떤 경전이 카발라와 짝이 되는 것인지 밝혀내야 하니까. 더구나 그 열쇠가 숫자라면 내가 가장 하고 싶은 일이 아니겠소.」

레무리아 대륙의 비밀

때르르릉 때르르릉 때르르릉……

깊은 잠에 빠져 있던 핼로란은 벌써 열 번도 더 울려대는 전화벨 소리에 마지못해 팔을 뻗었다. 전화기를 지척에 두고 살아야 하는 건 기자로서 어쩔 수 없지만 심야에 울려대는 전화는 정말 질색이었다.

하지만 핼로란은 여전히 심야 출동을 후배 기자에게 미루지 않았다. 뭔가 피할 수 없는 상황을 정면으로 마주하는 것, 그것이 바로 핼로란의 삶의 철학이었다.

「브롱크스의 단독주택이에요. 살인사건입니다.」

「살인사건?」

핼로란은 눈을 번쩍 떴다. 그는 비몽사몽간에도 주머니 속의 자동차 열쇠를 확인하고 밖으로 나와 주차장으로 뛰어갔다. 수습기자 시절이나 지금이나 살인사건이라면 으레 잔뜩 긴장이 되었다.

살인사건 현장은 헬로란의 아파트에서 멀지 않은 곳이었다. 헬로란은 주택가 부근에 차를 대고는 곧장 현장으로 뛰어들었다.

「뉴욕타임스 기자요.」

헬로란은 현관에 버티고 선 경찰관들에게 신분증을 내보이며 집 안으로 들어가려 했다. 그러나 경찰관들이 강하게 그를 제지했다.

「안 됩니다.」

「뉴욕타임스의 헬로란 기자란 말이오.」

「안 됩니다. 출입을 통제하라는 지시가 있었습니다.」

「누구 지시요?」

「반장님 지시입니다. 수사요원 말고는 접근을 일절 막으라는 엄명입니다.」

「반장은 어디 있는데요?」

「안에 계십니다.」

「제기랄!」

어쩔 수 없는 일이었다. 정복을 상대로 더 매달려볼 수는 없었다. 반장이라는 자가 곁에 있기라도 하다면 반은 어르고 반은 협박이라도 해서 들어갈 수 있겠지만, 반장이 안에 있다니 방법이 없었다. 헬로란은 사건 현장의 이웃들에게 피살자가 어떤 사람인지 주변 조사부터 시작했다.

「학자였어요. 매우 조용한 사람이었죠. 마젤란연구소에서 일한다고 했어요. 오랫동안 외국에 가 있다가 돌아온 지 얼마 되지 않아 이런 일을 당하다니…….」

「마젤란연구소? 무슨 연구를 하던 사람인가요?」

「문화 연구라든가 인류학 연구라든가 그랬죠, 아마…….」

「보통 방문객이 어떤 사람들이었습니까?」

「아니요. 그는 혼자 살았는데 평소 아무도 찾아오지 않았어요. 도대체 누가 이렇게 조용히 살던 사람을 살해했는지…….」

피살자의 이웃들에게서 얻어낸 정보는 그 정도가 전부였다.

답답한 일이었지만 헬로란은 수사팀 중 누군가가 밖으로 나올 때까지 군중 속에 섞여 기다릴 수밖에 없었다.

한 시간 가까이 기다렸을 때 헬로란과 평소 친하게 지내는 경찰국 강력반의 윌리 경사의 얼굴이 보였다.

「이봐, 윌리 경사!」

「어, 헬로란 기자! 오랜만이군.」

헬로란은 악수를 나누자마자 단도직입적으로 물었다.

「피살자 이름이 터너 박사 맞지? 범인의 윤곽은 밝혀졌나?」

윌리는 두 손을 들었다 놓는 시늉을 해 보였다. 아는 게 없다는 뜻이었다.

「흉기는 뭐야?」

「스미스 웨슨 38구경.」

「범행 동기는?」

　　　　　　　　　　　　　　　　최후의 경전

「아직은 몰라.」

「피살자는 학자라면서. 단순 강도 사건인가?」

「그것도 몰라. 지금 피해품을 확인하고 있는 중이야.」

「들어가게 해줘.」

「별로 볼 것도 없는데……. 그럼 나를 따라와.」

현장은 윌리의 말대로 특이할 것이 없었다. 마젤란연구소에서 근무하던 터너는 권위 있는 문화인류학자였지만 단 한 방의 총알로 삶에 종지부를 찍고 말았다. 핼로란은 여러 가지 정황으로 보아 범인이 돈을 노린 단순 강도가 아님을 확신했다. 현장의 서가와 책상 서랍이 온통 뒤집혀 있었던 것이다.

다음날 아침 핼로란은 마젤란연구소를 찾아갔다.

연구소 직원들은 터너가 살해됐다는 핼로란의 얘기를 듣자 소스라치게 놀랐다.

「네? 터너 박사가 피살됐다고요?」

「유감입니다.」

「이상한 일이군요. 어젯밤에 연구소에도 도둑이 들었는데, 범인은 터너 박사의 연구실만 뒤졌어요.」

「음…….」

핼로란은 역시 자신의 추측대로 단순 강도 사건이 아님을 확신했다. 범행 동기는 터너가 가진 뭔가를 탈취하려던 것이 분명했다.

「연구소에서 없어진 물건이 있습니까?」

「글쎄요. 제대로 파악하려면 시간이 좀 걸릴 것 같습니다. 터너 박사는 자신이 가진 자료의 리스트를 연구소에 제출하는 것을 꺼려 했거든요.」

「뭐 특별한 거라도 있었을까요?」

「저는 잘 모르겠습니다.」

「네, 취재에 협조해주셔서 고맙습니다.」

헬로란은 신문사로 돌아와 데이터 뱅크에서 터너와 관련된 자료를 찾아보았다. 터너는 부랴트공화국의 울란우데에 가서 수년 동안 어떤 연구를 하다가 돌아온 것으로 기록되어 있었다. 뿐만 아니라 그는 귀국 후 곧 중요한 발표를 했는데, 그것은 울란우데에서 레무리아 대륙의 흔적을 찾아냈다는 내용이었다.

'레무리아 대륙?'

헬로란은 레무리아 대륙에 대해서 찾아보았지만 아무런 자료도 수록되어 있지 않았다. 그는 레무리아 대륙이 이번 사건과 어떤 관계가 있을지도 모른다는 생각을 하고는 터너에 대한 기사를 쓴 기자를 찾아갔다. 학술부의 신참인 스튜어트였다.

「터너 박사는 대단히 의기양양해 있었어요. 레무리아 대륙의 신비를 파헤칠 수 있다고 자신했죠.」

「레무리아 대륙? 그게 그렇게 중요한 건가?」

「세상에는 인류의 역사를 지금 우리가 알고 있는 것과는 전혀 다르게 생각하는 사람들이 있어요.」

「그게 무슨 말이야?」

「어떤 사람들은 인류가 원숭이로부터 진화해서 오늘에 이르기까지 점진적으로 문명을 이룩한 것이 아니라는 믿음을 가지고 있어요.」

「무슨 뜻이야?」

「인류가 어느 시기에 갑자기 엄청나게 영특해졌다고 생각하는 거죠. 마치 하늘에서 떨어진 듯이 말이에요. 이를테면 '돌변론'이라고 할 수 있죠.」

「어떤 사람들이 그런 생각을 하지? 그게 정말 근거는 있는 주장인가?」

「네, 물론입니다.」

스튜어트가 뜻밖에도 단호한 목소리로 대답했기 때문에 핼로란은 당황하지 않을 수 없었다.

「그래? 무슨 근거인지 좀 들어보자고.」

「인류 문명의 발상기라는 기원전 4천 년경 신석기 문화에서 갑자기 고급 문명, 즉 파이 값을 계산해내고 숫자 0의 개념을 깨우치며 위도와 경도를 측정하는 등의 문명으로 넘어갈 수는 없다는 것이 그들의 주장이에요.」

「그렇다면 뭐지?」

「중간에 엄청난 존재들이 있었다는 얘기죠. 어디서 왔는지는 모르지만 틀림없는 문명의 매개 변수가 있었다는 거예요.」

「……?」

「좀 복잡한가요? 그럼 좀 더 쉽고 재미있는 비유를 들어보죠.」

「그래, 난 어려운 건 딱 질색이야. 쉬운 예를 통해 이해를 이끌어내는 것이 훌륭한 설명이지.」

대학에서 공부깨나 했음직한 스튜어트는 헬로란을 약간 비웃는 표정을 지으며 설명을 시작했다.

「아프리카에 도곤족이라는 부족이 있어요.」

「도곤족? 처음 듣는 이름인데…….」

「오늘날에도 도곤족은 원시시대에 머물러 있죠. 그런데 그들은 이상한 신을 믿고 있어요.」

「무슨 신인데?」

「양서류를 신으로 섬기고 있죠.」

「그거야 얼마든지 가능한 거 아냐? 양서류 아니라 쥐나 벌레 따위를 신으로 믿는 부족도 있을 법한데.」

「그럴 수도 있겠죠.」

스튜어트는 여전히 헬로란을 비웃는 태도로 말을 이었다.

「선배, 혹시 천문학에 관심 있어요?」

최후의 경전

「천문학? 아니, 별로.」

「그러시겠죠. 지구의 일도 다 모르는데 하늘에까지 관심을 쏟기는 무리일 테니까요.」

「날 놀리는 거야?」

「놀리기는요. 제가 감히 어떻게 선배를⋯⋯. 그런데 도곤족은 매우 전문적인 지식을 갖고 있단 말이에요.」

「전문적인 지식? 그게 뭔데?」

「시리우스라는 별에 대해서예요. 선배, 시리우스란 별은 아세요?」

「글쎄, 들어본 것 같기도 하고⋯⋯.」

「밤하늘에서 가장 밝은 별이죠.」

「그런데 도곤족이 시리우스에 대해 뭘 알고 있다는 거야?」

「그 별은 육안으로 보면 하나지만 사실은 둘이에요. 쌍둥이 별인 셈이죠. 하지만 시리우스 A는 너무 밝고 시리우스 B는 너무 어두워서, 1862년에 고성능 망원경을 들이대기 전까진 누구도 시리우스가 두 개의 별로 이루어져 있다는 것을 알 수 없었어요. 게다가 1970년이 되어서야 비로소 그 별을 촬영할 수 있었죠.」

「그런데?」

「뭐가 그런데예요? 이렇게까지 얘기했는데도 짐작이 안 가세요?」

「그러면 도곤족이 아득한 옛날에 시리우스가 두 개의 별로 이루어졌다는 것을 이미 알고 있었단 말이야?」

「두말하면 잔소리죠. 한때 그 원시사회에 들어간 프랑스의 선교사들은 시리우스가 두 개의 별로 이뤄졌다는 도곤족의 얘기를 듣고는 고개를 가로저었어요. 게다가 그들이 시리우스 부근에서 온 외계인들이 그 사실을 알려줬다고 하자 선교사들은 웃어넘기고 말았죠.」

「선교사들로서는 믿을 수 없었겠지.」

「도곤족이 알고 있었던 지식은 그것뿐만이 아니었어요. 그들은 시리우스 B가 백색이며 가장 작은 별임에도 불구하고 지구의 철을 모두 모은 것보다 무거운 물질로 이루어졌다는 사실까지 알고 있었어요. 그 별은 최근에야 1세제곱미터의 무게가 2만 톤에 달한다는 사실이 밝혀졌죠. 게다가 도곤족은 시리우스 B의 공전주기가 50년이며 궤도는 타원이라는 것, 또한 시리우스 A가 그 공전궤도상의 어디에 위치하는지까지 알고 있었어요. 뿐만 아니라 육안으로는 볼 수 없는 토성의 고리를 그리는가 하면, 목성의 위성 네 개도 그려 보였어요. 불가사의한 일이라고 할 수 있죠.」

「그게 정말 사실인가?」

「그럼 내가 이 바쁜 시간에 거짓말이나 늘어놓고 있을까 봐요?」

최후의 경전

「그건 그렇다 치고 외계인들이 와서 도곤족에게 그런 사실을 알려줬다는 얘기는 어떻게 받아들여야 하지?」

「선배 생각엔 어떤 해석이 가장 자연스럽겠어요?」

「글쎄, 나는 그런 부분에 대해서는 잘 몰라. 원래 수학이나 과학 같은 것에는 재주가 없으니까.」

「선배, 이건 수학이나 과학의 문제가 아니에요. 선배는 사회부 기자잖아요? 그러니 상식에 의거한 인과관계로 판단하면 돼요.」

「무슨 말이야?」

「거대한 최신식 망원경을 들이대기 전까지는 어떤 천문학자도 하나라고 믿었던 시리우스. 그런데 도곤족은 이미 수천 년 전부터 그것이 두 개의 별이라고 믿어왔고, 그 궤도까지 그려 보였다. 그렇다면 도곤족이 어떻게 그런 지식을 습득했을까요? 여기에 상식 이상의 무슨 수학이나 과학이 필요하죠?」

「……?」

「해답은 둘 중 하나 아니겠어요? 먼저, 아직도 원시인인 그들이 그 당시에 스스로 시리우스를 관측할 수 있을 정도의 설비를 갖추었다. 이것은 말이 안 되겠죠?」

「물론 그렇지.」

「그렇다면 누군가가 도곤족에게 그런 지식을 전해주었단 얘기잖아요?」

「그런 셈이지.」

「그럼 누가 가르쳐줬을까요? 주변의 다른 원시 부족들이?」

「그럴 리야 없지.」

「1862년 이후의 인간이 수천 년 전의 과거로 돌아가서?」

「그것도 말이 안 되지.」

「그러면 누구죠?」

핼로란은 대답할 수 없었다.

「그런데 선배, 당사자인 도곤족은 외계인들이 그 사실을 알려줬다고 하거든요. 그럼 우리는 그걸 거짓말이라고 무시해야 할까요?」

「……」

「지금으로서는 그들의 대답이 그래도 가장 합리적이에요. 물론 그 외계인들이 시리우스에 정말 살고 있다는 것이 아니라, 시리우스에 속한 행성에서 왔다는 의미겠죠. 어쨌든 진화론 대신 돌변론을 주장하는 사람들은 그런 식으로 증거를 대고 있어요.」

「그렇다면 돌변론자들의 주장을 무시할 수만은 없겠군.」

핼로란이 이렇게 대답하자 스튜어트의 얼굴에는 반가운 기색이 스쳤다. 스튜어트는 돌변론을 믿는 모양이었다.

「선배, 이런 바탕 위에서 고대의 레무리아 대륙에 대한 논의를 한다면 훨씬 현실감이 나겠죠.」

「도대체 레무리아 대륙은 뭐야?」

「원시인들이 겨우 구석기시대를 면할까 말까 한 시절에 이미 집 안에 냉온 수도 시설을 갖춰놓고, 금속 벽을 설치하고, 미로 같이 복잡한 운하를 만들어 교통수단으로 이용한 인간들이 있었다면 믿을 수 있겠어요?」

핼로란은 말없이 고개만 가로저었다.

「레무리아란 그런 사람들이 살았다는 대륙이에요.」

「그걸 어떻게 믿지?」

「아까 도곤족을 믿을 수 없듯 레무리아도 믿을 수 없죠?」

「그래, 도곤족이고 레무리아고 다 신화 아냐? 실제로 존재했던 게 아니라 인간이 꾸며낸 신화 아니냐고.」

「하지만 문헌들을 통해 그런 문명을 이룩한 사람들과 대륙에 대한 기록이 전해져 내려온단 말이에요.」

「어떤 문헌들인데?」

「고대의 문헌들이니 내가 얘기해도 선배가 알 리 없고…… 하여튼 분명히 문헌에 전해오고 있어요.」

「음…….」

「이것 역시 좀 더 쉬운 예를 들어 설명하는 게 낫겠군요. 선배, 혹시 아틀란티스 대륙이라고 들어봤어요?」

「그럼. 언젠가 바닷속으로 가라앉았다는 전설의 대륙 말이지?」

「맞아요. 아틀란티스는 문헌으로 전해지는 대륙이죠. 다만 그것은 저명한 철학자 플라톤이 자신의 저서에서 한 얘기라 좀 더 많은 사람들에게 알려져 있다 뿐이지. 레무리아 대륙처럼 믿을 수 없는 얘기이기는 마찬가지잖아요.」

「사실 솔직히 말해 나는 아틀란티스 대륙에 대해서도 정확히 아는 바는 없어.」

「그렇겠죠.」

스튜어트는 노골적으로 선배인 핼로란을 무시했다. 그러나 핼로란은 신참내기의 그러한 태도가 건방지게 생각되지 않았다. 스튜어트는 그럴 만한 자격이 있어 보였다. 그래서 핼로란은 이제 한 수 배우려는 사람처럼 다소곳하게 물었다.

「스튜어트. 아틀란티스에 대해 자세히 설명해주겠어?」

「그러죠. 아틀란티스는 인류 역사상 가장 큰 수수께끼예요. 불과 하루 사이에 그 엄청난 대륙이 바다 밑으로 가라앉았다고 전해지니까요.」

「세상에. 그게 하루 만에 가라앉았단 말이야?」

「네. 그 사실을 처음으로 얘기한 사람은 아까도 말했듯이 플라톤이에요. 기원전 590년경 그리스의 현인인 솔론이 이집트에 가서 신관으로부터 얘기를 들었는데, 아틀란티스는 이미 기원전 9600년경에 거대한 국가로 성장해 있었고, 그 위치는 아프리카와 아메리카 사이에 있었대요.」

「그렇다면 일반적으로 말해지는 인류 문명의 탄생기보다 훨씬 오래전에 아틀란티스 역시 문명을 구축하고 있었다는 얘기군.」

「아틀란티스 대륙에도 냉온수가 나오는 커다란 건축물이 있었고, 공동의 큰 레스토랑이 있었으며, 도시는 귀금속으로 도금된 돌벽과 운하로 둘러싸여 있었다고 전해져요.」

「믿기지 않는군.」

「선배처럼 많은 사람들이 믿지 않았죠. 그러나 믿는 사람도 역시 많았어요. 그들은 홍수와 지진으로 바닷속에 잠겼다는 아틀란티스를 찾고자 2천여 년 동안 꾸준히 노력해왔죠. 하지만 성과는 없었어요.」

「왜 그럴까? 현대의 기술이라면 못 찾을 것이 없을 텐데…….」

「천지개벽이 일어났을지도 모르죠. 엄청난 지진, 아래위가 온통 뒤바뀌는 대지진 말이에요.」

「아아…….」

핼로란은 자신도 모르게 낮은 신음 소리를 냈다. 이 세상은 자신의 생각보다 훨씬 복잡하고 신비스러운 것 같았다.

「스튜어트, 혹시 레무리아가 아틀란티스일 가능성은 없을까?」

「선배, 그건 아니에요. 아틀란티스가 신화적이라면 레무리아는 보다 현실적인 대륙이죠. 레무리아 사람들은 인류 최초로 배를 만들어 해상무역을 주도하고, 세계 각지로 문화를 전파했다고 해요. 그러다 어느 날 갑자기 자신들이 살던 대륙과 함께 사라져버렸죠.」

「역시 바다 밑으로 가라앉았다는 얘긴가?」

스튜어트는 고개를 끄덕였다. 핼로란의 관심은 다시금 터너 피살 사건으로 돌아왔다.

「그건 그렇고 터너 박사가 얼마 전에 발견했다는 것은 도대체 뭐지?」

「그동안 레무리아 역시 아틀란티스와 마찬가지로 신화상의 대륙이 아닌가 하는 의심을 받아왔지만, 묘하게도 탄트라의 경전에 레무리아에 대한 정보가 광범위하게 들어 있다는 연구 결과가 있었어요. 터너 박사와 애덤스 박사는 울란우데에서 탄트라의 경전을 연구했는데, 두 사람이 경전에서 뭔가를 찾아낸 것 같아요.」

「뭐라고? 터너 박사와 같이 연구한 사람이 있었다고?」

핼로란의 목소리가 커졌다.

「네, 애덤스 박사예요.」

「그 사람은 지금 어디에 있지?」

「인류문화연구소요.」

「전화번호는?」

스튜어트는 돌변한 핼로란의 태도에 당황해 하며 황급히 수첩에서 전화번호를 찾아 내밀었다. 핼로란은 곧바로 인류문화연구소로 전화를 걸었다. 여직원이 전화를 받았다.

「애덤스 박사님 방입니다.」

「박사님 계십니까?」

최후의 경전

「네, 그런데 어디시죠?」

「아, 됐습니다.」

헬로란은 안도의 숨을 내쉬며 전화를 끊었다. 스튜어트는 그
런 헬로란을 의아한 표정으로 쳐다보았다.

「선배, 왜 그러세요?」

「아니, 아니야. 설명 잘 들었어. 고마워.」

수메르인

신문사를 나온 핼로란은 바로 인류문화연구소로 차를 몰았다.

인류문화연구소는 초현대식 건물과 편안한 느낌을 주는 정원이 조화를 이루고 있었다.

「뉴욕타임스의 핼로란 기자입니다.」

「애덤스요.」

「터너 박사 소식은 들었습니까?」

「아니, 무슨 소식 말이오?」

애덤스는 아직 보도가 되지 않아서 그런지 뜻밖에도 터너가 살해됐다는 사실을 모르고 있었다. 핼로란이 터너의 죽음과 마젤란연구소의 도난사건을 얘기해주자 애덤스의 얼굴은 금방 하얗게 질렸다.

애덤스는 말을 잇지 못하고 떨리는 손으로 뜨거운 커피 잔을 잡아 한 모금 마셨다. 핼로란은 애덤스가 진정되기를 기다렸다가 낮은 목소리로 물었다.

「짐작 가는 일이라도 있습니까?」

「아니 없소.」

핼로란은 애덤스가 뭔가 숨기고 있다는 것을 직감적으로 알아차렸다.

「애덤스 박사님, 뭔가를 숨기고 있는 거죠? 박사님은 터너 박사가 피살된 이유에 대해 틀림없이 뭔가를 알고 있습니다.」

「글쎄, 모른다지 않소.」

애덤스는 강하게 부정했지만 목소리는 심하게 떨리고 있었다. 핼로란은 단도직입적으로 애덤스의 약점을 찔렀다.

「그럼 한 가지만 대답해주십시오. 터너 박사의 죽음으로 모든 것이 끝난 겁니까? 아니면 애덤스 박사님도 위험에 노출되어 있는 겁니까?」

애덤스는 여전히 떨리는 손으로 커피 잔을 입가로 가져갈 뿐 말이 없었다.

「내가 도와드리겠습니다. 언론의 힘으로 말이죠. 때로는 신문이 경찰보다 훨씬 낫습니다. 뉴욕타임스가 박사님을 보호해드리겠습니다.」

뉴욕타임스의 권위를 들이던 핼로란의 설득은 효과가 있었다. 애덤스는 핼로란이 자신만만한 태도로 몇 번이나 다짐하자 비로소 두려움에서 다소 헤어난 듯했다. 애덤스는 커피를 다시 한 모금 마시고는 천천히 말문을 열었다.

「누군가가 터너를 살해하고 그의 연구실을 뒤졌다면 바로 그것 때문일 거요.」

「그게 뭡니까?」

「탄트라의 경전. 우리가 올란우데에서 찾아낸 거요.」

「터너 박사는 고대의 레무리아 대륙을 연구하는 데 진력했다고 들었습니다. 어째서 레무리아의 자취를 탄트라의 경전에서 찾으려 한 겁니까? 그리고 탄트라의 경전은 뭐죠?」

「그것은 세상에 가득 차 있는 양과 음의 결합이 곧 선이요 발전이라고 믿는 사상을 담고 있소. 레무리아 대륙에 살았던 사람들의 믿음이 바로 탄트라 사상이었소. 얼마 전 러시아아카데미에서 탄트라의 경전에 대한 연구를 했던 적이 있소. 우리는 그 연구 결과를 통해 탄트라의 경전에는 어쩌면 레무리아에 대한 정보가 자세히 기록되어 있을지 모른다고 생각하게 됐소.」

「그런데 어째서 터너 박사가 살해됐을까요? 범인은 뭔가를 찾으려 했는데……」

「그 경전일 거요.」

「그러면 그 탄트라의 경전을 찾으려고……?」

애덤스는 고개를 끄덕였다.

「그 경전은 지금 어디에 있습니까?」

「터너 박사가 가지고 있었소.」

「그렇다면 범인은 터너 박사를 살해하고 그 경전을 가지고 간

것이군요.」

「그런 것 같소.」

「혹 의심 가는 사람은 없습니까?」

「전혀 없소.」

「이상하군요. 경전 때문에 사람을 죽일 정도라면 상대방 역시
그 경전에 대해서 아주 민감한……..」

그 순간 눈을 감고 생각에 잠겨 있던 애덤스가 갑자기 눈을
번쩍 떴다. 그리고는 공포에 질러 소리쳤다.

「경전에 민감한 사람…… 설마 그 사람이!」

「누구죠, 그 사람이?」

「그 괴인, 울란우데에 있을 때 몇 번 본 적이 있는 사람이오.」

헬로란은 취재 수첩에 메모를 하면서 애덤스의 말이 끊이지
않도록 계속 물었다.

「어떤 인물입니까?」

「자세히는 모르오.」

「그 나라 사람입니까?」

「아닌 것 같았소.」

「그런데 왜 그 사람이 터너 박사를 죽였다고 생각하는 겁니
까?」

「그가 터너 박사의 살해범이라고 생각하는 것은 아니오. 단지
그 사람 외에는 생각나지 않는다는 것뿐이지.」

「왜 그 사람이 생각날까요?」

「조금 전 핼로란 기자가 생각의 연결 고리를 만들었기 때문이오. 그 경전과 관련시켜 생각해보라고 했잖소. 탄트라의 경전에 관심을 보인 사람은 우리 둘 외엔 그밖에 없었으니까.」

「그도 탄트라의 경전에 관심을 보였다고요?」

「터너 박사와 나는 오랜 동안 하루도 빠짐없이 울란우데의 박물관과 라마 사원을 찾아다니며 수백 권이나 되는 탄트라 경전을 뒤졌는데, 그와는 불과 몇 번 마주쳤을 뿐이오. 하지만 그 좁은 곳에서 같이 경전에 관심을 갖다 보니 자연히 그에 대한 호기심이 생겼소. 몇 번 마주치는 동안 그가 보통 사람과는 너무도 다른 괴인이라는 것을 알게 됐소.」

핼로란은 괴인에 대해 호기심이 일었다.

「그 사람도 학자였습니까?」

「그렇진 않아 보였소.」

「그럼 종교인일까요?」

「글쎄, 그런 것 같기도 하고. 설사 종교인이라 하더라도 보통의 종교인과는 너무도 다른 느낌이었소. 매우 신비한 느낌이랄까……. 언젠가 그와 가까이에서 눈을 마주친 적이 있는데, 사람의 눈이 아닌 것 같았소. 너무나 큰…… 이 세상 모든 것을 다 알고 있는 듯 깊고 강렬한 눈빛이었소.」

애덤스의 말을 한 자도 놓치지 않고 메모하던 핼로란은 최근 자신이 주변으로부터 너무도 신비한 얘기를 많이 듣는다고 생각했다.

「그럼, 그 괴인이 뉴욕으로 와서 터너 박사의 경전을 탈취한 걸까요?」

「글쎄, 그럴 가능성은 없다고 생각하오. 그럴 인물은 아닌 듯했소. 다만……」

「다만 뭡니까?」

「그 괴인의 연구를 방해했다는 점이 마음에 걸리오. 그런 사람은 잔혹하진 않아도 경전을 해쳤다는 사실에는 아주 민감할지도 모르니까.」

「그럴 수 있겠군요. 그런데 박사님, 그 괴인은 탄트라의 경전에서 뭘 찾고 있었던 겁니까?」

핼로란은 애덤스의 대답을 기다렸다. 그는 살인사건도 사건이지만 애덤스가 말하는 괴인이라는 인물에게 흥미가 끌렸다.

「그것은 내가 알 수 있는 부분이 아니오. 경전을 대하는 괴인과 우리 사이에 현격한 차이가 있다는 것만 어렴풋이 느낄 수 있었소. 마치 대학생과 중학생이 같은 사전을 이용하기는 해도 찾는 단어의 수준이 다르듯이 말이오.」

「괴인의 목적이 무엇이었는지 혹시 짐작 가는 것이라도 없습니까?」

「글쎄…… 우리는 경전에서 주로 레무리아인의 흔적을 찾으려

했는데. 그도 그 부분에 관심이 많았던 것 같소. 터너 박사와 나는 레무리아에 대한 연구로는 단연 으뜸이라고 자부하고 있었소. 한데 괴인의 수준은 우리보다 훨씬 높은 단계에 있는 듯했소.」

「어째서 그렇게 생각했죠?」

「괴인은 평소 거의 입을 열지 않고 늘 경전만 뒤졌는데 언젠가 말문을 연 적이 있었소.」

「무슨 말을 했습니까?」

「당시 터너 박사와 나는 카발라에 대해 얘기를 나누고 있었소.」

순간 핼로란은 몇 주일 전 뉴저지에서 목격한 '세계를 지배하는 12인의 모임'이 떠올랐다. 그들 12인도 카발라를 연구하는 모임의 일원이었다. 핼로란은 '카발라'라는 낯선 단어를 또다시 마주치자 묘한 느낌에 사로잡혔다.

「카발라라면 유대교의 신비 경전 말입니까?」

「그렇소.」

「그때 터너 박사는 날개 달린 뱀이라든지 생명나무는 모두 카발라의 영구 순환적 세계관을 나타낸다고 얘기했소. 그러면서 성경도 카발라의 사상으로부터 나온 것이라고 말하는 순간, 우리 얘기를 듣고 있던 괴인이 툭 한마디 던지는 거였소.」

「뭐라고 말입니까?」

「카발라가 비록 수메르인 혹은 그 이전의 고대인들이 가진 지혜를 담은 최고의 경전이기는 하지만, 그것만으로는 완전하지 않다고 했소. 그리고 물질세계 뒤에 오는 정신세계의 최고 지혜를 담은 또 하나의 경전이 이 세상에 존재하고 있다는 이상한 얘기도 덧붙였소.」

「그 경전이 뭡니까?」

「그것은 나도 모르오. 괴인이 찾던 게 바로 그 경전이었소. 괴인은 카발라를 신봉하지만 그것만으로는 세상의 해답을 얻을 수 없다 했소. 그 이유는 이 세상 최고의 지혜를 얻은 고대인들이 그 지혜를 카발라와 짝이 되는 신비의 경전에 나누어 담아 놓았기 때문이라고 하오. 또 카발라가 힘을 주는 경전이라면, 그 신비의 경전은 힘을 넘어선 단계의 지혜를 담은 것이라고도 했소. 그러면서 성경을 통해 그 신비의 경전을 찾을 수 있다는 말도 남겼소.」

「그 경전이 성경에 나와 있다는 말입니까?」

「아니오. 그는 성경에 나오는 암호의 수를 가지고 그 경전을 찾을 수 있다고 했소.」

「놀라운 얘기군요.」

「괴인은 전세계의 수많은 경전들을 섭렵했지만 아직 그 경전은 찾지 못했다고 했소. 그런데 우리가 경전 연구의 전문가들인 것을 알고 얘기를 꺼냈던 모양이오. 그는 우리에게 만약 그 경전을 찾으면 '예수와 그의 열두 제자를 신봉하는 사람들'에게 보내라고 했소. 그러면 평생 땅을 밟지 않고 살 거라면서 말이오.」

「예수와 그의 열두 제자를 신봉하는 사람들이라뇨? 도대체 어떤 사람들을 말하는 겁니까?」

「글쎄, 나도 정확히는 모르오. 하지만 그게 헛소리가 아닌 것만은 분명하오.」

「정말 신비한 사람이군요.」

「그렇소. 괴인은 정말 알 수 없는 사람이었소. 우리도 그의 정체를 궁금해 하다가 아마도 유대인이 아닐까 생각했던 기억이 나오. 괴인은 그 방대한 수메르의 니푸르 점토판을 다 외우는 듯했고, 상형문자의 해독에도 능숙한 것 같았소. 또 그는 카발라와 유대인의 뿌리가 수메르인으로부터 비롯된다는 생각을 하고 있었는데, 그것은 너무도 놀라운 일이었소.」

「왜 그렇습니까?」

「그것은 최근에야 우리 연구소에서 성서학자들에 의해 극비리에 연구되고 있는 사실이었기 때문이오. 우리 연구소의 성서학자들은 노아의 아들 셈이 수메르인이라는 결론에 이르렀소. 어원상으로도 수메르라는 말은 히브리어에서는 셈이라고 발음되고 있소. 그렇게 보면 유대인의 뿌리는 수메르로부터 비롯됐다고 볼 수 있소.」

「수메르인들이란 어떤 사람들이었습니까?」

「그 옛날 아득한 시대에 바다를 휘젓고 다니던 최초의 문명인

최후의 경전

이오. 레무리아 대륙도 그들과 관련이 있을 가능성이 높소. 수메르인들은 대격변 이후 본거지를 잃어버리고 거의 전멸되었소. 그 뒤 다시 메소포타미아 부근에서 약간의 문명을 이루었지만 이내 아시리아인에게 망해버리고 말았소. 그런데 흩어진 그들이 다시 종족을 퍼뜨린 게 히브리인, 즉 유대인일 가능성이 크오. 그들 중 일부는 동쪽으로 갔고.」

「수메르인이 동쪽으로 갔나요?」

「〈엔릴 영웅시〉, 〈길가메시 서사시〉, 니푸르 점토판 등 수메르인들의 기록 문화와 각종 출토물 및 탄트라의 경전을 면밀히 연구하면 그런 결론이 나오게 되오.」

「사실 여기 오기 전에 바다 밑으로 가라앉아버린 아틀란티스와 레무리아 대륙에 대해 얘기를 들었습니다. 정말 재미있었습니다. 우리가 알고 있던 세계사와는 너무도 다르더군요.」

「수메르도 마찬가지요. 지금에 와서야 차츰 드러나고 있지만 그동안 서양 사학계에서는 수메르인들의 동양인적 속성을 완전히 무시해왔소. 어떤 면에서는 감추어온 거요.」

「수메르인의 어떤 점이 동양인에 가깝다고 보는 겁니까?」

「우선 그들은 주변의 토착 민족에 비해 몸이 작고 약했소. 힘보다는 지혜가 뛰어난 사람들이었소. 그리고 머리카락이 검고 곧았소.」

「검고 곧은 머리카락이라면 동양인일 가능성이 높겠군요.」

「그렇소. 게다가 수메르인들은 무늬가 없는 청회색 토기를 썼는데, 그것은 현재 만주 부근에서만 발굴되고 있소. 더욱이 그들은 메소포타미아에서는 유일하게 순장의 풍습을 가지고 있었소.」

「순장이라면…… 죽은 사람을 위해 살아 있는 부인이나 측근을 같이 무덤에 묻었단 얘긴데, 동양의 어떤 지역에서 그런 풍습이 있었습니까?」

「순장 풍습은 만주 동부에서 찾아볼 수 있소. 역사 용어로는 요동이라 하오.」

「그 밖에도 수메르인들의 동양인적 특성이 또 있습니까?」

「그렇소. 그들은 두발뿐만 아니라 두형도 우리와는 완전히 달랐소. 발굴된 유골을 확인해본 바에 의하면, 후두부가 납작하단 말이오. 이것도 전형적인 동양인의 모습이오. 그중 가장 특징적인 것은 교착어를 썼다는 사실이오.」

「교착어라면?」

「교착어란 것은 그 자체로는 아무 뜻이 없는 조사를 명사의 뒤에 달아 뜻을 나타내는 언어요.」

「그렇다면 교착어도 역시 동양의 어느 나라에서 쓰이고 있었단 말입니까?」

「그렇소. 세상에는 교착어를 쓰는 네 나라가 있소.」

「어떤 나라들인가요?」

「핀란드, 터키, 일본, 한국이오.」

「핀란드를 제외하고는 모두 동양이군요.」

「그렇소. 그런데 핀란드와 터키는 비록 교착어이긴 해도 구조가 상당히 다르오. 하지만 일본어와 한국어의 구조는 수메르어와 같소.」

「그 사실은 뭘 말하는 겁니까?」

「수메르인들이 현재 이란의 자그로스 산맥을 넘어 동진했다는 건 모든 학자들이 인정하고 있는 바요. 그리고 일본이나 한국은 알타이어족에 속하는데, 수메르인의 인종적, 언어적 특징을 살펴보면 이들도 알타이어족에 속한다고 할 수 있소. 그러니 수메르인과 한국인, 일본인은 같은 뿌리일지도 모르는 거요.」

「일본과 한국이라……」

핼로란은 두 나라의 이름을 되뇌어보았다.

애덤스는 핼로란에게 차츰 호감이 생겼다. 핼로란은 기자답지 않게 자신의 얘기를 겸손하게 열심히 들어줄 뿐만 아니라 깊은 관심을 보였기 때문이다.

핼로란은 재미있는 기사거리가 될 만한 애덤스의 얘기를 정리해보았다. 한 박사가 탄트라의 경전 중 일부를 뉴욕으로 가지고 온 대가로 살해당했다는 사실은 독자들의 흥미를 끌기에 충분하지 않은가. 그러나 괴인을 살인 용의자로 몰아가는 식의 기사는 논리의 비약이라 위험해 보였다.

「박사님, 만약 그들이 경전을 찾아갔다면 박사님에겐 위험이 없는 건가요?」

핼로란이 물었다.

「그러리라고 생각되긴 하지만…… 일단 나도 당분간 몸을 피해야 겠소.」

「그러시는 게 좋을 것 같습니다.」

애덤스는 다시 한동안 생각하더니 뭔가를 결심한 표정으로 말했다.

「내가 괴인이 부탁하던 그 신비의 경전을 찾아 괴인을 달래주는 것도 하나의 방법일 것 같소. 결국 괴인이 찾는 것은 이 탄트라 경전이 아니라 신비의 경전이니까.」

애덤스는 초조한 동작으로 수첩을 꺼내서는 누군가의 전화번호를 찾아내 전화기의 버튼을 눌러대더니 상대방이 나오자 급히 만날 약속을 했다.

「누군가요? 이 분은.」

「같이 카발라를 연구하던 수비학의 대가요. 현재로서는 이 세상에서 그 신비의 경전에 가장 가까이 가 있는 사람일 거요.」

「혹시 저도 같이 만날 수 있는지요?」

「물론이오. 같이 갑시다.」

겁에 질린 애덤스 박사는 핼로란의 제의를 오히려 고마워하는 눈치였다.

최후의 경전

1달러 속의 눈

나딘은 애덤스의 초조한 기색을 대하자 놀라는 눈치였다.

「애덤스 박사, 도대체 무슨 일이라도 있는 겁니까?」

「먼저 이분은 뉴욕타임스의 핼로란 기자입니다.」

「핼로란, 신문에서 늘 보던 이름이군요.」

「만나서 반갑습니다.」

「나도 반갑소. 자, 앉으시오.」

차를 마시는 동안 애덤스는 그동안 있었던 일을 자세하게 설명했다. 애덤스의 얘기를 다 듣고 난 나딘은 무슨 의미인지 천천히 고개를 가로저었다. 애덤스는 초조한 기색을 감추지 못하며 나딘이 입을 열기만을 기다렸다.

「경전을 찾으면 예수와 열두 제자를 신봉하는 사람들에게 전해주라고…… 음.」

「박사님은 뭔가 아시는 것 같군요, 그 괴인에 대해.」

「알고 있소. 한 번 만난 적도 있지요. 그 괴인은 이미 이 세상의 모든 힘을 가진 사람이오. 아무도 맞설 수 없는…….」

「네?」

「뭐라고요? 괴인이 세상의 모든 힘을 가졌다고요?」

놀란 건 애덤스만이 아니었다. 핼로란 역시 나딘의 말에 놀라 자신도 모르게 반문했다. 애덤스가 황급히 물었다.

「나딘 박사는 어떻게 그 사람을 아는 거요?」

나딘으로부터 과거의 얘기를 듣고 난 애덤스의 얼굴이 체념으로 물들었다. 핼로란은 믿기지 않는다는 듯 나딘의 얼굴에서 눈을 떼지 못했다.

「전시안이라고요?」

나딘은 지갑에서 1달러 지폐를 꺼내 보였다.

「이것을 보시오. 이 세상의 모든 것을 본다는 눈. 바로 전시안 이오.」

핼로란은 나딘이 손가락 끝으로 가리키는 빛나는 눈을 바라보며 경악을 금치 못했다.

「이게 그 전시안이라는 겁니까?」

나딘은 말없이 고개만 끄덕였다. 핼로란이 굳은 표정으로 다시 물었다.

「그러면 이 눈을 소유한 자가 실제로 있고, 그가 바로 애덤스 박사가 만난 괴인을 의미한다는 얘기입니까?」

「그렇소.」

「믿을 수 없군요.」

핼로란은 충격을 받은 모양이었다.

「뉴욕타임스 기자인 내가 어째서 이런 사실을 모르고 있었단 말입니까? 어째서 이런 일이 세상에 알려지지 않은 겁니까?」

「세상에 알려지지 않은 건 이뿐만이 아니오. 핼로란 기자는 돈을 장악한 자들이 세계를 어떤 방향으로 몰고 가는지도 모르잖소?」

핼로란은 잠시 생각하다 물었다.

「어떤 방향으로 몰고 가는 겁니까?」

「한마디로 그들이 마음먹은 대로 가는 거요. 그들 위원회가 결정하는 대로 말이오.」

「그들이란 구체적으로 누구입니까?」

「자세한 것은 나도 모르오. 하지만 주로 유대인이고, 카발라를 신봉하는 사람들이며, 전시안이 그들의 지도자라는 사실과 그 전시안은 최후의 경전을 찾을 때까지는 세상에 나오지 않는다는 정도만 알고 있소.」

「그렇다면 그들이!」

핼로란의 놀라는 모습을 본 나딘 박사가 물었다.

「그들이라면?」

「뉴저지에서 세계적인 부호들이 모여 회의를 하는 걸 본 적이 있습니다. 카발라를 읽고 말도 안 되는 중요한 일들을 회의로 결정하더군요.」

「그들의 회의 장면을 취재했단 말이오?」

「아니, 취재는 아니고 법무부의 마이크로소프트 분할 심사를 취재하다 우연히 그들의 회의를 숨어서 목격했을 뿐입니다. 하지만 회사에서는 보도를 하지 않더군요. 그 후 내 인생도 바뀌었습니다.」

「당신은 엄청난 장면을 목격한 거요. 나도 그런 회의가 있다는 걸 서지학적 추적으로만 알았지 실제 들어본 적은 없소.」

「그런데 박사님, 저는 도대체 이해가 되지 않습니다. 하지만 이해하지 않을 도리도 없군요. 로스차일드니 록펠러니 하는 세계의 거물들이 괴인을 '그분'이라고 부르면서 절대 복종하는 것을 목격했으니까요. 그런데 그게 과연 가능한 일입니까? 세상의 권력자들이 은둔자에게 복종하다니요? 그런 거물들을 거느린 실질적인 세계의 지배자가 중앙아시아의 오지에 은둔하고 있다는 게 말이 됩니까?」

나딘은 고개를 끄덕이며 핼로란의 말을 듣기만 했다. 사실 나딘이야 수의 신비에 매료되어 평생을 돌아다니며 연구만 하며 살아오지 않았는가. 그리고 누군가를 좌지우지할 만큼의 힘도 가져본 적이 없었다. 그렇기 때문에 나딘 역시 그 괴인의 은둔을 해명하기가 어려운지도 몰랐다.

「리홍즈 선생의 말에 따르면, 그들의 지도자는 지구의 물리적 변화에 대한 비밀을 풀려고 한다고 했소. 그 비밀을 풀기 전에는 나오지 않을 거라고 말이오.」

「리홍즈 선생이라 하면 파룬궁의 창시자를 말하는 건가요? 그런데 지구의 물리적 변화라니?」

헬로란이 의아해 하며 물었다.

「그렇소. 지구에 격변이 일어날 시기를 미리 알아내는 게 그들의 지도자, 즉 전시안이 풀어야 할 숙제라는 거요.」

「그런데 전시안은 왜 경전을 찾아다니는 거죠?」

「그건 격변 속에서도 인류를 구할 최후의 지혜가 그 경전에 담겨 있기 때문이오.」

헬로란이 고개를 끄덕였다. 앞서 애덤스도 그렇게 말했던 터였다.

「음…… 리홍즈는 도대체 어떤 인물인가요? 나도 언론에서 그에 대한 기사는 본 적이 있지만, 그 사람의 내면이 어떤지 궁금하군요.」

「리홍즈 선생 역시 온 세계가 자본에 의해 피폐화되는 것을 막기 위해 뭔가를 하고 계시다고 했소. 아, 그분께 물어보면 되겠군.」

「뭘 말인가요?」

「중국에 1억 이상의 제자를 거느릴 정도로 엄청난 힘을 지녔으면 얼마든지 편하게 살 수 있는데도 왜 그렇게 힘든 일을 자청하고 계신지 말이오.」

핼로란이 고개를 끄덕이며 말했다.

「그래요. 저도 리홍즈 선생을 한번 만나보았으면 좋겠군요.」

「내게 연락처가 있으니 지금 전화를 해보겠소.」

나딘이 수화기를 들고 리홍즈의 번호를 눌렀다.

리홍즈는 언제나처럼 얼굴에 웃음을 띤 여유 있는 표정으로 나타났다. 애덤스 박사와 핼로란이 리홍즈와 인사를 나누는 사이, 나딘은 갓 뽑은 커피를 더 내왔다.

모두 자리를 잡고 앉자 핼로란은 곧장 리홍즈에게 앞서 나딘에게 제기했던 의문을 물었다.

「힘을 가져본 적이 없는 사람들은 전시안과 같은 태도를 이해하기 힘든 것 같은데요?」

핼로란은 기대 섞인 시선으로 리홍즈를 바라보았다.

「하하, 전들 힘이 있습니까?」

「그래도 1억 이상의 제자를 거느리셨다면 웬만한 큰 나라 하나 가진 것과 마찬가지 아닌가요?」

핼로란이 다시 대답을 재촉하자 리홍즈는 할 수 없다는 듯 말문을 열었다.

「힘이 없는 사람은 힘을 부러워하지만, 힘이 있는 사람은 다만 불안할 뿐입니다.」

「그게 무슨 말씀이세요?」

「사람이 사는 이치는 지극히 간단해서, 인간으로 태어나 잘 사는 길은 올바른 가치관을 갖고서 거기에 맞춰 자아실현을 하는 것입니다. 그러나 돈이 모든 것인 사람들의 삶을 보십시오. 그들은 돈의 힘에 기대어 엉뚱하고 괴팍한 삶을 살고 있을 뿐입니다. 기껏해야 가난한 사람들을 위해 돈을 좀 내놓는 정도지요.」

「그런데 돈과 권력을 가진 이들은 왜 불안해할까요?」

「돈과 권력이 있어도 심리는 보통 사람과 마찬가지입니다. 오히려 자아가 굳지 못하면 돈과 권력에 의해 정신적 파탄을 맞지요. 이것은 경험해본 사람들만이 압니다.」

「저는 경험해보질 못했으니…….」

「적당한 난관은 사람으로 하여금 위기를 극복하고 뭔가를 이루게 하는 활력소가 됩니다. 이런 점에서 가난은 찾아서 즐길 만한 대상이기도 합니다. 그러나 돈에 기대어 있는 사람들은 늘 숫자에 민감하고, 조금이라도 숫자가 줄어들면 노심초사하니 인생이 불안해지는 겁니다. 그런 의미에서 전시안에게는 이 세상의 물질적 가치란 큰 의미가 아닌 겁니다.」

핼로란은 나딘이 다시 내온 커피를 한 모금 마시고는 잔을 내려놓으면서 리홍즈에게 물었다.

「중앙아시아의 오지에 은둔한다는 전시안은 영원히 나오지 않을 것 같습니까?」

「이제까지는 그랬지요. 하지만 전시안은 최근 이상한 조짐을 보이고 있습니다.」

「이상한 조짐이라뇨? 그게 뭡니까?」

「전시안은 이제 곧 프리메이슨의 모든 마스터들을 모이도록 명령을 내린다는데, 여태까지는 한 번도 없던 일입니다.」

핼로란은 비로소 그들의 실체가 눈에 보이는 듯했다.

「프리메이슨이라면……?」

애덤스가 묻자 리홍즈 대신 핼로란이 대답했다.

「프리메이슨은 중세 유럽에서 시작된 비밀 조직으로, 아직까지도 그들의 정체는 베일에 싸여 있어요. 그들은 이미 전세계 정치·경제·종교의 중심을 차지하고 있지요.」

나딘이 고개를 끄덕이며 덧붙였다.

「미국의 대통령이라 하더라도 프리메이슨 조직 내에서는 별로 중요한 인물이 못 될 정도요.」

「그래요? 나는 그런 사실은 모르고 있었소.」

놀라워하는 애덤스를 뒤로하고 핼로란이 눈을 반짝이며 물었다.

「그런데 리홍즈 선생, 프리메이슨들이 언제 어디서 모이는 겁니까?」

사회부 기자인 그에게는 더할 나위 없이 중요한 정보였다. 그러나 리홍즈는 고개를 가로저었다.

「아직 구체적인 시간과 장소는 명시되지 않은 듯합니다. 하지만 사상 초유의 그 모임에서 전시안이 어떤 지침을 내리는가는 너무도 중요한 일입니다. 이전의 예를 보면 2차 세계대전이 끝난 직후 전시안은 국제연합, 즉 유엔을 창설하라는 지침을 내렸는데 프리메이슨들은 물론 그 지침에 따라 움직였습니다. 하지만 점차 시간이 지나면서 프리메이슨들은 유엔을 통한 세계 지배에 회의를 품게 되었고, 이제는 자본에 의한 세계의 지배를 획책하고 있습니다. 그러니 전시안이 이번처럼 세계의 모든 마스터들을 한자리에 모이게 했다면 이는 뭔가 큰 변화의 조짐이라고 보아야 할 겁니다. 전시안이 시베리아에 갔다 온 후 모임을 지시한 걸로 보아, 그의 결심은 시베리아에서 이루어진 것이겠지요.」

「시베리아에서요? 도대체 시베리아에서 전시안에게 무슨 일이 있었던 걸까요?」

「글쎄요. 하지만 스승이신 진도자 님과 저는 만약 전시안이 뭔가 극단적인 지침을 내리려 한다면 그 전에 그의 마음을 돌려놓아야 한다고 생각하고 있습니다.」

「진도자님은 또 누군가요?」

핼로란이 리홍즈의 말을 끊고 고개를 갸웃하며 물었다. 나딘이 간단히 설명했다. 고개를 끄덕이며 핼로란이 다시 리홍즈에게 물었다.

「그런데 전시안의 마음을 돌려놓다뇨?」

「스승님과 저는 그가 조급해 한다는 느낌을 받았는데, 그렇다면 전시안은 성급히 결정을 내렸을 수도 있기 때문입니다.」

「전시안이 왜 조급해 할까요?」

「아직은 알 수 없습니다. 어쩌면 그는 이제껏 몰두해오던 일에 대한 결론을 얻었을지도 모릅니다.」

「몰두해오던 일이라면?」

「지구의 물리적 변화 말입니다.」

모두의 시선이 리홍즈에게 집중되었다. 헬로란이 다시 입을 열었다.

「리홍즈 선생, 전시안이 도대체 어떤 결론을 얻었을까요?」

「아직은 알 수가 없습니다.」

「이미 지구의 변화에 대한 모든 가능성에 대해서는 과학자들이 언급하고 있고, 다가올 변화라 할지라도 인간이 모르는 것은 없지 않나요?」

「그렇긴 합니다. 하지만 중요한 것은 시간입니다. 지구가 변화하리라는 사실은 필연적이지만 언제 어떤 형태로 변화할지는 아무도 모르니까요. 어쩌면 전시안이 그때가 언제인지에 대한 새로운 결론을 내렸을지도 모릅니다.」

「이상하군요. 지구의 그 어떤 물리적 변화라도 갑자기 이루어지는 것은 없을 텐데요.」

「지구와 시간의 관계가 헬로란 님의 얘기처럼 그렇게 간단하지는 않았습니다. 멕시코의 오멕이나 아즈텍 문화에서는 살아

최후의 경전

있는 사람들의 심장을 꺼내 신에게 바쳤는데, 희생된 인원이 연간 수십만 명에 달했다고 합니다. 그 이유는 오로지 다가오는 인류의 종말을 막아보고자 하는 일념 때문이었습니다. 또 유독 오시리스 숫자에 민감했던 마야인들은 인류의 종말 시기를 2012년으로 계산했다고 하는데, 그 계산의 근거는 알 수 없다고 합니다.」

「그런 기록이 남아 있습니까?」

「가톨릭 교황청의 비밀문서 보관소 깊이 묻혀 있습니다.」

「그게 왜 교황청의 비밀문서 보관소에 묻혀 있죠?」

「비밀문서로서의 가치 때문일 텐데, 다른 가능성도 생각해볼 수 있겠지요.」

「다른 가능성이라면요?」

「교황청의 입장에서 보자면 신의 존재와 관련해 귀찮은 문제가 생길 수도 있으니 말입니다.」

「네? 무슨 말씀인지 이해하기 어렵군요.」

「신대륙에 진출한 유럽인들 입장에서는 미개한 사회에 기독교를 전파한다는 숭고한 사명감을 갖고 있었습니다. 그러나 뜻밖에도 마야 문명은 이미 까마득한 옛날부터 유럽보다 훨씬 정확한 역법을 쓰고 오시리스 숫자를 계산해내는 등, 이해할 수 없는 능력을 보유하고 있었던 것입니다. 유럽인들은 바퀴 하나 발명하지 못한 마야 문명이 유독 천문과 역법만 놀랄 정도로 발달해 있는 것을 보고 깊은 의문을 가졌을 테고. 그러다 그들이 도달한 결론은 오랜 옛날에 누군가가 마야 문명에 역법을 전수해주었다는 것이었습니다.」

「그게 누굴까요?」

「정확히 누군지는 알 길이 없습니다. 그러나 마야인들이 숭배하는 신을 보고 유추해볼 수는 있습니다.」

「어떤 신이죠?」

「마야인들이 은혜로운 신으로 모시는 케찰코아틀입니다. 전설에 따르면 케찰코아틀이 동료들과 함께 찾아와 문명을 전파하고 농사짓는 법을 가르쳤으며, 무엇보다도 하늘의 변화를 가르쳤다고 합니다. 그래서 모든 면에서 원시 상태를 면치 못했던 마야가 유독 수학과 역법에서만은 타의 추종을 불허하는 능력과 기량을 가지게 됐다는 것이지요.」

「케찰코아틀이란 신은 어딘가 인간적인 분위기를 풍기는군요.」

「핼로란 님의 지적처럼, 전설은 마야인들이 신으로 섬기는 케찰코아틀이 인간임을 여실히 보여주고 있습니다. 마야인에게 문명을 전파하고 역법을 가르친 케찰코아틀은 먼 훗날 다시 돌아오겠다고 말하고는 떠났습니다. 이것이 훗날 비극적 결과를 낳고 말았지만……..」

「비극적 결과라뇨?」

「마야의 후손인 아즈텍인들은 케찰코아틀이 돌아올 날을 기다리고 기다렸습니다. 그들은 긴 수염과 하얀 얼굴의 케찰코아틀을 잊지 못한 나머지, 조각으로 또 그림으로 그 모습을 그려 후손들에게 전하며 살아왔습니다. 그러던 어느 날, 스페인의 잔인한 정복자 코르테스가 거느린 백여 명의 군대가 그 옛날 케찰코아틀이 상륙했다는 바로 그 해안에 상륙했던 것입니다. 물론 아즈텍인들은 케찰코아틀과 똑같이 생긴 그들을 열렬히 환영했고, 케찰코아틀이 돌아왔다고 믿었죠. 그러나 스페인 군대는 아즈텍인들이 방심해 있는 틈을 타 그들을 몰살 시켰습니다.」

「저런!」

참으로 비극적인 우연이었다.

「이미 오래전에 이집트와 남미의 피라미드가 파이라는 개념을 공통적으로 썼다는 사실을 케찰코아틀과 관련시켜 생각해 볼 수도 있겠군.」

나딘이 비참한 표정을 감추지 못하며 말했다. 이윽고 리홍즈가 다시 입을 열었다.

「어쨌거나 유럽의 선교사들은 마야에 이런 이상하리만큼 정교한 역법이 있고, 신이 전수해준 것이라는 전설을 듣고 놀랐습니다. 그래서 그들은 이런 기록을 교황청으로 보냈던 것입니다.」

「그렇군요. 전시안도 그 기록을 봤을까요?」

헬로란이 리홍즈에게 물었다.

「물론입니다. 하지만 전시안은 마야가 계산한 인류 멸망 시기에는 동의하지 않았던 것 같습니다. 그간 너무도 잠잠히 지내왔으니까요.」

「그러면 전시안이 이제 마스터들을 모두 모이게 하는 것은 시간에 대한 어떤 영감을 얻어서일까요?」

「아마도 그렇다고 봐야죠. 따라서 그는 이번의 모임에서 극단적인 지침을 내릴 가능성이 있습니다.」

「극단적인 지침이라면 어떤 건가요?」

「전시안은 지난번 지침에서 모든 자본을 미국의 주식에 집중시키도록 했고, 그 결과 미국의 주식은 10년 동안 다섯 배 이상 올라 온 세계는 급속히 부익부 빈익빈 현상을 보였습니다. 그러니 미국에서 빌려온 달러 외채를 갚느라 가난한 국가 사람들은 적절한 복지 혜택을 받지 못한 채, 매년 수십만 명씩 목숨을 잃고 있습니다. 그런데 이번에는 이것보다 더 무서운 결정을 내릴지도 모르겠습니다.」

「더 무서운 결정이라면 구체적으로 어떤 걸까요?」

「제가 얻은 정보에 의하면 프리메이슨들이 그동안 연구해온 전자화폐일 가능성이 큽니다.」

헬로란은 직감적으로 리훙즈가 프리메이슨의 심층부에 정보원을 두고 있을 거라는 생각이 들었다.

「리훙즈 선생, 전자화폐가 무엇이오?」

내내 대화를 경청하고 있던 애덤스 박사가 물었다.

「지금의 신용카드 같은 것이 더욱 확대되고 심화된 형태라고 할 수 있습니다. 자신이 가진 모든 것이 카드 한 장에 담기는 겁니다.」

「그럼 개인의 모든 거래와 소비 생활이 컴퓨터에 기록된다는 얘깁니까?」

헬로란은 역시 기사납게 즉각적인 관심을 나타냈다.

「그렇습니다. 지금도 모든 개인의 재정 상태는 프리메이슨들이 장악한 신용카드 업체에 노출되어 있다고 볼 수 있습니다.」

「이미 그들이 인터넷을 초스피드로 장악해가고 있으니 다음 목표는 리홍즈 선생 말대로 전자화폐일 가능성이 있겠군요.」

헬로란의 표정이 다소 무거워 보였다. 반면 애덤스는 전자화폐에 대한 감이 확실히 잡히지 않아 리홍즈에게 물었다.

「그런데 전자화폐가 그렇게 나쁘기만 한 거요? 편리한 면도 있을 것 같은데…….」

「애덤스 님, 전자화폐는 인간의 인격을 말살시켜버리는 겁니다. 모든 상황에서 개인의 재산이 노출되고, 인간의 존엄성은 그가 가진 돈의 액수에 의해 결정되니까요. 그렇게 되면 못 가진 사람에게 지구는 지옥과 다름없어질 것입니다.」

「음, 정말 그렇겠군요.」

애덤스가 고개를 끄덕이며 말했다. 주머니 안에 든 돈의 액수가 언제 어디서나 알려진다면 인간은 심각한 가치관의 위기에

직면할 것이다. 그것은 눈에 띄는 살인이나 폭력보다 훨씬 더 무서운 악행일 수도 있는 것이다.

지금 이 순간에도 아프리카의 수많은 빈민들은 자국이 안고 있는 외채에 떠밀려 복지 서비스도 받지 못한 채 죽어가고 있다지 않은가. 그것은 프리메이슨들의 자본이 얼마나 탐욕적으로 운용되고 있는가를 입증해주는 것이다.

잠시 동안의 침묵을 깨고 리홍즈가 말했다.

「더욱 무서운 것은…….」

「그게 뭐죠?」

핼로란의 목소리에서는 긴장감이 묻어나왔다.

「인간의 모든 것이 숫자로 나타나면 숫자끼리만 어울리게 된다는 사실입니다.」

「숫자끼리만 어울리다뇨?」

「숫자가 미흡한 인간은 거세당하는 겁니다. 즉, 돈 있는 엘리트들이 자신들만의 사회를 이루고, 돈 없는 사람들은 그 밑에 노예처럼 예속되어 허덕이게 됩니다. 전자화폐는 프리메이슨들에게 사람을 솎아내는 데 쓰이는 악랄한 수단이 될 수도 있습니다.」

「그러면 어떻게 하죠? 프리메이슨들의 악마적 음모를 분쇄할 수 있는 방법이 없나요?」

「일단 전시안이 어떤 결론을 내리는지가 중요합니다.」

「그가 어떤 결론을 내리는지는 어떻게 알 수 있죠?」

「그것을 알기 위해 저의 스승님께서 시베리아에 가셨습니다. 스승님과 저는 프리메이슨들이 다시 한 번 극단적인 방향을 선택한다면 인류는 돌이킬 수 없는 불행에 휩싸일 것으로 생각하고 있습니다. 그래서 전력을 다해 그들의 음모를 막으려는 겁니다.」

「그나저나 도대체 그 경전이 뭔지, 왜 그걸 그렇게 찾는지 정말 궁금해지는군요. 박사님은 전시안이 찾는 그 경전이 뭔지 알고 있습니까?」

리홍즈와의 대화에 빠져 있던 핼로란이 고개를 돌려 나딘을 향해 물었다. 초조한 얼굴로 애덤스도 덧붙였다.

「괴인이 찾던 신비의 경전을 찾아 괴인을 달래주어야 할 것 같소. 그러니 신비의 경전에 대해 아는 게 있다면 내게 말해주시오.」

그러나 나딘은 고개를 저었다.

「그리 쉽게 찾을 수 있는 경전이 아니오.」

애덤스는 실망한 얼굴이었지만 이내 표정이 달라졌다.

「괴인은 내게 성경에 있는 숫자가 암호라고 그랬소. 나는 그 단서를 가지고 어떻게든 최후의 경전을 찾아야겠소.」

뭔가 결심한 듯 애덤스의 눈이 빛나고 있었다.

시베리아의 밤

한국으로 돌아온 인서는 가끔 학교의 벤치에 혼자 앉아 사색에 빠지곤 했다. 자신을 둘러싸고 일어난 최근의 일들을 생각할수록 평범하게 살아왔던 자신의 인생이 갑자기 크게 요동치는 듯했다. 세상은 이제껏 자신이 알고 있던 것과는 너무나 많은 것이 다르게 돌아가고 있었다.

돈으로 세계를 지배하고 있는 자들, 그들 위에서 모든 것을 조종하면서도 중앙아시아의 오지에 은둔하고 있는 전시안. 그리고 진도자와 리훙즈.

그들을 떠올리자 인서는 갑자기 자신의 존재가 한없이 무력하게 느껴졌다. 도대체 자신이 이 세상에서 할 수 있는 일이 무엇이란 말인가. 그러나 인서는 이내 머리를 세차게 흔들었다.

'아니야. 나는 알아내야만 해. 이대로 물러설 수는 없어.'

그렇게 도서관에서 시간을 보내고 있을 즈음 나딘으로부터 연락이 왔다.

「인서, 잘 지내고 있소?」

「예, 박사님. 뭔가 알아낸 것이 있습니까?」

「나는 곧 시베리아로 떠날 예정이오. 괜찮다면 동행하고 싶어서 전화를 했소.」

「물론입니다. 그런데 무슨 일인가요?」

「리홍즈에게서 연락이 왔는데, 시베리아 북단의 무르만스크라는 도시에서 진도자 님이 기다리고 있는 모양이오.」

「예? 진도자 님이요?」

「그렇소.」

「언제 떠나면 되는 건가요?」

나딘은 인서에게 둘이 만날 시간과 장소를 일러주었다. 둘은 우선 모스크바에서 만날 약속을 했다.

만날 시간을 따져본 인서는 정확히 일주일 후 러시아 방문 비자를 받아 모스크바행 비행기를 탔다.

모스크바에 도착하자 이미 와 있던 나딘이 인서를 맞아주었다.

「별일 없었소?」

「예, 박사님. 박사님이 보고 싶었던 것 빼고는요.」

나딘은 웃으며 인서의 손을 잡았다.

「자, 가면서 이야기합시다.」

나딘 박사의 말에 따르면 이번에도 역시 이전 백두산 여행처럼 다소 막연한 여행이었다. 정확히 날짜와 장소가 정해져 있는 것도 아니었고, 단지 무르만스크에 가면 진도자 님의 연락이 있을 거라는 리홍즈의 전달이 있었다는 게 전부였다.

두 사람이 모스크바에서 출발한 소형 비행기에서 내리자마자 코를 찡하게 만드는 찬 공기가 휘감아왔다. 나딘은 방한 재킷의 깃을 귀까지 올려 세웠다. 작은 공항의 유리문에는 두터운 성에가 껴서 바깥 풍경을 차단하고 있었다.

시베리아는 역시 듣던 대로 추위가 뼛속까지 스며드는 버림받은 땅이었다. 한국과 미국은 이제 늦가을이 시작되고 있었지만, 무르만스크는 이미 한국의 한겨울 같은 냉기가 가득했다.

「박사님, 우리가 어느새 겨울의 한복판으로 들어와버렸네요.」

「추위는 문제도 아니오. 지금 나는 다른 건 생각할 여유도 없소. 다만 어떻게 해야 이 낯선 곳에서 진도자 님의 연락을 받을 수 있을 것인가 하는 생각뿐이오.」

공항에는 인서와 나딘을 마중 나올 사람도 없었다. 시내와 따로 떨어져 있는 이 공항을 벗어나면 진도자를 만날 방법도 없을 것만 같았다. 그래서 두 사람은 누군가가 나타날지도 모른다는 생각으로 공항에서 꽤 오래 기다렸지만, 결국 아무도 나타나지 않았다.

「박사님, 일단 호텔로 갈까요?」

「그럽시다.」

인서와 나딘은 공항 직원의 도움을 받아 자동차를 불렀다. 택시가 없는 무르만스크에서는 이들처럼 아무런 연고 없이 찾아온 사람을 위해 약간의 돈을 받고 운전을 해주는 자동차 소유자가 있는 모양이었다.

부닌이라고 자신의 이름을 소개한 삼십대 운전자는 다행히 서툴게나마 영어를 할 줄 알았다. 그는 인서와 나딘을 차에 태운 뒤 말했다.

「여기는 일 년 내내 방문자…… 거의 없어요. 그래서 호텔 없어요. 어…… 간혹 찾아오는 사람들에게는 당 간부들이 휴양소로 쓰던 곳을 제공하고 있죠.」

「다행이군요.」

인서의 입에서는 '다행'이라는 단어가 자연스럽게 나왔다. 정말이지 이곳에 그런 시설이 있다는 것이 믿어지지 않을 정도였다. 도시는 너무나 조용하고 단조로웠다. 공항이 있고, 도로가 있고, 한 시간쯤 기다려야 와주는 자동차 서비스가 전부였다.

「여기 사람들은 좀처럼 움직이지 않아요. 여기서는…… 이동이 모험이죠.」

부닌은 인서와 나딘의 정체가 궁금한 모양인지 흘깃흘깃 살피며 운전을 했다.

「예전에는 가끔 배라도 들어왔지만 요즘은 그나마 없어졌죠. 어…… 누가 여기에 들어올 일이 있겠어요? 여기 사람도 모두 나가는 판인데요.」

「그렇군요.」

「그래도 공항이나마 있는 게…… 다행이에요. 비행기조차 없으면 이 도시는 없어져버리고 말걸요.」

인서와 나딘은 부닌의 말을 들으며 같은 생각을 하고 있었다.

'전시안이든 진도자든 도대체 이런 얼어붙은 땅에 무엇을 하러 왔을까?'

인서가 잠깐 동안의 침묵을 깨며 말했다.

「박사님, 혹시 그 휴양소에서 진도자 님을 만날 수 있지 않을까요?」

「그럴 것 같기도 한데……」

인서는 이 도시가 좁다는 사실이 오히려 다행이다 싶었다. 여기서 외부인이란 곧 드러날 수밖에 없을 테니까 말이다. 그래서 다소 희망 섞인 어조로 부닌에게 물었다.

「혹시 최근 이곳에 온 외국인이 없었나요?」

그러나 부닌은 고개를 가로저었다. 온 적이 없다는 뜻인지, 모르겠다는 뜻인지 알 수 없었다. 그러는 사이 자동차는 넓은 장원(莊園) 같은 휴양소의 대문을 통과했다.

「어…… 예전에는 당에서 관리했지만 지금은 마을 사람들이 관리해요.」

부닌은 이렇게 말하며 사무실 앞에 차를 대고 인서와 나딘을 관리인에게 소개시켰다. 그러고 나서 두 사람이 체크인할 때까지 기다렸다가 방을 얻는 것을 보고는 작별 인사를 했다.

「그러면 자동차가 필요할 때 다시 연락 주세요.」

나딘은 부닌에게 처음 얘기했던 금액보다 후하게 지불했다. 인서 생각에도 자동차 얻기가 만만치 않아 보이는 이곳에서는 그렇게 해두는 편이 나을 것 같았다.

그나저나 인서는 막막한 기분이 들었다. 이제 자동차가 떠나고 나면 어디 가볼 수도 없이 방 안에서만 갇혀 지내게 될 판이었다. 그때 불쑥 나딘이 부닌에게 물었다.

「여기서 우리와 함께 지내는 것이 어떻겠소?」

「네?」

「우리와 같이 행동하는 게 어떻겠냔 말이오. 수고비는 후하게 줄 테니.」

「글쎄요, 그게……」

「그렇게 합시다.」

부닌은 잠시 망설이더니 나딘이 후한 사람이라는 사실을 간파했는지 고개를 끄덕였다. 나딘은 다시 관리인을 찾아가 부닌의 방값까지 치른 다음 방 열쇠를 부닌에게 건네줬다.

「그럼 두 분이 짐을 풀 동안 잠시 집에 갔다 올게요. 음…… 간단한 소지품도 챙겨 가지고 와야 하니까요.」

두 사람은 부닌을 보내고 각자 방에서 물로만 간단히 샤워를 했다. 시설은 낡았지만 다행히 더운 물은 콸콸 쏟아졌다.

인서는 샤워를 하면서도 계속 진도자가 도대체 이 얼어붙은 땅에 무엇 때문에 왔을까 하는 의문이 떠나지 않았다. 그것은 나딘도 마찬가지였던 모양이다. 인서가 샤워를 마치고 나서 잠시 쉬고 있는데, 나딘이 인서의 방으로 건너왔다.

「리훙즈 선생이 빈말을 했을 리는 없지만, 여기는 참 볼 것도 생각할 것도 없는 곳 같소.」

「너무 막연한 것 같아요. 과연 진도자 님을 만날 수는 있는 걸까요?」

「리훙즈 선생은 스승을 만나기 위해 한 달 이상을 기다린 적도 있었다고 하오. 일단 그분의 능력을 믿고 기다려봅시다.」

나딘의 말에 인서는 고개를 끄덕였다. 그나마 집에 갔던 부닌이 돌아와서 반가웠다. 인서가 부닌에게 말했다.

「식사는 시내에 나가서 하고 싶은데요.」

「시내라 해도 그리 변변한…… 식당은 없어요.」

「세상에! 그럼 밖에서 식사를 할 수 없다는 말이에요? 사람들은 외출도 하지 않나요? 어디서 모이죠?」

「작은 술집은 있어요. 거기 가볼래요?」

인서가 나딘을 쳐다봤다. 그러나 나딘은 고개를 가로저었다. 혹시 모두가 외출했을 때 진도자가 찾아올까 봐 걱정하는 듯했다. 하지만 인서는 진도자를 찾아나서는 것도 한 방법이라 생각하여 시내 구경이라도 해둘 참이었다.

최후의 경전

「박사님, 저는 좀 나갔다 올게요.」

「그렇게 하시오.」

인서는 부닌과 같이 자동차를 타고 나섰다. 어둠이 깔리자 도시는 더욱더 깊은 정적에 휩싸였다.

「왜 이렇게 가로등도 없고 사람들도 안 다니죠?」

「날씨 때문이에요. 어…… 여기는 모든 것이 잠들어 있죠. 저 매머드의 무덤처럼요.」

「매머드의 무덤이라뇨?」

「조금만 더 가면 매머드의…… 거대한 무덤이 있어요. 아니 매머드뿐만이 아니에요. 모든 것의…… 무덤이 있죠.」

「무덤이라고요?」

인서는 귀가 번쩍 뜨였다.

「아니, 그 무덤을 몰라요? 여기에 오는 사람들은 모두 그 무덤 때문에 오던데…… 그래 봐야 일 년에 열 명도 채 안 되지만 말이에요.」

어느덧 부닌의 낡은 자동차가 음침한 건물 앞에 정차했다. 건물이래야 콘크리트 골조에 엉성한 나무판자를 덧댄 것에 불과했다.

「여기가 술집이에요.」

부닌이 출입문을 가리키며 말했다.

「기분이 안 나는군요.」

「그냥 돌아갈까요?」

「아니요. 그래도 기왕 왔으니 들어가보죠.」

술집 내부 역시 휑뎅그렁하니 삭막한 분위기였다. 물론 아늑한 조명이라든지 음악 같은 것도 없었다. 손님이라고 해봐야 구석에 앉아 어깨를 구부리고 있는 누추한 차림의 사나이 혼자뿐이었다.

「부닌, 웬일이야?」

바텐더는 마약 때문인지 검은 이를 드러내며 미소를 지었다.

「손님을 모시고 왔어. 인서, 뭘 마실래요?」

「맥주요.」

「그런 건 없어요.」

「그럼 보드카요.」

부닌은 바텐더에게 고개를 돌려 자랑스레 주문했다.

「보드카, 최고급으로 줘! 이 손님은 다른 건 마실 수도 없다고.」

「알았어.」

부닌은 바텐더가 내놓은 보드카 한 잔을 들어 인서에게 건네주며 혼잣말처럼 중얼거렸다.

「이놈의 도시는 무덤이 사람을 부른다니까.」

「아까부터 무덤, 무덤 하는데 그게 도대체 뭐예요?」

「아, 무덤 말이에요?」

부닌은 싱겁게 대꾸하더니 바텐더에게 눈을 찡긋해 보였다.

「이봐, 그 특별한 안주를 좀 내놓는 게 어때?」

「손님이 좋아할지 모르겠네?」

「그래도 기념이니까.」

바텐더는 접시에 약간의 고기를 꺼내놓았다.

「이게 뭐죠?」

인서가 호기심 어린 표정으로 물었다. 그러자 부닌이 웃음을 띤 얼굴로 대답했다.

「……고기요.」

「무슨 고긴데요?」

「맞혀봐요.」

인서는 접시에 담겨 나온 고기를 집어 살펴보았다. 분명 쇠고 기나 닭고기 따위는 아닌 처음 보는 고기였다. 인서는 고기를 조금 먹어보았다. 별맛이 느껴지지 않았다.

「사슴 고기인가요?」

인서가 이렇게 묻자 부닌과 바텐더는 서로 쳐다보며 웃었다. 그러더니 부닌이 자랑스러워하는 표정으로 말했다.

「어…… 매머드 고기예요.」

「뭐라고요?」

인서는 부닌이 자신을 놀리는 것 같아 바텐더를 쳐다봤다.

「맞아요.」

바텐더가 이렇게 말하며 두 손을 들었다가 놓았다. 거짓이 아니라는 시늉 같았다.

「무슨 소리를 하는 거예요? 황량한 시베리아의 작은 도시에서 전세계에 한 마리도 없는 매머드를 사육해서 먹는단 말인가요?」

부닌이 황급히 팔을 내저으며 말했다.

「아니, 그게 아니에요. 이 고기는 어…… 그 매머드 무덤에서 나온 거라고요.」

인서는 더욱 기가 막혔다.

「네? 이 고기가 무덤에서 나온 거라고요? 지금 나를 놀리는 건가요? 어떻게 무덤에서 고기를 꺼내 먹는단 말이죠?」

「그건 사실이에요. 매머드는 아득한 옛날…… 이 시베리아에 살았어요. 그러다 어느 날 갑자기 죽어버렸죠. 그게 그대로 얼어버렸어요.」

부닌이 인서를 믿게 하려는 듯 진지한 표정으로 말했다.

인서는 그 말을 듣자 갑자기 속이 거북해졌다. 고기가 상한 것 같지는 않았지만 기분이 이상했다. 인서는 속을 씻어내듯 보드카를 반 잔쯤 마시고 자리에서 일어났다.

「그만 돌아가죠.」

무덤 속에서 나왔다는 고기 때문에 인서는 술이라도 한잔하려던 마음이 싹 사라져버렸다.

휴양소로 돌아온 인서는 혼자 늦은 저녁을 먹었다. 저녁이래야 방에 갖다 둔 검은 보리빵 몇 조각에 이상한 열매즙이 전부였지만, 그거라도 감사하며 먹어두어야 한다는 생각이 들었다.

저녁 식사 후 인서는 나딘의 방으로 건너갔다.

「박사님, 아무런 연락이 없었나요?」

「그렇소.」

「리홍즈 선생님의 얘기로 봐서는 앞으로 며칠이나 더 기다려야 할지 모르겠어요.」

나딘이 고개를 끄덕였다.

「그런데 박사님, 술집에서 이상한 일이 있었어요.」

「무슨 일이오?」

「부근에 매머드 무덤이 있는데 거기서 잘라낸 고기라며, 바텐더가 저에게 내놓았어요.」

「여기는 시베리아니까, 매머드가 죽자마자 바로 냉동되었으면 그럴 수도 있을 거요.」

「네? 박사님도 그런 일이 가능하다고 생각하세요?」

인서는 고개를 갸우뚱했다.

「세상에, 수천 년 아니 수만 년 전에 죽은 짐승의 고기를 먹을 수 있다니…… 박사님, 내일 그 매머드 무덤에 가보는 게 어떨까요? 어차피 여기서 하루 종일 있을 수도 없을 테니까요.」

「그럽시다.」

「그런데 혹시 진도자 님이 여기 오신 것도 그 매머드 무덤 때문이 아닐까요?」

「글쎄?」

「부닌이 하는 얘기를 들으니까 외부인이 여기 오는 이유는 오로지 그 매머드 무덤 때문이라고 하던데요.」

「하지만 진도자 님과 매머드 무덤이 무슨 관계가 있겠소?」

「그도 그렇군요. 박사님, 그럼 주무세요. 내일 뵙죠.」

「인서도 잘 자요.」

얼어붙은 시베리아의 밤은 이렇듯 이상한 의문을 남긴 채 기나긴 어둠으로의 여행을 시작했다.

매머드 무덤의 기적

다음날 인서와 나딘은 간단한 아침 식사를 마친 후 부닌의 자동차를 타고 매머드의 무덤으로 향했다. 시내의 도로 상태도 좋은 편은 아니지만, 변두리로 나가자마자 길은 온통 얼어붙어 있었다.

「어쩔 수 없어요. 보수할 엄두도 못 내죠. 길은 항상 바람에, 눈에, 얼음에, 그리고 햇빛에 갈라터지니까요.」

부닌의 말에 두 사람은 고개를 끄덕였다.

「그런데도 여전히 사람들이 살고 있는 건 무엇 때문이죠? 공항도 있고 말이에요.」

「우라늄…… 그래요, 우라늄 광산 때문이죠. 질 좋은 우라늄 광산이 부근에 있어요. 사실 공항의 주요 목적도 그 우라늄 수송을 위한 거고요. 시베리아는 사람을 위해 존재하는 땅이 아니에요.」

「그럼 뭘 위해 존재하죠?」

「글쎄요…… 그건 나도 몰라요. 하지만 시베리아도 때로는 평화를 느끼게 해주죠.」

부닌은 얼어붙은 길을 겁도 없이 달려 넓은 평원으로 나갔다.

거친 평원의 끝에는 몇 개의 표지판이 붙어 있었다.

「이곳은 모든 것들의 무덤이죠. 매머드, 사슴, 이리, 돼지, 나무…… 없는 게 없어요. 정말 처참한 광경이죠. 어…… 왜 죽었는지는 몰라도 몸들이 찢겨져 있고, 한꺼번에 갑자기 죽었는지 이리저리 뒤엉켜 있어요.」

부닌은 큰 구덩이 옆에 차를 세웠다.

「사람들이 여기서 매머드 살을 베어갔어요. 저기 보이죠? 아직도 남아 있잖아요.」

부닌은 보란 듯이 팔을 뻗어 매머드의 잔해를 가리켰다. 정말 매머드는 마치 살아 있는 듯, 아니면 이제 막 죽은 듯 생생한 모습이었다. 그것뿐만이 아니었다. 매머드는 수십 마리가 뒤엉킨 채 죽어 있었다.

나딘과 인서는 놀라지 않을 수 없었다. 특히 인서의 놀라움은 극에 달했다.

「세상에, 어쩌면 이럴 수 있죠? 이처럼 많은 매머드들이 한 구덩이에 묻혀 있다니, 도대체 무슨 일이 있었던 걸까요?」

매머드의 무덤도 무덤이지만, 사람들이 매머드 고기를 베어낸 흔적을 눈으로 직접 확인하니 입을 다물 수 없었다.

「어때요? 내가 거짓말한 게 아니란 걸 확실히 알겠죠?」

부넌의 당당한 표정에 인서는 마지못해 고개를 끄덕이면서도 중얼거렸다.

「도저히 이해할 수 없는 일이네요.」

이때였다. 부넌이 손을 들어 구덩이 밑을 가리켰다. 뭔가가 매머드의 무덤에서 꿈틀거리고 있었다.

「어, 저게 뭐죠?」

인서가 놀라서 소리쳤다.

「사람이다!」

이어 부넌이 흥분한 목소리로 외쳤다.

선 채로 죽은 매머드의 사체 밑에서 한 사람이 뭔가를 손에 들고 몸을 일으켰다.

「아니, 진도자 님!」

인서의 입에서 자신도 모르게 진도자의 이름이 흘러나왔다. 나딘 역시 놀란 듯이 소리쳤다.

「진도자 님!」

틀림없이 진도자였다. 인서의 추측처럼 진도자는 매머드의 무덤 때문에 이곳에 왔던 것이다.

「어서 오시오.」

진도자가 인서와 나딘이 있는 위쪽을 향해 말했다. 진도자의 목소리는 생기에 넘쳤다.

「진도자 님, 거기서 뭐하고 계신 겁니까?」

인서는 진도자를 향해 소리쳤다.

「인서야, 난 지금 동물학자가 되었다.」

진도자는 힘도 들이지 않고 말하는 듯한데, 그의 목소리는 위에 있는 인서의 귀에까지 명확하게 들려왔다. 인서는 다시 소리쳤다.

「어떻게 올라오실 건가요?」

「내려왔으면 올라갈 수도 있겠지.」

진도자는 시종 밝은 목소리로 대답했다.

「자, 슈타인 박사, 이제 올라가지.」

진도자는 매머드의 배 밑으로 고개를 숙여 누군가를 불렀다. 그러고 보니 진도자는 혼자가 아니었다. 매머드의 아래쪽에서 또 한 사람이 밖으로 나왔다.

슈타인이라는 그 사람은 손에 뭔가를 한 움큼 들고 있었는데 그것을 모두 가방에 집어넣었다.

진도자는 사다리도 없는 가파른 구덩이를 마치 다람쥐처럼 기어 올라왔다. 그러고는 줄을 늘어뜨려 슈타인을 끌어올렸다. 이 모든 행위가 눈 깜짝할 사이에 이루어져 지켜보는 사람은 그저 놀랄 뿐이었다.

「자동차를 가지고 왔군. 마침 잘됐네.」

진도자는 평상복을 입고 있었으나 전혀 추위를 타지 않는 것처럼 보였다. 반면 슈타인은 방한복을 몇 겹이나 껴입고도 얼굴이 파랗게 얼어 있었다. 인서는 슈타인을 서둘러 차에 오르게 했다.

「가끔 대스승님이 도와주시지 않았으면 전 벌써 얼어 죽었을 겁니다.」

슈타인은 진도자를 '대스승'이라고 불렀다. 호칭으로 미루어 보아, 슈타인은 리훙즈의 제자인 것 같았다. 진도자는 슈타인을 나딘과 인서에게 소개했다.

「여기는 슈타인 박사, 리훙즈와 같이 수련하는 동지요. 문화인류학과 고생물학 분야에서 탁월한 업적을 가지고 있는 유명한 학자요.」

세 사람은 서로 인사를 나누었다. 이윽고 진도자가 인서와 나딘에게 말했다.

「여기까지 오느라 두 사람 모두 애썼소.」

「그런데 진도자 님은 무슨 이유로 여기에 와 계신 겁니까?」

인서가 물었다.

「그럴 만한 이유가 있지. 인서는 지금 어디에 묵고 있느냐?」

「네, 저는 휴양소에 묵고 있습니다.」

「그럼 거기로 가자.」

부닌의 자동차는 왔던 길을 되짚어 휴양소로 되돌아갔다. 네 사람은 휴양소 식당에서 뜨거운 차를 한 잔씩 앞에 놓고 마주 앉았다.

슈타인은 워낙 몸이 얼어 있었던 터라, 다른 사람이 차를 반 잔도 채 마시기 전에 두 잔이나 비웠다. 그의 옷은 흙투성이였고 장갑이나 모자 등에도 지저분한 것들이 잔뜩 묻어 있었다.

슈타인이 다소 안정을 되찾자 인서가 입을 열었다.

「그런데 슈타인 박사님은 매머드의 밑에서 무엇을 하셨던 겁니까?」

「매머드뿐만이 아니오. 사슴, 호랑이, 심지어는 하이에나까지 모두 조사했소. 특히 내장을 말이오.」

「그럼 여기 머무신 지 오래되었군요?」

「그렇소.」

「그런데 왜 그런 동물들의 내장을 조사하시는 거죠?」

이 질문에 슈타인은 표정이 굳어지며 입을 다물어버렸다. 그러자 진도자가 미소를 머금으며 말을 받았다.

「그것은 한 가지 알고 싶은 것이 있어서다.」

「그게 뭡니까?」

「인서도 프리메이슨 얘기는 들었겠지? 그 프리메이슨의 지도자에게 변화가 생긴 이유를 알아내고 싶어서다.」

인서도 나딘 박사로부터 자세한 이야기를 전해들은 터였다.

「참, 그 이유를 캐러 진도자 님도 이곳에 오신 거죠?」

「그렇단다.」

「그런데 프리메이슨의 지도자, 아니 전시안에게 어떤 변화가

최후의 경전

생긴 겁니까?」

「지금 온 세계가 급격히 요동치고 있어. 세상이 너무 빠르게 물질주의의 기운으로 뒤덮이고 있다. 전시안이 내뿜는 힘이 세상을 진동시키고 있는 거란다. 조용히 은둔하고 있던 전시안에게 이런 변화가 일어난 것은 그가 시베리아를 찾아 매머드의 무덤을 보고 난 직후거든.」

「그럼, 그 이유를 이런 짐승들의 내장을 조사함으로써 알 수 있단 말씀인가요?」

진도자는 말없이 고개만 끄덕였다.

「그 이유가 뭔지 정말 궁금하군요.」

나딘도 호기심 가득한 얼굴로 말했다. 그러자 진도자는 손에 들고 있던 식물 줄기를 나딘에게 내밀었다.

「나딘 박사, 이게 뭔지 알겠소?」

「글쎄요…… 확실히는 모르겠습니다. 초롱꽃 같아 보이는데…….」

「그렇소, 초롱꽃이오. 그런데 이게 1만 년도 더 전의 것이라면 믿을 수 있겠소?」

「얼음 속에 묻혀 있던 거라면 그럴 수도…….」

나딘은 대답하다 말고 말문을 닫아버렸다. 자신의 답변이 맞지 않음을 깨달았던 것이다. 나딘은 초롱꽃이 추운 곳에서 사는 상록수가 아니란 점을 떠올렸다.

나딘의 눈길이 슈타인에게 머물자, 그는 나딘의 생각을 꿰뚫어본 듯 고개를 끄덕이면서 말했다.

「그렇소. 초롱꽃은 상록수가 아니오.」

「슈타인 박사님, 상록수가 아니란 사실은 무엇을 말하는 겁니까?」

인서가 물었다.

「추운 곳에 사는 꽃이 아니란 얘기요.」

「그렇다면…….」

「매머드가 이 초롱꽃을 먹었을 당시 시베리아는 추운 곳이 아니었단 말이오.」

「그럼 이것이 매머드의 뱃속에 들어 있었단 얘긴가요?」

「그렇소.」

「믿어지지 않는군요.」

「하지만 이것은 엄연한 사실이오. 이 초롱꽃은 이번에 내가 직접 꺼낸 것이니까.」

인서는 잠시 생각에 잠겼다. 그렇다면 슈타인의 말대로 시베리아가 당시에는 추운 곳이 아니었단 말인가. 인서는 다른 가능성을 생각해보았다.

「혹시 누군가가 매머드의 먹이로 이 초롱꽃을 가져왔을 수는 없을까요?」

인서의 억지스런 추측에 슈타인은 입가에 웃음을 머금었다.

「물론 그렇게 생각할 수도 있을 거요. 하지만 매머드의 위 속에서는 초롱꽃 말고도 미나리아재비, 부드러운 사초, 야생 콩 등이 들어 있었소. 모두 이 초롱꽃처럼 생생하게 말이오.」

그래도 인서는 인정할 수 없다는 듯 나딘을 쳐다봤다. 나딘 역시 믿기지 않는 듯 얼굴을 찌푸리고 있다가 뭔가 생각난 것처럼 고개를 끄덕였다.

「나딘 박사님은 이해가 가세요? 가능한 일이라고 생각하시냐고요.」

「그럴 수도 있다는 생각이 드오. 인서, 일전에 내가 얘기했던 그 지도 생각나오?」

「무슨 지도요? 아, 남극의 지도 말씀인가요?」

「그렇소. 그 지도는 아직 얼음에 덮이지 않은 남극대륙을 그리고 있었잖소?」

「그렇다고 하셨죠.」

「남극이 그 당시는 따뜻했다는 얘기요. 그렇다면 시베리아도 그 당시에는 지금처럼 춥지 않았을 가능성도 있지 않겠소?」

「그렇긴 하군요.」

나딘의 얘기는 그럴 법했다. 인서는 궁금증을 확인하려는 듯 슈타인에게 물어보았다.

「슈타인 박사님, 그렇다면 이 매머드는 언제 죽은 걸까요?」

슈타인이 초롱꽃을 들어 줄기의 끝 부분을 살피며 대답했다.

「기원전 1만 2천~3천 년쯤으로 추정되오.」

「대단하군요. 그런데 이상하지 않아요? 설사 그 당시 시베리아가 따뜻해서 이런 식물들이 살았고, 또 매머드가 그것들을 먹었다고 쳐요. 그렇다 해도 식물들이 어떻게 이처럼 생생하게 매머드의 위 속에 존재하고 있는 거죠?」

「매머드가 이 식물들을 먹고 바로 죽었다면 그럴 수도 있잖소? 이곳에서 매머드 고기를 잘라서 파는 것과 같은 이치 아니겠소?」

나딘의 말에 인서는 고개를 세차게 가로저었다.

「아니, 달라요. 이 식물들은 따뜻한 곳에서만 산다고 그러셨잖아요?」

「그렇소.」

이번에는 슈타인이 대답했다.

「매머드는 여기 시베리아에서 이 식물들을 먹었겠죠? 다른 데서 먹고 여기로 와서 죽었을 리는 없잖아요?」

「그야 당연한 얘기요.」

「그래서 시베리아는 그 당시, 그러니까 약 1만 수천 년 전에는 따뜻했을 것으로 추정되는 거죠?」

「그렇소.」

「그렇다면 이 식물들은 매머드의 위 속에서 썩었을 게 분명해요. 이처럼 생생하게 있을 수는 없겠죠. 설사 매머드가 이것들을

274

먹고 바로 죽었다 쳐도, 매머드는 여전히 따뜻한 곳에서 죽었다는 얘기 아닌가요? 그런데 어떻게 이 식물들이 부패되지도 않은 채 1만 년 동안 보존될 수 있단 말입니까?」

인서의 말이 끝나자 나딘은 역시 수학자답게 즉각 조건에 대한 재검토를 제기했다.

「음, 우리의 가정 중에 뭔가가 잘못되진 않았겠소? 가령 이 식물들이 따뜻한 곳에서만 산다는 조건이 잘못되었다든가. 즉, 지금은 이 식물들을 한대 지방에서는 볼 수 없지만, 그 당시에는 추운 곳에서도 살았던 게 아니겠소?」

그러나 슈타인은 확고한 표정으로 나딘의 의구심에 제동을 걸었다.

「무덤에 있는 건 매머드뿐만이 아니오. 코뿔소, 영양, 말, 들소 등 추운 곳에서는 살 수 없는 동물들이 같이 뒤엉켜 죽어 있소. 뿐만 아니라 높이가 30미터에 달하는 과일나무도 얼음층에 묻혀 있단 말이오. 그것들은 모두 추운 곳에서는 절대로 살 수 없는 동식물들이오.」

「그렇다면 그 당시 시베리아가 따뜻했다는 가정에는 의심의 여지가 없군요.」

「그렇소, 나딘 박사.」

「그렇다면 이 현상은 말이 안 되오. 이런 조건과 결과를 가지고는 세 살배기 어린애도 설득할 수 없을 거요.」

「나딘 박사는 역시 수학자답소. 내가 생각했던 것도 바로 그 거요. 따뜻한 지역에서만 자라는 식물을 먹고 따뜻한 곳에서 죽 은 매머드가 썩지 않은 채 보존되어 1만 수천 년이 지난 지금 사 람들의 식탁에 오른다는 사실, 또 그런 매머드 속에서 이런 식 물들이 부패되지 않은 채 발견된다는 사실은 엄청난 모순이오. 뭔가가 크게 잘못됐단 말이오.」

나딘과 슈타인의 대화를 듣고 있던 진도자가 나딘을 바라보 며 천천히 물었다.

「나딘 박사, 이런 결과가 나오기 위해서는 어떤 현상이 선행됐 어야 한다고 보시오? 수학적으로 엄밀하게 생각한다면 말이오.」

나딘은 곰곰 생각에 잠겼다. 약간의 시간이 흐른 뒤, 나딘은 여전히 의혹에 잠긴 표정으로 입을 열었다.

「진도자 님, 그것은 단 한 가지 경우뿐입니다. 매머드가 이런 식물들을 먹은 직후 사망하되, 순식간에 체온을 모두 잃어버리 는 겁니다. 그래야 이런 식물들이 위 속에서 부패되지 않은 채 발견될 수 있을 겁니다.」

진도자는 말없이 고개만 끄덕였다. 이번에는 슈타인이 나딘에 게 물었다.

「그렇다면 매머드의 무게를 약 10톤 정도로 봤을 때, 사망 후 남은 체온에 의해 위 속의 식물이 부패되지 않으려면 어느 정도 의 순간적인 온도가 필요하겠소?」

최후의 경전

나딘은 고개를 끄덕였다. 그것은 슈타인이 질문하는 의도를 이해했다는 표시였다. 나딘은 잠시 계산해보더니 고개를 설레설레 흔들었다.

「섭씨 영하 100도 정도라는 계산이 나오는군요.」

나딘의 목소리에는 자신감이 없었다. 인서도 고개를 가로저으며 말했다.

「믿을 수가 없군요.」

인서의 낮은 목소리를 슈타인의 목소리가 덮었다.

「아니, 틀림없이 그랬을 거요. 무덤에는 각종 동물들이 함께 묻혀 있소. 몸이 휘어지거나 뒤틀리고 뼈가 부서진 채 한꺼번에 묻혀 있단 말이오. 칼이 스친 자국은 어디에도 없소. 이것은 사람의 손이 닿지 않았다는 뜻이 아니겠소.」

일동은 잠시 말이 없었다. 그때 인서가 문득 뭔가가 생각난 듯 물었다.

「진도자 님, 좀 알아듣기 쉽게 설명해주십시오. 도대체 매머드의 무덤이 프리메이슨의 지도자와 무슨 관계가 있는 겁니까?」

「그가 급변한 것은 바로 이 현상 때문이다.」

「무슨 말씀이세요?」

「그는 전시안이다. 즉, 모든 것을 알아야 하는 존재지. 그래서 세상에 나오지 않고 조용히 지구의 움직임을 관찰하면서 고대의 전적에서 지구의 변화를 알아내려고 했다. 이제껏 전시안이 은둔했던 것은 지구가 그를 놓아주지 않았기 때문이지.」

「좀 더 자세히 설명해주십시오.」

「프리메이슨들은 머리가 뛰어난 천재들을 어릴 때부터 뽑아 관찰한다. 세계 최고의 천재들이 그 대상이 되지. 그리고 천재들 중에서도 가장 뛰어난 사람이 그들의 지도자가 되는데, 유대인 아닌 사람이 지도자가 된 적은 역사상 단 한 번도 없었다.」

「역시 유대인들이 머리가 좋긴 좋은 모양이군요.」

「지도자는 실질적으로 세계를 지배하는 사람이지. 지도자로 뽑힌 사람은 그전의 지도자로부터 극비의 전승을 이어받는다. 세상에 그의 말 한마디에 안 되는 것이 없고, 그가 하고자 해서 안 되는 것이 없지. 이제 그가 지구의 불가측적 파괴력을 보고 말았으니 이에 대한 대비를 할 게 분명하다.」

이 말에 나딘과 인서는 거의 동시에 질문을 던졌다.

「대비라뇨? 매머드의 죽음이 또 닥친다는 말씀입니까?」

「진도자 님, 그게 닥치면 모든 것은 끝인가요? 인류는 멸망하고 마는 거예요?」

「하늘 아래 새로운 것은 아무것도 없다. 모든 것은 과거로부터 내려왔으며 과거는 영원한 것이다.」

「네? 그건 무슨 뜻인가요?」

인서는 이렇게 묻고 나서 나딘과 서로 얼굴을 마주보았다.

「인서야, 그것을 알고 모르고는 너의 인연에 달려 있다. 어쨌

최후의 경전

든 프리메이슨의 지도자는 언제 이 지구에 재앙이 닥치는지 알기 위해 깊이 은둔해 있었지만, 지금은 이 현상이 누구도 생각지 못했던 시기에 갑자기 닥쳐왔다는 것을 알아냈다.」

「진도자 님!」

나딘이 뭔가를 깊이 생각하는 표정으로 진도자를 불렀다.

「나딘 박사, 말하시오.」

「프리메이슨의 지도자가 지구에 닥친 재앙이 그토록 갑작스런 것임을 알았다면 앞으로 이 세상에 어떤 변화가 오는 겁니까? 그는 재앙을 피하는 방법을 갖고 있을까요?」

「음, 나딘 박사의 말을 들으니 과거 아즈텍인이 행했던 피의 의식이 생각나오. 그들은 지금의 인류가 다섯 번째 인류라고 믿었소. 자신들이 제5의 태양의 후예들이라고 말이오. 그동안 지구는 제1의 태양으로부터 제4의 태양에 이르기까지, 네 번 인류를 내고 네 번 멸망시켰는데, 불 아니면 홍수에 의한 멸망이었다고 믿었소. 하지만 그들은 제5의 인류가 또 언제 멸망할지를 알 수 있는 계산법을 잊어버렸소.」

「그래서 어떻게 됐습니까?」

「아즈텍인들이 행했던 것은 무서운 살육이었소. 그들은 상상할 수 없을 만큼 많은 인간을 죽임으로써 불안을 달래고 파멸을 조금이라도 더 늦추어보려고 했던 것이오.」

「어째서 사람을 죽이면 파멸을 연장시킬 수 있을 거라고 생각했을까요?」

「그게 인간의 심리요.」

「그렇다면 프리메이슨도 같은 일을 행할 거란 말씀입니까?」

「나딘 박사, 속세의 인간들은 자연의 법을 떠나 있소. 알다시피 이 세계에는 부처의 자비도, 예수의 사랑도, 공자의 어짊도 없소. 다만 존재하느냐 사라지느냐의 대결만 있을 뿐이고, 그 기준은 물질이오. 현대의 살인은 칼로 상대의 심장을 찌르는 게 아니오. 물질적으로 풍부한 사람들이 물질이 결핍된 사람들을 지배하는 게 살인이오. 지금 프리메이슨들은 매우 불안해 하고 있으며, 그 불안은 극단적인 행동으로 나타날 수 있소.」

「왜 그럴까요? 그들의 방향은 이미 정해지지 않았나요? 힘으로 탈출구를 마련하려 들지 않겠어요? 달이나 화성으로 나가든, 아니면 지하로 들어가든 말입니다. 지괴에 지하 세계를 건설하는 것도 그들의 대비책 가운데 하나라고 들은 적이 있습니다.」

「그럴 수도 있겠지. 하지만 그렇게 된다면 이 세상은 끝이오. 모든 인류가 그 안에 들어갈 수는 없는 일 아니오? 인류는 지구의 격변으로 파멸이 오기도 전에 인간 서로 간의 전쟁으로 인해 멸망하고 말 거요.」

「결국 그들은 인류의 멸망을 기정사실화하면서 자신들만 살아난다는 신앙을 갖고 있는 게 아닙니까? 선민의식이 바로 그런 거 아닌가요? 자신들만 하느님의 자손이고, 자신들만 천국으로

280

인도된다는.」

진도자는 나딘의 말을 들으며 고개를 끄덕이다가 미간을 찌푸렸다.

「나딘 박사, 그렇게 단순하지는 않을 것 같소. 프리메이슨들도 나름대로 종교적, 철학적으로 심각하게 고민할 거요. 아직도 나는 그들의 지도자가 완전하게 지구의 비밀을 풀었다고는 생각하지 않소.」

「그건 무슨 말씀입니까?」

「프리메이슨들은 하느님이 절대로 자신들을 이렇듯 불안하게 내버려두진 않는다고 믿고 있소. 하느님이 자신들에게 남겨준 계시, 즉 신호가 있다고 확신하오. 특히 전시안은 살인이나 자본의 지배로는 궁극적 해결이 안 된다는 걸 누구보다 잘 알고 있소. 그들의 지도자 전시안은 그 계시를 찾기 위해 세계를 순례하고 있을 것이오.」

「그 계시란 무엇일까요? 진도자 님도 모르세요?」

진도자와 나딘의 대화를 듣고 있던 인서가 끼어들었다.

「허허허허. 인서야, 전시안이 그토록 오랜 세월 동안 찾으려 하던 것이 무엇이었는지 생각해보아라.」

「글쎄요. 저는 잘 모르겠네요.」

인서는 한참 동안 곰곰이 생각해보았다.

「혹시 카발라와 한 짝이 된다는 신비의 경전을 말하는 건가요?」

「그렇다. 전시안뿐 아니라 리홍즈 역시 최후의 지혜가 담겼다는 그 경전을 찾고 있다.」

「리홍즈 선생님도요?」

「리홍즈는 아직 전시안을 막을 힘이 없다. 또한 이 세상의 어느 인간도 프리메이슨들을 막을 힘이 없어. 인류의 파멸이 다가왔음을 알아버린 프리메이슨들은 더 무서운 속도로 자본을 휘둘러댈 테고, 결국 자본은 인간을 파괴하겠지. 더욱 무서운 사실은 그들이 또다시 극단적인 질서를 만들어낼 경우 인류는 그것을 복원할 수 없다는 것이다. 인류는 멸망의 그날까지 그 질서를 따라갈 수밖에 없을 게다.」

「결국 프리메이슨들을 막을 수 있는 힘은 그 경전밖에 없다는 뜻인가요?」

「그렇다.」

인류를 구원해줄 최후의 경전이라니. 도대체 그것은 어떤 모습을 하고 있는 것일까? 인서가 좀 더 물어보려고 하는데 진도자가 슈타인과 함께 자리에서 일어났다.

「자, 이제 우리는 여기서 그만 헤어지자.」

「어, 벌써 가시게요?」

인서가 붙들려 했지만, 진도자는 인서와 나딘에게 한 번씩 눈길을 주고는 홀연히 떠나버렸다.

144와 144,000

진도자와 헤어진 후 인서와 나딘은 모스크바행 비행기를 타기 위해서 이틀이나 기다려야 했다. 인서는 아무런 문화 시설도 없는 시베리아의 긴 밤이 내심 걱정스러웠다. 그러나 그건 기우였다.

여유가 생기자 나딘 박사가 인서의 방으로 건너와 가방에서 성경과 두터운 노트 한 권을 꺼내놓았다. 노트에는 깨알같이 작은 숫자가 빽빽하게 쓰여 있었다.

「박사님, 이게 모두 수비학적 숫자인가요?」

「아니오, 성경에 나오는 숫자들을 전부 모아본 거요.」

「그렇군요.」

인서는 고개를 끄덕이며 웃음을 지었다. 자신에게도 이런 노트가 한 권 있었던 것이다. 나딘이 웃음의 의미를 알았는지 싱긋 미소를 지었다.

「그래, 인서는 뭔가 특이한 것을 발견했소?」

「저는 아직 찾지 못했습니다.」

「전혀 성과가 없었을 것 같지는 않은데……?」

「숫자표를 만들어본 적은 있습니다.」

「숫자표라. 그래 어떤 특징이 나왔소?」

「저…….」

「얘기해보시오.」

「부끄럽습니다. 박사님이 먼저 말씀하시죠.」

「나도 숫자의 빈도를 따져보았소. 그랬더니 역시…….」

「역시 뭡니까?」

「예측과 들어맞는 게 있었소.」

「네? 뭘 예측하셨는데요?」

「나는 성경 중에서 요한묵시록에 비중을 두고 생각했소. 오시리스 숫자 666도 요한묵시록에서 나왔으니까 말이오.」

「박사님, 저도 요한묵시록을 주목해서 살펴보았습니다.」

인서의 말에 나딘은 흥미로운 표정을 지었다.

「어째서 그랬소?」

「성경 중 유독 요한묵시록에만 숫자가 많이 나오거든요.」

잠시 생각해보던 나딘은 고개를 끄덕였다.

「그렇게 생각해볼 수도 있겠군. 숫자로 암호를 만들었다는 점을 고려하면, 성경에만 나오는 특이한 숫자에 주목할 필요가 있을 것 같소.」

「하지만 저는 그중의 어떤 수가 경전을 찾는 데 도움이 될지

도저히 알 수 없었습니다. 게다가 이 세상의 경전을 모두 읽어볼 수도 없는 노릇이고요.」

「성경, 그중에서도 요한묵시록에 나오는 숫자 가운데 가장 특징적인 것은 7과 12, 24, 그리고 144와 666, 마지막으로는 144,000이오.」

「박사님, 42와 1,260도 많이 나오던데요?」

「알고 있소. 그 숫자들이 확실하게 나오는 경전이 있다면 엄밀히 대비를 해봐야 할 거요. 일단 다른 숫자들을 더 말해보시오.」

「7, 12, 24는 너무 평범해서 다른 경전과 대비할 때 그리 적당할 것 같지 않더군요. 666 역시 지난번 나딘 박사님의 분석대로 다른 의미를 지니고 있는 듯하고요.」

「바로 그렇소. 따라서 성경에만 나오는 특이한 숫자를 추려봤을 때, 우리가 주목할 숫자는 바로 144와 144,000이오.」

「어떤 점이 그런가요?」

「두 숫자는 서로 연결되어 있는 것 같소. 누군가가 일부러 이런 숫자를 집어넣은 것처럼 말이오.」

「144는 어떻게 나오죠?」

「요한묵시록에는 금으로 만든 자를 들고 예루살렘의 성을 재보니 사람의 자로 144척이었다는 구절이 나와 있소.」

「144,000은요?」

「그것은 이스라엘의 열두 지파에서 각각 1만 2천 명씩이 하느님의 도장을 받아 천국으로 초청된다는 내용이오.」

「왜 하필이면 144와 144,000이라는 숫자를 썼을까요?」

「오시리스 숫자들과 마찬가지로 이런 숫자들은 뭔가를 나타내고 있는 거요. 바로 암호지.」

나딘은 역시 수에 관한 한 노련했다.

「카발라와 짝을 이루는 경전을 찾는 단서가 성경에 나오는 숫자라면, 나는 이 숫자들이 바로 그 암호라고 확신하오. 이 두 개의 숫자는 틀림없이 어떤 의도를 가지고 성경에 포함되어 있는 거요.」

「그렇다면 정말 이런 숫자를 쓰는 다른 경전이 세상에 있을까요?」

「세상의 보이지 않는 역사가 어떻게 이루어져왔는지는 모르겠으나, 이처럼 주목해야 할 숫자가 성경에 들어 있고 성경만으로는 왜 이런 숫자를 썼는지 알 수 없다면, 세상에는 틀림없이 이런 숫자와 관련된 경전이 따로 있을 거요.」

인서는 나딘의 견해에 고개를 끄덕이지 않을 수 없었다.

「그럼 박사님은 요즘도 경전을 읽고 계시나요?」

「그렇소.」

「그러나 이 세상의 수많은 경전을 어떻게 다 읽을 수 있겠습니까?」

「그래서 나는 전시안을 거꾸로 이용하고 있소.」

최후의 경전

「전시안을 거꾸로 이용하다뇨?」

「전시안은 아마도 세상에 널리 알려진 경전은 대부분 읽었을 거요. 그럼에도 불구하고 아직 경전을 찾지 못했다면, 나는 알려지지 않은 경전부터 읽어나가고 있소.」

「그렇다 하더라도…….」

「그렇소. 그렇다 하더라도 보통 일은 아니오. 더욱이 이 숫자가 해당 경전에 아라비아 숫자로 표기되어 있다는 보장도 없기 때문에 세계 각국의 고대 문자를 알아야 하오. 특히 인도의 고대 경전들은 워낙 양도 많고 글자도 제각각이기 때문에 보통 힘든 게 아니오. 게다가 알려지지 않은 경전을 찾아야 하니 얼마나 어려운지 모르겠소. 그나마 숫자만 살피는 일이라 좀 낫기는 하지만 말이오.」

「얘기만 들어도 기가 질리는군요.」

나딘처럼 동서고금의 문물에 해박한 전문가라고 해도 그 작업은 보통 어려운 일이 아닐 것이다. 인서는 자신도 한번 이 일을 시작해봐야겠다고 마음먹었던 게 무모한 객기처럼 여겨졌다.

인서는 나딘으로부터 세계 곳곳의 신비 경전에 대한 이야기들을 전해 들었다. 그러다 보니 시베리아에서의 이틀 밤은 오히려 짧게 느껴졌다.

이틀 후 인서와 나딘은 비행기로 모스크바에 도착했다.

「이제 박사님은 어떻게 하실 건가요? 미국으로 돌아가면 또다시 경전에 파묻히셔야 하나요?」

　「그렇소. 지금으로서는 그게 가장 큰일이 아니겠소.」

　「박사님께 거는 기대가 큽니다.」

　「고맙소. 늘 최선을 다하고 있지만, 이상하게 이번 일은 그리 자신이 서질 않소. 글쎄, 전시안도 못 찾은 걸 내가 과연 찾을 수 있을는지…….」

　「그 경전을 반드시 찾아내 그들에게 보여주고 싶군요.」

　「그러게 말이오…….」

　두 사람은 아쉬움을 뒤로하고 모스크바공항에서 각기 고국을 향해 헤어졌다.

고백

　모처럼 오피스텔에 돌아온 인서는 답답하던 공간이 오히려 편안하게 느껴졌다. 인서는 먼저 컴퓨터부터 켰다. 그동안 여러 통의 이메일이 도착해 있었다. 인서는 맨 먼저 환희의 이메일부터 확인해보았다.

　러시아에 간다고요? 돌아오시면 한번 만나고 싶어요.

　그러고 보니 백두산에 다녀와서 몇 번 메일을 교환했을 뿐 직접 본 지도 제법 된 셈이었다. 한번 만나고 싶다는 환희의 말이 인서를 설레게 했다. 인서 역시 환희의 맑은 얼굴이 보고 싶었던 터였다. 인서는 환희에게 전화를 걸어 만날 약속을 잡았다.

　다음날 저녁 인서는 인사동의 한 한식당에서 환희를 만났다.
「저는 늘 환희 씨 이름이 특이하다고 생각했어요.」
　환희는 하얀 이를 드러내며 웃었다.

「호호. 언젠가는 물어볼 줄 알았어요.」

인서는 다시 계면쩍은 웃음을 감추면서 물었다.

「한자로 어떻게 쓰나요?」

「모감주나무 환(桓), 기쁠 희(喜)예요.」

「모감주나무 환이요?」

「네, 환인 님, 환웅 님 할 때의 그 환이에요.」

「의미가 있는 이름 같군요. 누가 지어주셨나요?」

「할아버지가 지어주셨어요.」

「보통 분이 아니셨나 봐요?」

「할아버지는 누구에게나 보통 할아버지예요.」

「내 말은 그게 아니고, 우리나라의 전통 사상을 깊이 신봉하
시는 분일 것 같다는 얘기죠.」

「호호호. 그런 것 같아요. 제 이름까지 이렇게 지으신 걸 보면
말이에요. 어려서는 놀림도 많이 받았어요.」

「그럼 그 이름이 싫었겠군요?」

「처음에는 그랬지만 시간이 지나면서 뭔가 특별한 느낌이 들
기도 했어요.」

「어떤 느낌인데요?」

「인서 씨는 이해하기 어려울 거예요. 제단에 바쳐진 성스러운
느낌이랄까, 아니면 사람들의 상처를 보듬어주는 느낌이랄까, 아
무튼 그런 거요.」

최후의 경전

「그럴 수도 있겠군요.」

인서는 그동안 환희가 요즘 젊은 아가씨들답지 않게 성숙한 내면의 소유자 같다는 생각을 해오던 터였기에, 그녀의 말을 이해할 수 있었다.

「오늘은 얘기를 좀 해봐요. 지난번에는 얼버무렸지만…….」

「무슨 얘기요?」

「어떻게 13의 비밀을 알았는지 말입니다.」

「아, 그거요?」

「그때는 환희 씨가 그냥 우연히 알게 되었다고만 말했죠. 하지만 13년, 17년 매미의 존재까지 아는 걸 보면 결코 우연은 아니란 생각이 드는데요.」

「사실은 나딘 박사님이 백두산에서 13의 신봉자들에 대한 얘기를 하실 때 잠자코 있었지만, 저도 그들의 존재를 예전부터 추적해왔어요.」

「네? 환희 씨도 그들을 추적한다고요? 그게 무슨 말이죠?」

환희는 망설이는 눈치였다. 하지만 잠시 후 마음의 결정을 내렸다는 듯 얘기를 이어갔다.

「인서 씨가 이해할 수 있을지 모르겠는데…… 저의 할아버지는 대종교의 통령이셨어요. 할아버지는 제가 그 뒤를 잇기를 바라셨죠.」

「대종교라면 단군을 숭배하는 우리 고유의 종교가 아닙니까?」

「그래요.」

「그러면 할아버지께선 환희 씨가 대종교의 통령이 되기를 바라셨다는 말인가요?」

「그런 것은 아니에요. 할아버지는 대종교의 통령이시기도 했지만, 또 한편으로는 비밀리에 전해오는 환인교의 전수인이셨어요. 지금은 제가 그 뒤를 이어 전수인이 되었죠.」

「환인교라면? 그건 단군을 섬기는 대종교와는 다른 건가요?」

「네, 달라요.」

환희는 또렷한 목소리로 분명하게 대답했다.

「그렇다면 환인교는 단군신화에 나오는 바로 그 환인 하느님을 섬기는 겁니까?」

「그래요.」

「그럼 환인이 실재했던 존재라고 믿는 거예요?」

「당연하죠.」

「단군도 부정하는 이 사회에서 환인교를 이어나가기란 정말 어려운 일이겠군요.」

「결코 쉽지는 않아요.」

환희는 더 이상 이야기하기를 꺼렸다. 인서는 환희가 그러는 이유를 이해했다. 그녀는 어느 누구에게 이런 얘기를 해도 비웃음만 살 거라고 생각하고 있는 것이다.

하지만 인서는 비웃거나 건성으로 들어 넘기지 않았다. 오히려 단군조차도 믿지 않는 이 나라에서 환인교를 이어온 사람들은 도대체 누구인지, 무슨 근거로 환인을 섬기며 어떤 일을 하는지 궁금했다.

「환희 씨의 할아버지는 어떤 분이셨어요? 어려서부터 단군이나 환인에 깊은 관심을 가지셨나요?」

인서는 환희의 할아버지가 어떤 인물일지 상상이 갔다. 어려서 한학을 했다든지, 기서를 읽었다든지, 아니면 민족 사상에 심취하여 열성으로 단군을 모시다가 사람들의 추대를 받아 대종교의 통령이 되었을 것이다. 그러나 환희의 대답은 뜻밖이었다.

「할아버지는 법대를 나와 검사도 지내셨고, 변호사 생활을 하면서 역사에 심취하셨는데, 그때 단군을 접하게 되신 모양이에요. 할아버지는 단군이 실재했던 인물임에도 불구하고 마치 신화 속의 인물처럼 되어버린 현실을 개선해야겠다고 생각하셨대요. 그래서 대종교에 관여하시게 된 거고요.」

「그런데 환인교는 어떻게 이해하면 됩니까? 대종교와는 어떻게 다르죠?」

「단군도 중요하지만, 어떤 면에서는 단군보다 단군의 뿌리가 더 중요할 수도 있어요. 단군은 이미 정치적 개념으로 이해되는 반면 단군의 아버지 환웅은 민족이 모이게 되는 문화적 배경을 얘기하고 있고, 또 단군의 할아버지 환인 단계에서는 그 의미가 더 넓게 확대되기 때문이죠. 즉, 한민족이 형성되기 전 고대사회의 보편적 모습을 나타내요.」

「한데 환인교의 전수인이라는 환희 씨가 왜 13의 신봉자들을 추적하는 겁니까?」

「인서 씨, 거기엔 깊은 연유가 있어요. 바로 천부인(天符印) 때문이죠.」

「천부인? 하늘나라의 도장 말인가요?」

「네.」

이상한 일이었다. 인서는 '하늘나라의 도장'이라는 말을 하고 나자 문득 성경의 요한묵시록이 생각났다. 인서는 그동안 성경을 수없이 살펴왔던 터라 거의 외우고 있을 정도였다. 요한묵시록에도 '하느님의 도장'이라는 말이 자주 등장하지 않았는가.

하지만 인서는 그것을 보면서도 천부인을 연상시켜본 적이 없었다. 천부인이라고 하면 단지 《삼국유사》에 실린 단군신화 속에 등장하는 단어 정도로만 기억하고 있을 뿐이었다. 환인 하느님이 아들 환웅에게 천부인 세 개를 주어 지상으로 내려보냈다는……

「환희 씨, 천부인에 어떤 의미가 있다는 거죠? 그냥 신화에 등장하는 흥미로운 상징 같은 것 아닌가요?」

「인서 씨도 그렇게 생각하세요?」

「아니, 사실 솔직히 말해 이제껏 천부인에 대해서는 별로 생각해보지 않았어요.」

「환인교에서는 천부인이 무엇인가를 밝히는 데 많은 정열을 쏟아왔어요. 도장이라고 하면 그 안에 글자를 써넣게 마련이죠. 그런데 그 당시에는 그림이 글자의 역할을 했으니까, 저희는 천부인이 그림일 거라고 생각했어요.」

「그래서 성과가 있었나요?」

「아직 뚜렷한 성과는 없어요. 하지만 저는 그 상징이 어떤 기하학적인 그림일 거라고 생각해요. 그리고 세 개의 천부인 중 하나가 고구려 고분 벽화에 있는 아주 이상한 모양의 기하학적 무늬인 것 같아요. 그 무늬는 수메르의 니푸르 점토판에서 나온 무늬와 거의 일치해요. 그뿐 아니에요. 13의 신봉자들도 그 무늬를 자신들의 상징으로 삼고 있죠. 이걸로 미루어 환인 시대란 것은 동양과 서양의 문화가 아직 갈라지기 전, 즉 하나의 문화를 공유하고 있던 고대 세계를 가리킨다고 확신해요.」

「그러나 단지 무늬 하나가 일치한다고 해서……?」

「인서 씨, 그 무늬보다 더 결정적인 증거는 녹도(鹿圖) 문자예요.」

「녹도 문자는 또 뭐죠?」

「옛날 환웅 시대에 쓰였던 문자예요. 사슴 록에 그림 도 자니까, 사슴 그림으로 뜻을 표현했나 봐요. 우리는 녹도 문자가 히브리 문자와 비슷하다는 점에 주목하고 있어요.」

「그건 또 무슨 소리예요? 환웅 시대에 쓰였다는 그 녹도 문자 중에 전해지는 거라도 있나요?」

「그 문자 자체는 전해지지 않지만 고구려시대의 기록을 보면, 태백산에 신지가 남긴 글자의 모양이 기역자와 비슷하다는 내용이 나와요. 그런데 신지가 남긴 글자가 바로 녹도 문자고, 히브리 문자의 상당수가 바로 한글의 기역자와 비슷하거든요.」

「대단해요. 그런 것을 연구하는 사람도 있었군요.」

인서는 그러한 고대사 연구 방법이 신선하게 느껴졌다. 더불어 환희에 대한 신비감도 더욱 커졌다.

「환희 씨의 고대사 연구 방법이 새롭군요. 사실 나 역시 고대사에 대한 관심이 많았어요. 전세계에 있는 고인돌의 절반 이상이 우리나라에 있는데, 왜 우리의 고대사는 실종되어버렸는지 한심하다는 생각이 들기도 했고요.」

「어머, 할아버지와 똑같은 말씀을 하시네요.」

환희는 인서에게 동질감을 느꼈는지 친근하게 말하며 웃었다. 그런 환희를 보며 인서는 다소 장난스런 표정으로 말했다.

「그랬군요.」

「네?」

「그래서 환희 씨가 내게 그처럼 깊은 관심을 보였군요?」

「어머, 그런 건 아니에요. 절대.」

「그럼 내가 마음에 들어서 그랬단 말인가요?」

최후의 경전

인서는 비록 농담처럼 말했지만, 환희에게 이끌리는 자신의
마음을 부인할 수는 없었다. 인서는 환희가 내뿜는 그 신비스러
움에 도전해보고 싶었다. 신비로운 껍질 안에 숨어 있는 그녀의
실체를 알고 싶었던 것이다.

「글쎄요……」

환희는 얼굴을 살짝 붉히고는 더 이상 아무 말도 하지 않았
다. 인서는 용기를 내어 조심스럽게 환희 쪽으로 손을 뻗었다. 그
리고 떨리는 손으로 환희의 손을 가만히 쥐었다. 환희의 손을 통
해 시원한 느낌이 전해져왔다.

인서는 환희의 가늘고 긴 손가락들을 두 손으로 감싸쥐었다.
환희의 손가락이 연약한 꽃봉오리처럼, 부서질 듯 섬세한 유리
공예품처럼 느껴졌다. 이상한 일이었다. 인서는 손만 잡았을 뿐
인데도 이렇듯 신선한 기분이 온몸에 전해지는 것을 신기해 하
며 한동안 환희의 손을 놓지 않았다.

잠시 후 환희가 수줍은 듯 손가락을 살짝 빼내며 말했다.

「인서 씨, 제가 맥주 한잔 살게요.」

「……」

인서는 이상한 기분에 매혹되어 대답조차 잊어버렸다.

「인서 씨, 맥주 한잔 할래요?」

「네? 아, 좋아요.」

인서와 환희는 음식점을 나와 은은한 분위기의 카페로 자리

를 옮겼다. 어둑한 조명이 더욱 분위기를 돋우는 구석진 자리에 앉아 인서는 시원한 맥주를 몇 병 시켰다. 맥주가 오자 인서는 급히 한 잔을 비웠다. 왠지 심장의 고동 소리가 더 크게 들리는 것 같았다.

인서는 다시 한 잔을 쭈욱 들이켠 다음 환희의 얼굴을 정면으로 응시했다. 보면 볼수록 그녀의 신비한 분위기에 더 빨려드는 듯했다. 인서는 술의 기운을 빌려 용기를 냈다. 그리고 팔을 뻗어 환희의 어깨를 감았다.

환희는 어깨를 약간 굽혀 인서의 팔을 가만히 벗어났다.

침묵이 흘렀다. 인서는 말없이 맥주만 마셨다. 그러나 가슴 한 구석에서는 잔잔한 감동이 물결처럼 밀려왔다. 이상했다. 인서는 환희가 자신의 손길을 피했음에도 불구하고 왠지 가장 소중한 부분을 그녀와 공유하고 있다는 느낌이 들었다. 그것은 영혼을 통해 전해져오는 사랑이었다.

바둑판에 숨겨진 신비의 수

인서가 환희와 헤어지고 집에 막 들어서는데 전화벨이 울렸다. 나딘 박사였다.

「인서, 무사히 돌아갔소?」

「예, 박사님. 무슨 일이 있나요?」

「애덤스 박사가 경전을 찾으러 한국으로 갔다는 소식이 있소.」

「애덤스 박사요? 그가 누구죠?」

「애덤스는 유명한 문화인류학자로 어떤 사정에 의해 우리처럼 경전을 찾고 있소. 그는 틀림없이 뭔가를 알아내고 한국으로 들어간 것 같소.」

「왜 그분은 경전이 이곳에 있을 수도 있을 거라고 생각했을까요?」

「그는 유대인은 수메르인으로부터 그 뿌리를 찾을 수 있는데 수메르인은 동쪽에서 왔다면서, 수메르인과 같은 교착어를 쓰는 사람들로 한국과 일본을 주목한 모양이오.」

인서는 그래도 잘 이해가 되지 않았다.

「애덤스 박사는 아무래도 두 경전이 같은 뿌리를 가졌으리라 생각한 모양이오.」

인서는 어리둥절한 나머지 재차 물었다.

「아무튼 그분이 한국에 온 것은 확실한가요?」

「틀림없소. 그런데 인서, 한국에는 도대체 어떤 경전이 있소?」

「글쎄요. 갑자기 물으시니 잘 생각이 나지 않는군요. 한국의 대표적인 경전이라면 팔만대장경이 있습니다만…….」

「팔만대장경? 나도 들어본 적이 있소. 그런데 거기에 뭔가 특이한 숫자가 등장하오?」

「글쎄요. 한번 조사해보겠습니다.」

인서는 이내 고개를 흔들었다.

「아, 박사님! 팔만대장경은 아닙니다. 그건 고려시대 때 만들어졌거든요. 13세기 무렵입니다.」

「그렇소? 그럼 아니겠군.」

그러나 다음 순간 나딘은 무슨 생각이 떠오른 듯 말을 이었다.

「인서, 어쩌면 연대는 그리 중요하지 않을지도 모르오. 구전되었을 수도 있고, 비록 원전이 아니더라도 후대의 누군가가 원전을 보고 남겨둔 기록도 의미가 있으니까 말이오. 그런 기록을 더듬어 찾아지는 원전도 많소.」

「그렇겠군요.」

「애덤스 박사는 경전에 조예가 깊은 사람이오. 그런 사람이 경전을 찾아 한국으로 갔다면, 우리도 일단 한국의 모든 경전을 조사해보는 것이 좋겠소. 한국의 경전을 조사하는 데는 인서가 가장 유리할 거요. 애덤스 박사의 추리가 맞다면 분명히 찾을 수 있을 것이오. 나도 되도록 빨리 한국으로 가겠소.」

「제가 해낼 수 있을지 모르겠지만 박사님이 오신다니 힘이 나는군요.」

인서는 가슴 깊숙한 곳에서부터 한 줄기 강한 기대감이 솟아올랐다.

며칠 후 인서는 김포공항으로 나딘을 마중 나갔다. 나딘의 얼굴은 의욕에 불타고 있었다.

「그래, 한국에는 어떤 경전들이 있소?」

나딘은 인서를 보자마자 다시 한 번 이렇게 물었다. 인서는 웃음을 머금었다.

「박사님, 그전에 우리가 성경에서 특수한 숫자라고 결론지은 144는 과연 옳은 걸까요?」

「틀림없소. 144,000하고 연결된 암호요. 문제는 한국의 경전에 그런 숫자가 있는가 하는 거요.」

「애덤스 박사의 추리를 정말 믿어도 되는 걸까요?」

「경전에 정통한 그가 문화인류학적으로 뿌리를 더듬어서 내린 결론이라면, 일단은 분명한 개연성이 있을 것이오.」

인서는 나딘의 확신에 자신을 얻어 고개를 끄덕였다.

「나도 애덤스 박사가 한국으로 온 이유가 수메르인들의 문화와 한국의 문화가 같은 뿌리에서 나왔기 때문이라는 얘기를 듣고, 다시 한 번 카발라에 대해 집중적으로 연구해보았소. 그랬더니 카발라가 기원후 2세기에 집대성되기는 했지만, 이미 4천 년도 더 전에 수메르 문명을 통해서 전세계로 뻗어나갔음을 확인할 수 있었소. 카발라의 중심 사상인 생명나무 설화는 이미 고대에도 전세계의 문명 속에 보편적인 상징으로 골고루 퍼져 있었소. 한국의 역사도 오래되지 않았소?」

「네, 단군 때부터 지금까지 반만년 역사가 이어지고 있지요.」

「참으로 유구한 역사군요.」

「전세계에 흩어져 있는 고인돌의 절반 이상이 한국에 있어요. 고인돌이 아득한 석기시대나 청동기시대의 강력한 지배권을 상징하는 걸 생각해볼 때, 우리의 고대사에 단군 혹은 그 이전의 강력한 고대국가가 출현했을 개연성도 있지요.」

「그렇군요. 고대사 관련 자료를 찾아보면 뭔가 발견할 수도 있겠소.」

「그렇지만…….」

「그렇지만 뭐요?」

「자료가 그렇게 많지는 않을 겁니다. 실제로는 역사에 그렇게 기술되어 있지 않기 때문에…….」

「무슨 소린지 모르겠소. 인서는 세계 고인돌의 절반 이상이
한국에 있다고 하지 않았소?」

「네, 그건 틀림없습니다.」

「그렇다면 한국은 분명 엄청난 역사를 가지고 있는 나라요. 생
각해보시오. 조직화되지 않은 미개한 원시인들이 어떻게 그토록
많은 고인돌을 만들 수 있겠소?」

인서는 말없이 고개만 끄덕였다. 나딘이 그렇게 말해주니 기
쁘고 마음이 든든해졌다.

이윽고 인서는 다시 경전 문제를 언급했다.

「박사님, 우리나라에는 많은 경전이 있습니다. 불경은 물론 유
교와 도교에서 온 경전들도 있죠. 그 밖에 원불교니 증산도니 하
는 신흥 종교들도 많으므로 경전의 수는 꽤 될 겁니다.」

그러나 두 사람의 표정은 밝았다. 아무리 경전이 많아도 숫자
를 담고 있는 경전은 그렇게 많지 않으리라 생각했던 것이다.

다음날부터 인서와 나딘은 도서관에 살다시피 했다. 나딘은
한국에서 쓰이는 두 문자, 즉 한글과 한자로 수를 익히고 나서
는 인서 못지않은 속도로 경전들을 훑어 내려갔다. 두 사람은 서
로가 읽은 것을 다시 바꿔 읽는 크로스 체크 방식을 택함으로써
실수의 가능성을 최소로 줄였다.

바둑판에 숨겨진 신비의 수

그러나 기대와는 달리 아무런 성과가 없었다. 국립도서관에서 시작해 국회도서관과 각 대학의 도서관까지 샅샅이 뒤졌지만, 특이한 숫자가 담긴 경전은 찾을 수 없었다. 심지어는 고문서나 개인 문집까지 뒤져보았지만 소용이 없었다.

인서는 국내 서지학의 대가 몇 사람을 찾아 자문을 구했으나 결과는 마찬가지였다.

「이상한 일이오. 얼마 전에도 한 외국인이 특별한 경전을 찾고 있다고 법석을 떨더니…….」

애덤스도 서지학자들을 찾아다닌 모양이었다.

「성과가 있었나요?」

「성과는 무슨! 경전에 무슨 숫자가 있을 거라나? 그런데 그런 게 있을 리가 있소?」

이렇게 몇 주일이 흐르자 인서와 나딘은 심신이 지쳐버렸다.

「박사님, 이제 더 이상의 경전은 없을 것 같네요.」

「그런 것 같소.」

아직 오전이었지만 두 사람은 마지막으로 찾아간 한 대학 도서관을 뒤로하고 나올 수밖에 없었다.

「혹시 애덤스 박사가 틀린 것은 아닐까요?」

「그런지도 모르겠소.」

처음 두 사람이 지녔던 확신은 점차 가정 자체에 대한 강한 의구심으로 변해갔다.

최후의 경전

「인서, 오늘은 작업을 그만두고 생각을 좀 해봅시다.」

「이제 더 이상 할 작업도 없던 참입니다.」

인서와 나딘은 작업을 시작 단계부터 되짚어보았다. 144나 144,000이 성경 속의 암호일 것이라는 가정이 틀렸을 수도 있다. 그러나 나딘은 두 숫자에 대해 확신하고 있었다. 인서 역시 나딘의 신념에 영향을 받아서 그런지, 그 숫자보다는 애덤스의 추리가 틀렸을 수도 있다는 쪽으로 생각이 기울었다.

「144든 아니든 도대체 숫자가 담긴 경전이 없으니……. 이제 그만 미국으로 돌아가야 할 것 같소.」

끈질긴 나딘도 손을 들고 말았다.

「박사님, 아무런 성과가 없어서 어떡하죠?」

「성과가 전혀 없었던 것은 아니오. 일단 한국의 모든 경전은 살펴보았으니까.」

나딘은 스스로를 위안하듯 말했다. 그러나 이내 힘 빠진 목소리로 덧붙였다.

「내일 떠나는 비행기 편을 알아보겠소. 이제 작업은 이걸로 끝냅시다.」

「그럴 수밖에 없겠군요.」

인서는 나딘과 헤어져 버스를 타고 집으로 돌아오다가 경찰청 앞을 지나면서 문득 환희가 생각났다.

「여보세요?」

환희의 밝은 목소리가 회선을 타고 흘러나왔다. 그 목소리를 듣는 순간 인서는 답답했던 가슴이 확 뚫리는 듯했다.

「김인서입니다. 뭘 좀 물어보고 싶은 게 있어서요.」

「네, 말씀하세요.」

「혹시 환인교에는 경전이 없나요?」

「네, 경전은 없어요.」

「역시 그렇군요.」

기대하고 물었던 것은 아니기에 그다지 실망스럽지는 않았다. 하지만 웬만한 신흥 종교라도 다 갖추고 있는 경전이 유독 환인교에만 없다는 사실이 왠지 이상했다.

「환희 씨, 그럼 환인의 정신은 어떻게 기리죠?」

「사실 우리 환인교는 신앙이라기보다는 연구적 성격이 강해요.」

인서는 고개를 끄덕였다.

「그런데 경전은 갑자기 왜 묻는 거죠?」

「사실 수비학과 관련해 나딘 박사님과 함께 한 가지 연구를 하고 있어요. 어떤 수가 포함된 경전을 찾고 있거든요.」

「그러세요? 아, 나딘 박사님은 잘 지내시나요?」

「참, 나딘 박사님은 지금 한국에 와 계세요.」

「어머, 그럼 한번 뵙고 싶네요.」

「그래요, 박사님도 좋아하실 겁니다. 저녁때 롯데호텔에서 뵙기로 했는데 함께 갈래요? 박사님은 내일 미국으로 떠나실 예정이거든요.」

「네, 좋아요.」

인서는 환희와 시간 약속을 하고 전화를 끊었다.

나딘이 묵고 있는 롯데호텔 커피숍에서 만난 세 사람은 고급 한식당으로 자리를 옮겼다.

「한국에서의 마지막 식사니 맛있는 걸로 실컷 먹고 싶소. 물론 김치와 찌개도 곁들여서 말이오.」

나딘은 짐짓 쾌활하게 말했지만 맥빠진 기분을 감추지는 못했다. 하지만 차례로 나오는 한정식에 소주를 한잔 걸치고 나서는 오히려 인서를 위로했다.

「인서, 우리가 헛고생만 한 것은 아니오. 일단 한국의 경전은 모두 독파했으니 말이오.」

엄밀히 말해 '독파'라고까진 할 순 없겠지만, 경전이란 경전을 모두 섭렵한 것은 사실이었다.

「애덤스 박사 역시 헛걸음만 했겠죠?」

「그랬을 것 같소. 아마도 그는 성경 쪽의 암호도 찾지 못했을 거요.」

인서는 고개를 끄덕였다. 애덤스는 성경에 나오는 그 신비한 숫자가 뭔지도 모를 거라는 생각이 들었다. 요한묵시록에서 그 연관된 두 숫자를 끄집어낸 것은 오직 나딘만이 할 수 있는 일이었다. 그렇게 생각하자 인서는 더욱 안타까웠다.

「144와 144,000. 박사님, 생각할수록 신비하군요.」

「그 수를 알아낸 이상 분명 어딘가에서 그 경전을 찾아낼 수 있을 거요.」

「박사님이 그 수를 제시하셨고, 또 애덤스 박사가 한국으로 왔다는 얘기를 들었을 때, 사실 저는 제가 찾아낼 수 있으리라 생각했습니다.」

「그래, 나도 인서가 의외로 쉽게 찾아낼지도 모른다고 생각했소.」

이때 잠자코 듣고만 있던 환희가 고개를 갸웃거리며 물었다.

「인서 씨, 144라 그랬어요?」

「그래요.」

「어디선가 들어본 것 같아요.」

「144를요?」

「네.」

나딘과 인서의 눈이 순간적으로 빛났다.

「환희 씨, 그런 수를 담은 경전에 대해 들었단 말이에요?」

「아, 아녜요. 그게 아니에요. 제가 혼동을 했어요.」

「무엇을 어떻게 혼동했다는 거죠?」

「경전이 아니라 바둑이었어요.」

「바둑?」

「네. 환인교의 교주였던 분의 기록 중에 바둑에 관해 말씀하신 것이 있는데 중국인이 바둑을 만들었다는 얘기는 잘못된 것이라면서, 바둑은 우주의 수를 담기 위해 만들어낸 오락이라며 그 판에 비밀의 수를 숨겨두었다는 말씀을 하셨어요.」

「그분이 누구죠?」

「그분은 조선 중기의 인후 교주님으로, 우리 환인교에서도 가장 뛰어난 능력을 지닌 분으로 전해져오고 있어요.」

「어떤 신비한 수죠? 144가 바둑판에 있기라도 하단 말인가요?」

흥미로운 이야기였지만 경전이 아니라는 말에 실망한 인서는 그저 지나치듯이 물었는데, 환희의 대답은 의외로 단호했다.

「네.」

「뭐라고요? 바둑판이 정말 숫자 144와 관계가 있어요?」

「그래요.」

환희의 목소리는 확신에 차 있었다.

「저도 바둑을 두지만 바둑판에 숫자가 있다는 건 금시초문인데……」

「교주님 말씀으로는 바둑판은 숫자로 만들어진 것이고 그 속의 숫자는 '신지비사(神誌秘詞)'와 '개물교화경(開物敎化經)'에 있다고 하셨던 게 기억나요.」

「그 수 가운데 하나가 144란 말이에요?」

「네.」

「그럴 리가 없는데……. 나딘 박사님과 내가 모두 조사했다고요. 신지비사와 개물교화경은 경전이랄 것도 없이 그저 한 장짜리 문서에 불과해요. 하지만 그것들도 빠뜨리지 않고 살폈던 기억이 나요. 그건 바로 오늘 낮에 본 것 중에 하나니까요.」

「그런가요? 그럼, 제가 잘못 안 걸까요?」

환희는 고개를 갸웃거리면서도 더 이상 자신의 생각을 주장하지 않았다. 인서 역시 혹시라도 환희가 민망해 할까 봐 그에 대한 이야기는 더 이상 하지 않았다.

저녁 식사를 마친 세 사람은 자리를 옮겨 생맥주를 한 잔씩 더 하며 아쉬운 이별을 고했다. 나딘이 내일 오전 중에 출발할 것을 고려해 작별 인사는 그 자리에서 이루어졌다.

인서는 환희를 버스 정류장까지 배웅하고는 아쉬운 발걸음을 집으로 향했다.

신지비사와 개물교화경

전화벨 소리에 잠을 깬 인서는 시계부터 쳐다보았다. 새벽 다섯 시도 채 안 된 시간이었다.

「인서, 나 나딘이오.」

「아, 박사님. 이 시간에 어쩐 일이세요?」

「아침 일찍 좀 만납시다.」

「무슨 일이 있습니까?」

「어젯밤 환희가 했던 말이 아무래도 마음에 걸려 호텔에 오자마자 바둑판을 갖다 달래서 확인을 해봤소. 그랬더니 놀랍게도 환희 말대로 바둑판에 144가 들어 있었소.」

「예? 그게 무슨 말씀이세요?」

「바둑판에는 아홉 개의 점이 있는데 맨 가운데 하나가 있고, 나머지 여덟 개는 사각형을 이루며 한 점을 두르고 있었소. 그 여덟 개의 점을 경계로 해서 보면 내부에 144칸이 있는 거요. 그 외부는 180칸이 되고. 나는 이 144칸이 어제 환희가 말한 그 두 가지의 문서와 어떤 관계가 있는지 확인해보고 싶소.」

「그럼 오늘 출국은요?」

「하루 늦추면 되오.」

「네, 알겠습니다.」

전화를 끊으며 인서는 나딘의 철저함에 다시 한 번 감탄했다.

인서와 나딘은 아침 일찍 국립도서관 앞에서 만나 도서관문이 열리자마자 자료실로 들어가 신지비사와 개물교화경이 담긴 책을 찾아냈다. 자리를 잡고 앉은 두 사람은 먼저 신지비사가 소개돼 있는 페이지부터 찾아보았다.

「인서, 신지비사란 정확히 무엇이오?」

「여기에 설명이 있군요. '우리나라 모든 예언서의 원본이 되는 신지비사는 제6세 단군인 달문의 시기에 신지 벼슬에 있던 발리란 분이 작성한 글로서 서효사라고도 한다.'」

「개물교화경은?」

「개물교화경은 '고구려의 시조 고주몽이 나라를 세우면서 내린 조칙'이라고 되어 있군요. 둘 다 아득한 옛날 것들입니다. 그런데 환인교의 교주는 어째서 이 속에 144가 있다고 했을까요?」

인서는 차분히 마음을 가라앉힌 다음 한글로 된 신지비사의 석문(石文)부터 몇 번을 다시 찬찬히 읽어보았다. 환인으로부터 환웅, 단군에 이르는 한민족의 역사를 문자를 통해 직접 느낄 수 있다는 점에서는 신비롭고 의의가 있었다. 그러나 이것과 144

최후의 경전

가 무슨 연관이 있는지는 도무지 알 수 없었다.

　그래도 인서는 혹시나 하는 마음으로 다시 한 번 신지비사를
천천히 읽어보았다.

朝光先受地三神赫世臨	조광선수지삼신혁세림
桓凶出象先樹德宏且深	환인출상선수덕굉차심
諸神議遣雄承詔始開天	제신의견웅승조시개천
蚩尤起靑邱萬古振武聲	치우기청구만고진무성
淮岱皆歸王天下莫能侵	회대개귀왕천하막능침
王儉受大命懽聲動九桓	왕검수대명환성동구환
魚水民其蘇草風德化新	어수민기소초풍덕화신
怨者先解怨病者先去病	원자선해원병자선거병
一心存仁孝四海盡光明	일심존인효사해진광명
眞韓鎭國中治道咸維新	진한진국중치도함유신
慕韓保其左番韓控其南	모한보기좌번한공기남
峻岩圍四壁聖主幸新京	준암위사벽성주행신경
如秤錘極器極器白牙岡	여평추극기극기백아강
坪盤蘇密浪錘者安德鄕	평반소밀랑추자안덕향
首尾均平位賴德護神精	수미균평위뢰덕호신정
興邦保太平朝降七十國	흥방보태평조항칠십국

永保三韓義王業有興隆　영보삼한의왕업유흥륭

興廢莫爲說誠在事天神　흥폐막위설성재사천신

아침 햇빛을 먼저 받는 땅에

삼신께서 밝게 세상에 강림하셨도다.

환인 님이 먼저 그 모습을 나타내시고

덕을 넓고 깊게 심으시도다.

모든 신들과 의논하여 환웅 님을 보내시니

환웅 님은 환인 님을 승계하시고

그 명령을 받아 처음으로 개천을 하셨도다.

치우 님은 청구에서 일어나사

무(武)로써 만고에 그 명성을 떨치시어

회대 지방이 치우 님께 복속하니

천하는 감히 침범할 생각을 못하였도다.

왕검 님은 대명을 받으사

그 기꺼운 소리가 구환을 움직이시니

어수의 백성이 소생하여

바람결에 덕화가 새로워지도다.

원한이 있는 자에게 먼저 그 원한을 풀어주시고

병든 자에게 먼저 병을 제거해주시도다.

한마음으로 어짐과 효도를 생각하시니

최후의 경전

온 누리가 광명으로 가득 차도다.

진한은 나라 안을 안정시키고 유일중일의 도로써 다스리니

만국이 함녕하여 유신이 이루어지고

모한(마한)은 왼쪽을 보좌하고 번한(변한)은 남쪽을 견제하니

험난한 바위산이 사방의 벽을 에워쌈과 같도다.

성스러운 주인님이 신경에 나아가심은

마치 저울대, 저울추, 저울그릇과 같아

백아강은 저울그릇이요, 소밀랑은 저울대요, 안덕향은 저울추니

머리와 꼬리가 평형을 이루어 나란히 있고

덕은 신정을 지키어 나라를 일으켜 태평을 이루게 하시니

조정에 70개국이 항복을 시키시어

영원히 삼한의 뜻을 보전케 하시도다.

왕업은 일어나고 또 망하는 법

함부로 흥폐를 입에 담지 말지니

오직 하느님을 정성스럽게 섬기는 일에 있느니라.

다음으로 인서는 개물교화경도 서너 차례 정독해보았다.

天神造萬人一像均賦三眞於	천신조만인일상균부삼진어
是人其代天而能立於世也況	시인기대천이능립어세야황
我國之先出自北夫餘爲天帝	아국지선출자북부여위천제

之子乎哲人虛靜戒律永絶邪　　지자호철인허정계율영절사

氣其心安泰自與衆人事事得　　기기심안태자여중인사사득

宜用兵所以緩侵伐行刑所以　　의용병소이완침벌행형소이

期無罪惡故虛極靜生靜極之　　기무죄악고허극정생정극지

滿知極德隆也故處以聽教靜　　만지극덕륭야고처이청교정

以絜懅知以理物德以濟人此　　이혈거지이이물덕이제인차

乃神市之開物教化爲天神通　　내신시지개물교화위천신통

性爲衆生立法爲先王完功爲　　성위중생입법위선왕완공위

天下萬世成智生雙修之化也　　천하만세성지생쌍수지화야

하느님께서 모든 인간을 창조하실 때

하느님의 모습을 본떠 균등하게 삼진을 주셨다.

이로써 인간은 하늘을 대신하여 능히 세상에 존립하게 되었다.

하물며 우리나라의 선조가 북부여로부터 나와 '천제의 아들'로

불리는 경우에 있어서야 말할 나위가 없는 것이다.

'다스리는 사람'이 스스로를 비우고 온화한 것은

계율에 뿌리를 두는 것으로서

영원히 어긋난 기운을 끊어

그 마음이 안락하고 태평하여,

'따르는 사람'의 일이 일마다 마땅함을 얻게 된다.

병력을 사용하는 까닭은

침벌하는 것을 부드럽게 하기 위함이요,

형벌을 사용하는 까닭은

죄악을 없애기로 약속하는 것이기 때문이다.

그러므로 스스로를 비움이 지극하면 온화해지고

온화함이 지극하면 지혜가 가득하며,

지혜가 지극하면 덕이 융성하게 된다.

따라서 스스로를 비워서 가르침을 듣고,

온화함으로써 스스로의 마음을 미루어 남의 마음을 헤아리고,

지혜로써 천지간의 모든 것을 다스리며,

덕으로써 사람들을 구제한다.

이것이 배달국의 개물교화이니

하느님을 위하여 본바탕을 통하고,

중생을 위하여는 법을 세우며,

선왕을 위하여는 공완을 이루고,

천하 만세를 위하여는

지생을 나란히 닦는 교화를 이루는 것이다.

「박사님, 개물교화경의 내용이 좀 특이하군요. 글의 첫머리를 보세요. 하나님이 인간을 창조할 때 하나님의 모습을 본떴다는 것은 성경의 창세기에 나오는 내용인데 여기에도 똑같은 구절이 나오잖아요.」

「음, 하지만 신이 자신의 모습을 본떠 인간을 만들었다는 내용 자체가 특별한 것 같지는 않소. 그리스 신화의 모든 신들도 인간과 똑같은 모습을 하고 있으니까 말이오.」

「참, 그렇군요. 하여튼 우리가 찾는 144는 보이지 않는데요.」

이렇게 말하는 순간 인서의 머릿속에서 어떤 영감이 번득였다.

「아니!」

「어!」

놀란 것은 나딘도 마찬가지였다. 두 사람은 거의 동시에 서로의 얼굴을 마주보았다.

「글자 수! 글자 수였소.」

「그렇군요. 글자 수가 144군요.」

「인서, 이게 우연인 것 같소?」

「우연치고는 너무 지나친 우연이군요.」

개물교화경 원문의 글자 수는 모두 144자였다. 두 사람의 눈이 다시 신지비사 원문을 훑었다.

「180자! 바둑판의 외부 칸수와 똑같소.」

「왜 하필 글자 수를 이렇게 맞추었을까요? 또 두 문서의 글자 수 180과 144가 바둑판과 맞아떨어지는 데에는 무슨 이유가 있는 걸까요? 아니면 그냥 우연일까요?」

「우연은 아닐 것 같소. 환희의 말대로라면 인후 교주가 두 문서와 바둑판의 관계를 암시했다는 것 아니오.」

「그렇겠군요. 그런데 이렇게 맞아떨어지는 글자 수 속에는 도대체 어떤 비밀이 숨겨져 있는 걸까요?」

「모르겠소. 하지만 바둑판과 두 문서 사이에 매우 특이한 관계가 숨어 있음에는 틀림없소. 그리고 그 관계는 지극히 수비학적으로 보이오.」

나딘의 얼굴에 생기가 돌아왔다. 드디어 동양의 신비 문명에 접근할 수 있는 실마리를 얻은 것이다.

나딘은 인서와 같이 호텔로 돌아와 사무실이 딸린 쾌적한 방으로 옮겼다.

「박사님, 아주 좋은 방이네요. 꽤 비싸겠는데요?」

「돈 걱정은 마시오.」

「컴퓨터도 있는데요.」

「인서, 지금 내 가슴은 뛰고 있소. 뭔가 커다란 사실을 밝혀낼 무렵이면 항상 이랬소. 내가 요한묵시록에서 찾아낸 144란 수가 그 어느 때보다 내 가슴을 두근거리게 하오.」

「역시 환희 씨에게는 신비한 뭔가가 있는 것 같아요.」

「내 생각에도 그렇소. 만약 이 두 문서에서 뭔가가 얻어진다면 앞으로 환희에게 조언을 구해야 할 것 같소. 환인교는 범상치 않은 힘을 가지고 있는 듯하오.」

둘은 책상에 앉아 다시 신지비사와 개물교화경에 집중했다.

얼마가 지났을까. 나딘이 탄성을 질렀다.

「뭔가 알아냈나요?」

「아, 도대체 이럴 수는 없소. 이런 일은 있을 수 없단 말이오.」

「네?」

「이 두 종의 문서는 세계를 관통하는 신비한 수와 연관이 있소. 아주 확실하게 연관돼 있단 말이오.」

「박사님, 어떤 수 말인가요?」

「일전에도 얘기했지만 세계의 비밀스런 전승은 모두 72와 108을 얘기하고 있소. 누군가 이런 숫자들을 암호화시켜 세계의 신화나 건축물에 넣어놓았단 말이오.」

「네, 오시리스 숫자를 말씀하시는 거죠?」

「그래, 기억하고 있었군. 이야기 속에 아무 상관도 없는 숫자가 들어 있거나 건축물이 어떤 숫자비로 지어져 있는 경우는 오시리스 숫자가 들어간 것으로 볼 수 있소. 성경의 666처럼 말이오.」

「그러면 이 두 문서와 바둑판이 오시리스 숫자와 관련이 있다는 말씀이세요?」

최후의 경전

「틀림없소. 대표적인 오시리스 숫자는 12, 30, 72, 108, 216 등이오.」

「그런데 두 문서나 바둑판의 숫자는 144와 180이잖아요. 이 수들은 오시리스 숫자와는 관계가 없어 보이는데요?」

「그렇지 않소. 나는 이렇게 확실한 오시리스 숫자는 본 적이 없소.」

「어째서 144와 180이 가장 확실한 오시리스 숫자라는 거죠?」

「지난번에도 얘기했듯이 세차운동은 태양이 떠오를 때 그 배후가 되는 별자리에 의해 측정이 가능하오. 태양이 뜰 때 지구에서 바라보면 태양이 배후의 별자리를 미세하게 이동하는 것처럼 보이는데, 1도 이동하는 데 72년이 걸린단 말이오. 황도대에는 모두 12개의 별자리가 있기 때문에 한 별자리는 30도씩을 차지하고 있고, 태양이 한 별자리를 지나치는 데는 2,160년 걸리는 거요. 그래서 바로 2,160이 가장 중요한 오시리스 숫자 가운데 하나가 되는 것이오. 인서, 그렇다면 태양이 모든 별자리를 지나는 데 걸리는 시간은 얼마겠소?」

「그거야 12개의 별자리니까 2,160년에 12를 곱하면 되겠죠.」

「얼마요?」

나딘은 긴장된 목소리로 물었다.

「25,920년.」

「인서, 그럼 이번에는 144에 180을 곱해보시오.」

「잠깐만요. 이런 복잡한 계산을 암산으로 할 수야 없죠.」

인서는 종이에 적어 계산을 해보았다.

「어!」

인서의 입에서 자신도 모르게 탄성이 터져나왔다.

「얼마요?」

나딘의 목소리가 다시 인서를 몰아세웠다. 인서가 떨리는 목소리로 하나하나를 힘주어 말했다.

「2만, 5천, 9백, 2십.」

「이제 알겠소?」

「아니, 세상에 이럴 수가! 이, 이게 도대체 뭘 말하는 거죠, 박사님?」

「이 문서들과 바둑판에도 고대 문명의 비밀 암호가 들어 있다는 얘기요.」

「정말, 정말 그렇게 해석해야 하는 건가요?」

「그렇소. 그것밖에는 달리 해석할 방법이 없소.」

「우연일 가능성은 없을까요?」

「결코 아니오. 그 숫자들은 가는 길이 달랐지 않소? 144와 180은 전통적인 오시리스 숫자는 아니었소. 하지만 단번에 세차운동의 한 주기를 증명하고 있지 않소.」

「그렇다면 이 신지비사나 개물교화경은 이미 엄청난 수준에 다다른 문명의 산물이란 말씀인가요? 이미 4천 년보다도 더 이

전에 미세한 세차운동을 관찰할 수 있을 정도의 문명 말입니다.」

「아니, 그렇게 말하기는 아직 이르오. 하지만 틀림없는 사실은 그 문명이 이집트나 히브리, 혹은 마야나 그전의 올멕 문명과 최소한 같거나 더 오래된 문명을 가졌다는 것이오. 왜냐하면 오시리스 숫자는 매우 오랜 고대의 신화나 전승에서만 나타나고 있기 때문이오.」

나딘은 세계 최고의 수비학자답게 한마디 한마디를 자신 있게 내뱉었다.

「인서, 이제 우리는 환희를 다시 만나야 하오.」

환인교주의 서신

　인서는 그길로 환희에게 전화를 걸어 나딘이 발견해낸 신지
비사와 개물교화경, 그리고 바둑판 속에 숨겨져 있는 수의 비밀
을 들려주었다.

　「환희 씨, 놀랍지 않아요? 바둑판과 두 문서 사이의 거짓말 같
은 수의 일치가 말이에요.」

　흥분에 휩싸인 인서의 목소리만큼 환희도 기뻐해주었다.

　「네, 놀라워요. 인후 교주님이 말씀하셨으니까 뭔가 깊은 뜻
이 있으리라 믿기는 했지만, 이런 결과가 나올 줄은 몰랐어요.
나딘 박사님은 정말 대단하시네요. 저는 오늘 출국하신 줄 알았
는데, 제 말 몇 마디에서 이런 대발견을 해내시다니…….」

　「그래요. 바로 그 나딘 박사님이 지금 환희 씨를 만나고 싶어
하세요.」

　「저를요? 이제 별로 도움드릴 게 없을 텐데요.」

　「그렇지 않아요. 환희 씨가 아주 큰 도움이 되었어요.」

　「그렇게 얘기해주시니 고맙지만…….」

인서와 나딘은 약속 장소를 정하고 환희가 있는 쪽으로 이동했다.

나딘 박사는 환희를 만나러 가면서 흥분한 듯했다.

「환인교에는 분명히 뭔가 대단한 게 있소. 우리가 미처 알아차리지 못한 것들이 있을 거요.」

환희가 일러준 약속 장소는 십전대보탕 등 전통차를 파는 조용한 찻집이었다. 기다리고 있던 환희가 인서와 박사를 맞으며 조심스럽게 말했다.

「제가 박사님의 기대를 무너뜨릴까 조심스럽네요.」

「염려 마시오. 환희, 나는 환인교의 문서나 자료들을 보고 싶을 뿐이오.」

「애석하지만 환인교에는 별다른 문서가 없어요.」

「아니, 왜 그렇소? 그토록 오랜 세월을 이어왔는데?」

「일반인에게 공개되지 않고 비밀리에 전승되어온데다가 드문드문 이어져 내려왔기 때문입니다.」

「아무리 그래도 참고가 될 만한 것조차 전혀 없단 말이오?」

「혹시 인후 교주님의 서신이 참고가 될지 모르겠네요.」

「그런 게 있소?」

「네, 원래는 인후 교주님의 문집에 들어 있던 것입니다. 그런데 오랜 세월이 흐르는 동안 문집은 훼손돼버리고, 낱장으로만 남아 있던 일부를 할아버지께서 정리하셨죠.」

「한번 봅시다. 어쩐지 좋은 예감이 드오. 그 서신은 지금 어디에 있소?」

나딘은 눈빛마저 달라졌다. 인서는 늘 점잖던 나딘이 환희를 다그치는 것을 보고 그의 기대를 미루어 짐작할 수 있었다.

「혹시 도움이 될까 싶어 여기 가져왔어요.」

환희는 가방 안에서 서류 봉투를 하나 꺼냈다. 인서는 환희의 준비성에 감탄하지 않을 수 없었다.

나딘은 환희가 넘겨준 한 장의 낡은 서신을 꽤 오랫동안 이리저리 살펴보고는 인서에게 넘겨주었다. 나딘의 얼굴에는 실망의 기색이 역력했다. 인후 교주의 서신에서는 아무런 숫자도 발견할 수 없었던 모양이었다.

인서는 서신을 넘겨받아 나딘을 위해 조심스럽게 서신을 통역했다.

격암, 사람들은 3년 전 격암이 왕후의 죽음을 예측하면서 태산을 봉하리라고 했던 말을 생생히 기억하고 있소. 처음에는 사람들이 혹세의 요설이라 했지만, 다음해 과연 건강했던 왕후가 졸지에 명을 다하고 태릉에 묻히자 사람들은 격암의 예언이 무서운 줄 알고 몸을 떨었소.

이제 다시 격암이 새 임금이 치세한 지 25년이 되는 임진년에 왜가 쳐들어와 전국이 피폐할 것이라 예언하니, 사람들은 다시 격암의 예언을 요설이라 하고 있소. 하지만 난을 당하게 되면 사람들은 왜 격암의 예언을 무시했던가 치를 떨며 후회할 것이오.

그럼에도 불구하고 지금 내가 염려하는 것은 격암의 예언이 워낙 무섭고 나라의 흥망에 관한 일이다 보니 혹시 잔망한 부류에 의해 화를 입을까 하는 거요. 그러니 환웅 이래 진경(眞經)을 깨친 유일한 진인 격암은 부디 자중자애하여 안위를 도모하기 바라오.

— 환인교주 인후

「음, 격암은 역시 대단한 인물이었군요.」

나딘은 인서의 표정이 심상찮은 것을 보고 바로 물어왔다.

「인서, 격암은 어떤 인물이오?」

「격암은 남사고라는 사람의 호예요. 그는 조선 중기의 예언가인데, 한반도 역사상 가장 신비한 인물로 일컬어지죠. 어린 시절 신인을 만나 비결을 전수받은 뒤 천문 지리와 풍수에 통달했다고 전해집니다. 지금 이 편지도 격암의 예언에 대한 염려를 적어 보낸 것이군요.」

「예언이라…… 어떤 예언이오?」

「앞으로 새로운 임금, 즉 선조가 나라를 다스린 지 25년 만에 임진왜란이 터질 것이라고 예언했다는군요. 아득한 훗날의 일을 말입니다. 당시 우리나라에서는 왜란이 일어나던 그해에도 대부분의 신하들이 전란의 위험을 전혀 예측하지 못했는데 말이에요.」

나딘은 놀란 표정으로 고개를 끄덕였다. 그는 인서가 통역한 '진경'이란 단어를 손으로 짚으며 말했다.

「이 편지에서 얘기하는 진경이 뭐겠소?」

인서 역시 고개를 갸우뚱하면서 혼잣말처럼 중얼거렸다.

「진경을 깨친 유일한 인물이라?」

「인서, 뭔가 떠오르는 게 있소?」

「저도 이 구절이 심상치 않게 생각됩니다. 환인교의 교주가 특별히 '진경을 깨친 유일한 인물'이라고 편지에 적었을 정도면, 이 진경은 환인교와 깊은 관계가 있는 게 아닐까요?」

「음, 그럴 것 같소. 이 격암이란 인물을 연구해봐야겠는데 무슨 자료가 있겠소?」

「격암은 아주 신비하고 난해한 책을 남겼는데, 그 책은 오늘날까지도 여러 갈래로 해석되고 있습니다.」

인서는 머릿속에 《격암유록》을 떠올리며 말했다. 예언서 겸 철학서인 그 책에 대해 여러 번 들어보긴 했지만, 정작 내용이 무엇인지는 인서도 잘 알지 못했다.

「인서, 격암의 책을 구할 수 있겠소?」

「아마 서점에서 쉽게 구할 수 있을 겁니다. 오늘 제가 사서 읽어본 후 내일 가지고 오죠.」

「그러면 고맙겠소.」

환희는 두 사람의 대화 중 무슨 말인가를 하려다가 인서가
《격암유록》을 사보겠다고 하자 입을 닫아버렸다.

셋은 내일 만날 약속을 하고 헤어졌다.

격암유록의 비밀

인서는 집으로 돌아오는 길에 서점에 들러《격암유록》을 샀다. 한자로 꽉 차 있는 이 책을 읽어내기란 결코 쉬울 것 같지 않았다. 뜻 모를 한자도 많았거니와 책의 두께도 상당했다. 더욱이 이 책은 다른 경전과 달리 한 자 한 자를 꼼꼼하게 읽어야 한다고 생각하니 더욱 부담스러웠다.

나딘과 함께 경전에서 숫자만 찾을 때는 편하기도 하고 크로스 체크를 하기 때문에 실수에 대한 부담도 없었다. 하지만《격암유록》을 혼자 살펴보려니 만만치 않았다. 밤을 꼬박 새도록 아무런 성과가 없었다.

녹초가 된 인서는 도대체 자신이 이 책에서 무엇을 찾으려는 건지 회의가 들었다. 혹시 환인교주 인후에 대한 언급이 나오는가를 살피는 작업이라면 너무나 한심했다.

인서는 시계를 본 뒤 책장을 후루룩 넘겨보고는 덮어버렸다. 기지개를 켜며 자리에서 일어나려던 인서는 순간 멈칫했다.

'지금 본 것이 뭐였지?'

인서는 뭔가 설핏 스쳐 지난 듯싶어 곰곰 생각해보았다. 하지만 머리에 떠오르는 게 없었다.

침대로 걸어가던 인서는 다시 한 번 멈춰 섰다. 책장을 넘기던 중 분명 뭔가가 눈에 뜨인 것 같은 느낌이 들었다. 이상한 일이었다. 신경이 예민해진 탓이려니 하고 무시해버리려는데 그 느낌이 점차 선명해졌다.

인서는 황급히 다시 책상 앞에 다가가 《격암유록》의 책장을 들춰보았다. 서너 번 반복해서 책장을 넘겨대던 인서의 시야에 뭔가가 들어왔다. 작고 검은 활자들이 피로로 말미암아 흐릿해진 두 눈을 파고들며 점점 확대되었다.

인서는 숨을 멈추었다. 쿵쿵거리는 심장 박동 소리가 유난히 크게 들렸다. 인서의 의식이 예의 그 검은 물체를 분간해냈다. 그것은 숫자였다.

十四萬 四千(십사만 사천).

순간 인서는 숨이 멎을 것만 같았다. 인서는 다시 정신을 집중해 《격암유록》을 살펴보았다. 거기에는 틀림없이 지금까지 찾아 헤메던 144,000이라는 숫자가 적혀 있었다. 인서는 곧바로 나딘에게 전화를 걸었다.

「박사님!」

「인서, 무슨 일이오?」

나딘은 긴장된 목소리로 인서의 전화를 받았다. 인서의 목소리는 몹시 들떠 있었다.

「지…… 지금…… 저는 미칠 것만 같아요. 지금 꿈인가요, 생시인가요.」

「무슨 일이오?」

「이따 만나뵐 때 말씀드리려고 했는데 도저히 참을 수가 없어요. 미칠 것만 같단 말입니다!」

인서는 몹시 흥분한 상태였다.

「인서, 진정하고 천천히 말해봐요.」

「그《격암유록》이란 책 말입니다.」

이 말을 듣는 순간 나딘 역시 얼굴이 달아올랐다.

「그래, 인서가 먼저 훑어보겠다고 하지 않았소?」

「그 책, 그 책은 격암 남사고라는 사람이 쓴 겁니다. 16세기 말 조선 중기 때 사람이죠.」

「기억하고 있소. 인서가 아까 낮에 그렇게 말했잖소.」

「그때, 한국에는 아직 기독교가 전해지지 않았어요.」

「그게 무슨 말이오?」

「격암이 살았던 당시는 기독교가 전해지지 않았던 때란 말입니다.」

「그런데?」

최후의 경전

나딘의 물음에 상관없이 인서는 같은 소리를 반복했다.

「우리나라에 맨 처음 기독교가 전해진 것은 17세기 중반이에요. 그러니 격암이 살던 시대에는 성경이 알려지지 않았단 말입니다.」

「알겠소, 알겠다니까. 인서, 그런데 어떻단 말이오?」

「박사님, 전화로는 안 되겠어요. 지금 즉시 호텔로 갈 테니 기다리세요. 이건 정말 보통 일이 아니에요. 이것은 인류 문화사상 가장 큰일일지도 모른단 말입니다.」

「인서, 도대체 무슨 일이오?」

「이건 전화로는 안 돼요. 만나서 얘기해야 합니다.」

나딘이 다시 물었음에도 인서는 바로 전화를 끊어버렸다.

전화를 끊고 나서 30분도 채 지나지 않아 나딘의 호텔 방 벨이 울렸다. 문을 열자 지칠 대로 지친 표정의 인서가 문밖에 서 있었다.

「인서!」

「박사님.」

나딘은 금방이라도 쓰러질 듯한 인서에게 소파에 앉으라고 권했다.

「많이 피곤해 보이오.」

「지금 그게 문제가 아닙니다.」

「무슨 일인지 모르지만 우선 뭘 좀 마시겠소? 콜라, 아니면 맥주?」

그러나 인서는 계속해서 들뜬 목소리로 외쳤다.

「격암유록!」

「그래, 흥분을 가라앉히고 말해보시오.」

「아! 도무지 믿을 수 없습니다.」

「무슨 말이오? 속 시원하게 설명 좀 해보시오.」

「그게, 그게 있었습니다.」

「뭐가 말이오?」

「바로 그 숫자가 있었습니다. 요한묵시록의 숫자 말입니다.」

「144와 144,000 말이오?」

나딘의 목소리 또한 떨렸다.

「네, 박사님. 우리는 결국 해내고야 말았습니다.」

인서는 가까스로 흥분을 가라앉히며 책을 내밀었다.

「이것이 《격암유록》이오?」

「아니, 이건 한글 성경입니다. 먼저 이 부분을 보세요.」

나딘의 눈이 인서의 손가락 끝을 쫓아갔다.

또 보니 다른 천사 하나가 살아 계신 하느님의 도장을 가지고 해 돋는 쪽에서 올라오고 있었습니다. 그는 땅과 바다를 해칠 수 있는 권한을 받은 네 천사에게 큰 소리로 '우리가 우리 하느님의 종들의 이마에 이 도장을 찍을 때까지는 땅이나 바다나 나무들을 해치지 말아라' 하고 외쳤습니다. 그리고 내가 들은 바로는 도장을 받은 자들의 수효가 144,000명이었습니다. 이와 같이 이마에 도장을 받은 자들은 이스라엘 자손의 모든 지파에서 나온 사람들이었습니다.

도장 받은 자는

유다 지파에서 1만 2천 명

르우벤 지파에서 1만 2천 명

가드 지파에서 1만 2천 명

아셀 지파에서 1만 2천 명

납달리 지파에서 1만 2천 명

므나쎄 지파에서 1만 2천 명

시므온 지파에서 1만 2천 명

레위 지파에서 1만 2천 명

이싸갈 지파에서 1만 2천 명

즈불룬 지파에서 1만 2천 명

요셉 지파에서 1만 2천 명

베냐민 지파에서 1만 2천 명.

그리고 나는 어린 양이 시온산 위에 서 있는 것을 보았습니다. 그 어린 양과 함께 144,000명이 서 있었는데 그들의 이마에는 어린 양과 그 아버지의 이름이 적혀 있었습니다. 그리고 큰 물소리와도 같고 요란한 천둥소리와도 같은 소리가 하늘로부터 울려오는 것을 들었습니다. 또 그 소리는 현금(玄琴) 타는 사람들의 현금 소리처럼 들렸습니다. 그 144,000명은 옥좌와 네 생물과 원로들 앞에서 새로운 노래를 부르고 있었습니다. 그러나 그 노래는 땅으로부터 구출된 144,000명 외에는 아무도 배울 수 없었습니다.

나딘은 고개를 끄덕였다. 그것은 늘상 봐오던 요한묵시록이었다.

「그럼, 이제 이것을 보세요.」

인서는 이번에는《격암유록》을 꺼냈다.

一萬二千數各率 十二神人選定後

일만이천수각솔 십이신인선정후

—格菴遺錄 挑符神人

격암유록 도부신인

「열두 명의 신인을 뽑은 후 각각 1만 2천 명을 거느린다는 뜻입니다.」

이제 나딘은 인서 못지않게 열에 들뜬 표정으로 인서의 입을 주시했다.

최후의 경전

「박사님, 열두 명이 각각 1만 2천 명을 거느리면 그 수는 모두 얼마가 되겠습니까?」

「144,000!」

나딘의 입에서는 자신도 모르게 144,000이라는 숫자가 튀어 나왔다.

「박사님, 어떻습니까?」

「이럴 수가!」

그토록 찾아 헤맸던 신비의 수가 막상《격암유록》에서 나오 자 나딘 역시 믿을 수 없는 모양이었다.

「우연은 아니겠지. 절대로 우연은 아니겠지.」

인서는 나딘의 혼잣말처럼 중얼거리는 소리를 들으며 다시 다 른 페이지를 펼쳤다.

仙道正明天屬 一萬二千十二派

선도정명천속 일만이천십이파

— 格菴遺錄 宋家田

격암유록 송가전

「선도는 바르고 밝아 하늘에 속했는데, 1만 2천 명씩 열두 파 가 있다는 문장입니다. 이건 어떻습니까? 비단 숫자뿐 아니라 이 숫자가 나오는 원인도 성경과 똑같지 않습니까?」

「오, 맙소사!」

나딘의 눈이 다시 인서가 가지고 온 성경을 더듬었다. 그러다가 나딘은 황급히 일어나 자신이 갖고 다니는 영어 성경을 꺼냈다. 그리고 같은 부분을 펼쳐보았다.

구원을 받는 사람의 수는 열두 지파에서 1만 2천 명씩 모두 144,000명이라는 글자가 너무도 선명히 찍혀 있었다. 놀랍게도 성경과 《격암유록》에 나오는 144,000은 1만 2천 명씩 열두 파라는 문장 구조까지 똑같았다.

「인서, 정말 놀랍소.」

「박사님, 이상하지 않습니까? 도대체 이해할 수가 없어요. 어쩌면 이렇게 144,000이 나오는 문장 구조까지 똑같을 수 있습니까? 격암은 기독교가 우리나라에 들어오기도 전의 사람이니 성경을 보고 썼을 리도 없잖습니까?」

「인서, 혹시 《격암유록》에 144라는 숫자가 나오는지는 확인해보지 못했소?」

「물론 확인했습니다. 박사님이 성경의 144,000은 144와 연결된 암호라고 하셨죠? 저는 나딘 박사님의 혜안에 정말 감탄했습니다.」

인서는 나딘의 질문에 대답하는 동시에 나딘이 들고 있던 영어 성경을 건네받아 요한묵시록을 펼쳤다. 나딘이 기대에 찬 눈으로 다시 한 번 인서의 손가락을 쫓아갔다.

　　　　　　　　　　　　　　　　　　　　　　최후의 경전

나에게 말하던 그 천사는 그 도성과 대문들과 성벽을 재려고 금으로 만든 측량자를 가지고 있었습니다. 그 도성은 네모가 반듯했고 그 길이와 넓이가 같았습니다. 그가 측량자로 그 도성을 재어보았더니 길이와 넓이와 높이가 똑같이 1만 2천 스타디온이었습니다. 또 그가 성벽을 재어보았더니 사람의 자로 144척이었습니다.

「일전에 시베리아에서 나던 박사님이 말씀하셨던 144가 바로 이 구절에 있는 것을 가리키는 거죠?」
「그렇소. 한데 《격암유록》에도 이 숫자가 나온단 말이오?」
「여기를 보세요.」

一百四十四時高城 忠臣義士入金城
일백사십사시고성 충신의사입금성

—格菴遺錄 桃符神人
격암유록 도부신인

「이것은 '144의 고성이로다. 충신의사가 들어가는 금으로 만든 성이라네'라는 구절입니다. 요한묵시록과 똑같습니다. 게다가 《격암유록》에는 '해인금척(海印金尺)'이라는 말도 나오는데, 이것은 요한묵시록의 금척, 즉 금으로 만든 자와 똑같은 말입니다.

그런데 금척은 우리 역사 곳곳에서 나옵니다. 고조선, 신라, 조선에 이르기까지 길사와 권위의 상징으로요.」

「그럼 한국의 고대 문명은 히브리 문명, 아니 애덤스 박사의 말대로 수메르 문명과 뿌리를 같이한다는 얘기요. 어쨌거나 이것은 암호임에 틀림없소. 드디어 인서가 찾아낸 거요!」

나딘의 목소리는 떨렸다.

「아니, 제가 아닙니다. 나딘 박사님이 찾아내신 거죠.」

「아니오. 인서의 공이오.」

「하긴 누가 찾아낸 거면 어떻습니까?」

두 사람은 감격 어린 눈길로 마주보았다.

「인서, 그동안 나는 '최후의 지혜'를 담은 경전이 무엇인지 아는 열쇠로서만 책의 가치를 생각해왔소. 그런데 이제 정작《격암유록》이라는 이 책을 만나고 보니 그 신비함에 푹 빠지지지 않을 수 없소.」

「박사님, 저도 이토록 신비한 경험은 처음입니다.」

「앞으로도 이 책에 대해서 깊이 연구해보고 싶소.」

「《격암유록》은 한국에서 시대를 거듭하면서 다각도로 연구되어왔는데, 한결같이 가장 신비한 책으로 평가되었습니다.」

「현대에도 이 책은 연구되고 있소?」

「네, 우리나라 학자들이 아직도 연구를 계속하고 있습니다.」

「너무나 신비한 책이오. 그런데 과연 이《격암유록》에 그 경전에 대한 언급이 있소?」

「카발라와 짝을 이루며 인류 최후의 지혜를 담고 있다는 신비의 경전 말입니까?」

「그렇소. 바로 그 경전 말이오.」

인서는 말없이 고개를 끄덕이며 《격암유록》의 책장을 넘겼다. 책장을 넘기는 인서의 손가락에 힘이 배어 있었다.

丹書用法 天符經 無窮造化 出現

단서용법 천부경 무궁조화 출현

天井名 生命水 天符經 眞經也

천정명 생명수 천부경 진경야

— 格庵遺錄 宋家田

격암유록 송가전

「인서, 이게 무슨 뜻이오?」

「단군 이래로 전해지는 '천부경'에는 무궁한 조화가 있고 하늘샘의 물은 생명수요 천부경은 진경이로다라고 적혀 있습니다.」

「천부경?」

인서는 호흡을 가다듬고 나직한 목소리로 한 자 한 자 말했다.

「네. 최후의 지혜를 담은 경전은 바로 천, 부, 경, 입니다.」

나딘은 천천히 고개를 끄덕였다. 드디어 최후의 경전을 찾은 것이다.

「음, 환인교의 인후 교주가 말한 진경이 바로 이것이군. 그런데 천부경이란 뭐요? 어떤 사상을 담은 경전이오?」

「저도 천부경에 대해서는 미처 확인해보지 못했습니다.」

「날이 밝으면 도서관으로 갑시다. 아니, 그럴 게 아니라 지금 인터넷에서 찾아보는 건 어떻겠소?」

「좋은 생각이에요.」

나딘의 예상은 들어맞았다. 인터넷에는 누군가가 천부경의 원문을 올려놓았다. 놀랍게도 원문을 올려놓은 사람은 북한 사람이었다.

천부경은 81자로 이루어진 한민족 최고의 경전으로, 묘향산 석벽에서 발견된 게 있으며, 신라 말 최치원이 전서(篆書)로 쓰여진 천부경을 발견하여 비석에 옮겨 써두었다는 간단한 설명이 원문 앞에 붙어 있었다.

「아, 이게 바로 천부경이군요.」

「그런데 이게 다요?」

「그렇다는군요. 모두 81자예요.」

「아니, 이 짧은 글에 최고의 지혜가 담겨 있다니!」

一始無始一析三極無　　일시무시일석삼극무

盡本天——地一二人　　진본천일일지일이인

一三一積十鉅無匱化	일삼일적십거무궤화
三天二三地二三人二	삼천이삼지이삼인이
三大三合六生七八九	삼대삼합육생칠팔구
運三四成環五七一妙	운삼사성환오칠일묘
衍萬往萬來用變不動	연만왕만래용변부동
本本心本太陽昂明人	본본심본태양앙명인
中天地一一終無終一	중천지일일종무종일

한참 천부경을 들여다보고 있던 나딘이 마침내 미소를 머금었다.

「그럴 수 있는 일이오. 최고의 지혜가 반드시 많은 문장으로 전수되는 것은 아닐 테니까. 아니, 오히려 지혜를 전달하는 문장은 더 간결해야 하는지도 모르오.」

「문장이 짧으니, 한자에 익숙지 않은 나딘 박사님이 이해하기에도 더 낫겠군요.」

「불과 81자라면 내게 큰 언어의 장벽은 없겠지만, 어쩌면 짧아서 더 어려울지도 모르오. 나뿐 아니라 모든 사람에게도 말이오.」

「그럴 수도 있겠네요.」

일리가 있는 말이었다. 글자 수가 81자밖에 안 된다고 해도 그 안에 압축되어 있는 의미를 풀어내자면 더 힘들 수도 있을 것이다.

인서가 대충 훑어보니 어려운 한자는 별로 없는 듯했다. 하지만 해석을 시도해본 순간 첫 구절부터 꽉 막혀버렸다.

「와, 모르는 한자가 거의 없는데도 무슨 뜻인지 도대체 알 수가 없군요.」

「쉽게 달려들 경전은 결코 아닐 거요.」

다시 한 번 해석을 시도해봤으나 역시 마찬가지였다. 나딘도 심각한 표정으로 얼굴을 찌푸렸다 폈다 하며 골몰했다.

「참, 인후 교주도 격암을 가리켜 환웅 이래 진경을 깨친 유일한 사람이라고 했던 게 생각나는군요.」

인서의 말에 나딘도 묵묵히 고개를 끄덕였다. 그 서신의 내용을 떠올려서 그런지 두 사람은 천부경을 해석할 일이 더 어려워만 보였다.

「박사님, 뭔가 좀 아시겠어요?」

「아니, 모르겠소. 하지만 천부경이 카발라와 밀접한 관계가 있다는 사실은 느낄 수 있소.」

「……」

「카발라는 성경에 그토록 자주 나오는 생명나무의 생성과 소멸에 관한 원리를 밝히는 경전이오. 이 생성 및 소멸은 모두 10단계로 이루어져 있는데 모든 것의 처음을 1로, 마지막을 10으로 하는 것이오. 그런데 천부경을 보시오. 내용은 모르겠지만 이것 역시 1에서 10까지의 숫자가 변화하는 과정을 담은 것 같소.」

최후의 경전

인서는 고개를 끄덕였다.

「박사님, 숫자가 주는 느낌으로 보아서는 카발라와 천부경 사이에는 매우 큰 유사점이 있는 것 같네요.」

「일단 연구해봅시다. 81자를 놓고 우리가 각각 어떤 해석을 하게 되는지 궁금하오.」

「저두요.」

인서는 나딘과 헤어져 바로 집으로 돌아왔다. 뿌옇게 동이 터오는 새벽길을 달리면서 가만히 천부경의 첫 구절을 되뇌어보았다.

'일시무시일(一始無始一).'

천부경 81자의 의미

천부경 해석에 골몰하던 인서는 아무런 성과도 없이 머리만 싸매다가, 다음날 다시 나딘을 찾았다. 나딘은 초췌한 얼굴로 인서를 맞았다. 나딘은 면도는커녕 세수도 하지 않고 천부경에만 매달려온 듯했다.

「박사님, 저는 아직 첫 구절도 온전히 해석하지 못했어요. 일시무시일, 하나가 시작했는데 하나가 시작하지는 않았다, 혹은 하나가 시작했는데 시작한 하나는 없다? 마지막 구절도 같은 문장 구조예요. 하나가 끝났는데 하나가 끝나지는 않았다, 혹은 하나가 끝났는데 끝난 하나는 없다? 이게 도대체 무슨 뜻일까요?」

나딘도 별로 자신감 없는 목소리로 입을 열었다.

「일시무시일(一始無始一), 하나가 시작했지만 시작된 하나는 없다. 여기서 처음의 하나는 모든 것의 처음 단계, 즉 근원을 얘기하는 거요. 고요한 우주의 첫 단계 말이오. 이 처음은 시작되었지만 하나 둘 하고 셀 수 있는 쪼개진 하나는 아니라는 뜻인 것 같소. 그래서 석삼극무진본(析三極無盡本), 세 개의 극으로 나누어지지만 근원은 다하지 않는다는 말이오. 천일일지일이인일삼(天一一地一二人一三), 즉 하늘의 하나가 처음이요, 땅의 하나가 둘이요, 사람의 하나가 셋이라는 말은 하늘이 움직여 땅을 낳고 땅이 움직여 사람을 낳았다는 말이오. 일적십거무궤화삼(一積十鉅無匱化三), 1이 쌓여 10으로 커졌으며 아무것에도 들어가지 않고 3이 되었다. 이 말은 하나는 모든 것의 근본이고 10은 모든 것이 가득한 상태라고 볼 때, 이 세상의 천변만화는 결국 하늘과 땅과 사람으로 귀착되었단 말이오.」

나딘은 잠시 호흡을 고른 후 다시 말을 이었다.

「천이삼지이삼인이삼(天二三地二三人二三)은 하늘의 변화, 땅의 변화, 사람의 변화. 다음으로 대삼합육생칠팔구(大三合六生七八九), 즉 이 큰 변화가 6을 이루고 7, 8, 9를 만들었단 말은 결국 이 세상 만물은 모두 천지인의 조화에 의해 생겼다는 말이오. 운삼사성환오칠(運三四成環五七), 3과 4를 움직여 5와 7의 원을 이루었다는 말도 역시 그런 맥락인 것 같소. 그 다음은 어렵지 않소. 일묘연만왕만래(一妙衍萬往萬來), 하나는 묘연해서 온갖 형태로 왔다 가는데, 용변부동본(用變不動本), 즉 쓰임은 변해도 근본은 변치 않는다는 말이오. 본심본태양앙명(本心本太陽昻明), 원래 마음의 뿌리는 태양을 우러러 밝으니 인중천지일(人中天地一), 즉 사람 속에 하늘과 땅의 근본이 있다는 얘기요.」

「박사님, 대단하십니다. 이 정도까지 해석을 해내시다니.」

「인서, 하지만 이상하게도 내 마음에는 아무런 변화가 없소. 이 정도로 천부경에 매달렸는데도 말이오.」

천부경의 뜻을 정확히 알아낸다는 것이 불가능에 가깝다는 것을 두 사람이 깨달은 것은 천부경과 씨름한 지 거의 일주일이 지나면서부터였다. 처음에는 어렵더라도 시간이 지나면 알 수 있을 거라는 기대감은 시간이 갈수록 점차 사라지고, 천부경은 때려도 때려도 깨어지지 않는 바위와도 같았다.

인서는 한자에 조예가 깊은 주변 사람들에게도 자문을 구해 봤지만, 누구도 자신 있게 자신의 해석이 옳다고 주장하지 못했다. 어려서부터 한자 신동이라고 불려온 후배 하나는 기가 막히다는 표정이었다.

「어떻게 이럴 수가 있을까요? 이 별로 어렵지도 않은 한자, 그나마 1부터 10까지의 숫자가 서른한 개나 되고 나머지 한자도 어려운 거라고는 전혀 없는데, 이렇게 간단한 문장을 어째서 이해할 수 없는 걸까요? 이런 건 누가 만들라고 해도 만들지도 못 하겠어요.」

일주일이 꼬박 지난 후 나딘은 오랜만에 밝은 얼굴로 인서에게 제안을 했다.

「인서, 지관 스님을 찾아가보는 게 어떻겠소?」

「그게 좋겠네요.」

두 사람은 바로 그날로 지관 스님을 찾아 통도사로 향했다.

최후의 경전

통도사로 향하는 차 안에서 인서는 처음 통도사로 내려가던 때를 떠올려보았다. 지관 스님을 만나 속세인과는 다르게 세상을 살아가는 모습을 보았고, 스님의 소개로 진도자가 백두산에 은둔해 살아가는 모습도 보았다. 그리고 나딘, 전시안 모두 세상을 독특한 자기만의 모습으로 살아가고 있지 않은가. 이들이 살아가는 모습을 하나하나 떠올려보니 인서는 자신이 세상에 진리란 없다고 규정해버린 것이 성급하지 않았나 하는 생각이 들었다.

그 진리의 빈자리에 자신이 채워놓고 살아온 것은 무엇이었을까. 인서는 부끄럽게도 없어진 진리의 빈자리에는 힘이나 돈에 대한 동경이 어느 정도 자리 잡고 있었다는 생각이 들었다. 자신은 이제껏 컴퓨터 앞에만 앉으면 자신이 생겼고 그 자신감은 당연히 미래에의 성공을 지향하고 있었다. 그러나 성공이란 무엇인가 하는 의문이 지관 스님, 진도자, 나딘, 전시안을 생각하는 동안 인서의 내면으로부터 서서히 생겨나왔다.

「나무관세음보살 아미타불.」

지관 스님은 두 사람이 천부경을 풀지 못해 내려왔다는 얘기를 하자 불호를 외웠다.

「대사님은 말씀을 해주실 수 있을 것 같아서요.」

「허허, 나도 모른다.」

「정말 모르세요? 저는 대사님이라면 아시리라 생각했는

데…….」

「인서 네가 그 정도 생각했으면 아는 거와 진배없지.」

「대사님, 선문답은 마시고 좀 가르쳐주세요.」

「너는 설마 격암 외에는 아무도 풀지 못했다는 천부경을 내가 풀어낼 거라고 생각하는 건 아니겠지?」

「그래도 대사님이라면…….」

「천부경은 서산대사도 풀지 못했던 것이다. 묘향산에서 매일 해 떨어지는 것을 보면서 천부경을 풀지 못함을 한탄하셨느니…….」

지관 스님의 말에 인서는 허탈감을 금치 못했다.

「그러면 천부경은 포기해야겠군요. 서산대사도 못하신 걸 제가 어떻게 하겠어요?」

그러나 지관 스님은 고개를 가로저었다.

「세종대왕이 못 먹던 아이스크림을 너는 먹지 않느냐? 네가 서산대사보다 못한 게 뭐냐?」

「……」

「부처는 섬기는 것이 아니다. 천국으로 들어가게 해달라고 기도하는 대상이 아니란 말이야. 깨우치면 네가 바로 부처야. 천부경을 깨우치는 사람도 따로 있는 게 아니야. 네가 서산대사보다 못하리라 지레짐작하지 말아라. 서산대사는 너에 비하면 컴퓨터도 모르는 일개 촌늙은이에 불과하지 않느냐?」

최후의 경전

「하지만 벌써 일주일이 넘게 나딘 박사님과 저는 천부경에만 묻혀서 사는데 단 한 구절의 의미도 제대로 깨닫지 못하고 있습니다.」

「무호호호. 천부경은 이 세상에서 가장 난해한 경전이다.」

「대사님, 그럼 어떻게 합니까? 천부경을 깨닫고자 하는 노력을 그만 포기해야 합니까?」

「깨닫고자 노력하면 깨달은 것이야.」

「그러나 아무리 해도 깨달을 수 없을 것 같은데요?」

「아무도 못 깨닫는 것이라면 깨닫지 못하는 게 바로 깨닫는 것이니…….」

아무리 지관 스님이라 해도 천부경에 대해서만은 뾰족한 수가 없는 듯했다. 인서는 지관 스님의 선문답으로부터 천부경 해독에 대한 해답을 얻을 수는 없었다. 하지만 지관 스님을 만나고 올라오는 길에 마음은 편해졌다.

「지관 스님은 역시 대단한 분이오. 비록 천부경을 해독하지는 못했지만 지관 스님을 만나고 나서 마음이 편안해지니 말이오.」

「나딘 박사님도 그런 기분을 느끼셨어요?」

「그렇소. 지관 스님으로부터 천부경이 세상에서 가장 난해한 경전이라는 말씀을 듣고 나니 이제는 편하게 전시안한테 넘겨줘도 되겠다는 생각이 드오.」

인서는 그제야 천부경은 나딘에게 자존심이 걸린 문제였다는 사실을 깨달았다.

「박사님, 그런데 이게 어떤 효과가 있을까요?」

「무엇이 말이오?」

「전시안이 자신이 원하던 세상의 마지막 지혜를 천부경을 통해 얻을 경우, 과연 그가 어떤 행동을 취할 건지 말이에요.」

「글쎄, 그것은 나도 짐작할 수 없소.」

「그런데 천부경을 어떻게 전시안에게 전해주죠?」

「내 생각엔 리훙즈 선생에게 건네주는 것이 어떨까 싶소.」

「박사님이 직접 전해주시지 않고요?」

「처음엔 나도 직접 전해주려고 생각했지만, 지관 스님을 만나고 나니 내 할 일은 다 끝났다는 생각이 드오. 앞으로는 정치적인 일만 남은 것 같소.」

인서는 수비학자로서의 임무를 훌륭하게 끝마친 나딘의 이야기를 들으며 문득 자신이 해야 할 일이 생각났다. 아득한 옛날 수메르 문명과 뿌리를 같이하는 우리 고대 문화의 산물인 천부경에 대한 체계적 연구가 자신을 기다리는 듯했다.

단군의 역사도 역사로 인정하지 않는 우리 역사학계에 천부경을 던져주는 일은 또 하나의 도전인 셈이었다. 천부경은 분명 한민족이 세계 최초의 문명 전파자라는 수메르인들과 문화를 공유했다는 훌륭한 증거물임이 분명했다. 그러나 이 사실을 받아들이기까지는 또한 지난한 시간이 필요할 터였다.

일시무시일 일종무종일

나딘이 리홍즈에게 천부경을 전하러 미국으로 간 후, 인서는 환희를 만나 《격암유록》을 통해 천부경을 알게 됐다고 설명하며 고마움을 표시했다.

「인서 씨, 저는 두 분이 천부경을 찾아내리라 믿었어요. 지난 번 나딘 박사님과 인서 씨가 《격암유록》을 찾는 걸 보고, 어쩌면 천부경이 그 경전이 아닐까 싶었어요. 하지만 인서 씨가 책을 사 본다길래 따로 얘기하진 않았죠.」

「그랬었군요. 나도 그때 환희 씨가 무슨 말인가를 하려다 그만 둔 것을 알았지만 그런 이야기일 거라고 생각진 못했네요.」

「그러셨군요. 그냥 그때 이야기 했으면 조금이라도 수고를 덜 어들일 수 있었을지 모르는데 미안해요.」

「미안하다니 그게 무슨 말씀이세요. 아무튼 환희 씨는 알게되 면 될수록 놀라운 사람 같아요. 특별한 아름다움도 지녔구.」

「정말이요?」

「그럼요.」

환희가 얼굴을 살짝 붉혔다. 그러고 보니 처음 만났을 때 진도자가 환희의 얼굴을 보고 감탄했던 기억이 났다.

「진도자 님도 반한 얼굴이잖아요.」

「자꾸 놀리지 마세요.」

「어, 놀리는 거 아닌데. 그런 얘기 주변에서 많이 못 들었어요? 진도자 님이 괜한 말을 하진 않으셨을 텐데.」

환희가 붉어진 얼굴로 망설이다 어렵게 입을 열었다.

「사실 저는 어려서부터 천부경을 따라 외웠어요. 처음에는 아주 못생긴 얼굴이었는데 할아버지께서 천부경을 외우면 얼굴이 바뀐다고 하셔서 어린 마음에도 믿지 않으면서도 따라하게 되었던 거예요.」

「정말이요?」

「언제부턴가 저도 그럴지도 모른다는 생각을 했어요. 제 얼굴을 똑바로 한번 봐보세요.」

인서는 환희를 바라보았다. 환희는 인서의 눈길을 피하지 않고 마주 보았다. 잠시 후 인서가 고개를 끄덕였다.

「환희 씨 얼굴을 이렇게 자세히 들여다본 건 처음이네요. 환희 씨 말대로 환희 씨 얼굴에는 보통 미인과는 다른 어떤 기품이 깃들여 있네요. 뭐라 표현하기 힘든 다른 아름다움이……. 그런데 그게 천부경 때문이라니 믿기지 않는군요.」

「하지만 사실일 거예요. 이제 저도 그걸 믿거든요.」

최후의 경전

「그럼, 환희 씨는 천부경의 내용을 알아요?」

「내용은 저도 잘 몰라요.」

「내용도 모르는 천부경을 단지 외우기만 한다고 얼굴에 변화가 온단 말이에요?」

「'일시무시일' 하고 외우기 시작하면 한순간 마음이 편해지고 근심이 사라져요. 그러면서 세상에 대한 자비와 사랑이 생기는 건 물론, 우주와 하나 되는 것도 느낄 수 있죠.」

「'일종무종일' 하면요?」

「그 구절을 외울 때면 힘과 용기가 생겨요. 세상의 온갖 명성과 지식과 부귀가 덧없는 것으로 생각되면서 오직 인간의 정신만이 위대하다는 자신감이 가슴 한복판에서 솟구치죠.」

「……?」

인서는 자신도 모르게 '일시무시일' 하고 입 속으로 외워보았다. 그러면서 머릿속으로는 '하나가 시작했지만 시작된 하나는 없다'라고 생각했다. 어떤 느낌이 오는 듯도 하고, 또 그렇지 않은 듯도 했다.

다시 인서는 '일종무종일'이라고 외우면서 머릿속으로는 '하나가 끝났지만 끝난 하나도 없다'라고 생각했다. 역시 마찬가지로 뭔가가 느껴지는 듯도 하고, 또 그렇지 않은 듯도 했다.

「인서 씨도 매일 천부경을 외워보세요.」

「그럼 나도 장동건처럼 되는 건가요? 그건 싫은데.」

환희는 소리 없이 웃었다. 인서는 그 모습이 참 아름답다고 생각하며 말을 이었다.

「그런데 나딘 박사님은 천부경을 전시안에게 전달하기 위해 리홍즈 선생님한테 가셨어요. 리홍즈 선생님은 진도자 님의 제자 분으로, 현재 미국에 계시거든요.」

「천부경을 미국에서 전시안에게 전달하는 것은 별로 좋은 생각이 아닌 것 같은데요.」

「그러면요?」

「태백산으로 전시안을 부르는 건 어떨까요.」

「왜 그렇죠?」

「태백산은 영산이에요. 천부경과도 관련이 있는 이름이죠. 환웅은 천부인을 가지고 삼위 태백을 둘러보았다고 하잖아요. 정말 천부경이 전시안이 찾는 경전이라면 그것이 역할하고 있는 곳에서 보게 하는 게 맞다고 생각해요. 그 뜻도 잘 전달될 수 있을 테니까요.」

「그래요, 일리 있는 말이군요.」

그날 밤 인서는 미국의 나딘에게 전화를 걸어 환희의 생각을 전했다. 나딘은 다음날 리홍즈를 만나기로 했다면서 그에게 의견을 전하겠다고 했다.

나딘은 리홍즈를 만나러 가는 길에 헬로란을 동행했다. 리홍

최후의 경전

즈가 전시안을 만나는 데 도움이 될 거라며 핼로란도 함께 오라고 부탁해서였다.

리홍즈는 나딘으로부터 천부경을 받아들고는 감회가 교차하는 듯했다.

「그 최후의 지혜가 동양, 그것도 한반도에 있었다니……」

「이 천부경에 대해서 혹시 들은 적이 있소?」

「스승님께서 한번 말씀하신 적은 있지요. 보통 사람으로서는 이해할 수 없는, 암벽에 새겨져 발견될 당시에도 이미 알아보기 힘든 고어로 쓰여져 있다 해독된 경전이 하나 있다고요. 건지책에 통달한 사람만이 이해할 수 있는 내용을 담고 있다고, 세상의 모든 힘을 가지고 이치에 통달한 후에야 이해가 가능한 경전이니 염두에 두지 말라는 말씀을 하신 적이 있어요. 지금 생각해보니 그게 천부경이었던 모양입니다.」

나딘은 고개를 끄덕였다. 리홍즈가 무슨 말을 하는지 나딘은 이해할 수 있었다. 천부경은 태백산 암벽에 새겨져 있다가 한국의 고대국가 중 하나인 신라시대 최치원에 의해 발견되고, 조선시대 계연수에 의해 발견된 경전이라는 것을 나딘은 이미 알고 있었다. 그것이 발견될 당시에도 이미 알아보기 힘든 고어로 적혀 있어 그 연도를 예측하기조차 불가능할 만큼 오래된 경전이었다.

「리홍즈 선생도 1억 이상의 제자를 두고 있으니 엄청난 힘을 가진데다, 진도자 님의 유일한 제자라면 세상의 모든 이치에 통달하지 않았소?」

리홍즈는 웃었다.

「전시안과는 비교도 할 수 없지요. 저는 아직 악마의 힘을 느끼지 못하고 있습니다.」

「그건 무슨 말이오?」

「제가 느끼는 힘은 미약하기 짝이 없습니다. 저 정도 되는 힘은 세상에 너무나 많습니다. 달라이 라마, 교황, 제시 잭슨 목사, 장쩌민, 클린턴 등 많습니다. 우리는 악마의 힘을 느낄 수 없으니 천부경을 보아도 알 수 없습니다. 하지만 전시안, 그는 다릅니다. 이 세상의 모든 힘을 거머쥐고 있습니다. 그의 말 한마디에, 그의 생각 한 조각에 세상은 요동칩니다.」

「그런 정도가 되면 악마의 힘을 느낀다는 말이오?」

「그렇습니다. 힘은 인간을 미치게 만듭니다.」

이야기를 듣고 있던 핼로란이 끼어들었다.

「리홍즈 선생의 얘기를 듣다 보니 히틀러가 생각나는군요.」

「그는 힘을 다스리지 못하고 광기의 제물이 되었지요.」

「프리메이슨들이 그 막대한 자본으로 약자들을 유린하는 걸 보면 그들도 자본의 마성에 빠져들고 있지 않을까요? 독일인들이 광기에 휘말렸던 것처럼.」

리홍즈는 고개를 끄덕였다.

「그런데 어떻게 전시안을 만날 거요?」

나딘이 묻자 리홍즈는 뜻밖에도 고개를 가로저었다.

「무슨 뜻이오?」

「한국의 태백산에서 전시안에게 천부경을 전할 생각이라면 저는 그를 만날 필요가 없습니다.」

「그러면?」

「핼로란 기자님이 그들 열두 명 중 한 사람에게 한국의 태백산에서 전시안에게 최후의 경전을 전달하겠다는 메시지가 담긴 서한을 전달하기만 하면 되는 일입니다. 물론 서한에 나딘 박사님의 사인을 담아서요.」

「그냥 그렇게만 하면 되겠소?」

리홍즈가 고개를 끄덕였다. 진도자의 지시가 있었던 모양이었다.

「저도 갈 수 있을까요. 그 태백산이라는 곳에?」

핼로란의 물음에 리홍즈는 웃으며 고개를 가로저었다.

「전시안은 아마 나딘 박사님과 인서 님만 만나려 할 겁니다.」

핼로란은 아쉬운 웃음을 머금으며 푸념했다.

「그렇겠지요. 그럼 나는 풀턴과 같이 이 썩을 놈의 자본주의가 어떻게 변해가는지 지켜볼 수밖에 없겠군.」

며칠 후 인서는 나딘으로부터 연락을 받았다.

「전시안이 태백산으로 가기로 했소. 음력 시월 보름이오.」

「전시안이 과연 음력을 알까요?」

「물론이오. 전시안은 세상의 모든 문화에 정통해 있으니까. 그에게 동서양의 구분은 아무런 의미가 없소.」

「리훙즈 선생님도 오시나요? 아니면 진도자 님이?」

「아니오. 리훙즈 선생 말에 따르면, 진도자 님이 그때 백두산에 왔던 세 사람이 태백산으로 가라고 하셨다오.」

「그것은 무슨 의도일까요?」

「글쎄, 그분의 큰 뜻을 어찌 알겠소. 아무튼 나도 곧 한국으로 가겠소.」

전화를 끊은 인서는 말로만 듣던 전시안을 만난다는 사실에 가슴이 벅찼다.

최후의 경전

인류의 슬픈 비밀

보름달이 환하게 떠올랐다. 인서와 환희, 그리고 나딘은 그 달을 바라보며 9시쯤 태백산 기슭에서 출발했다. 태백산은 백두산의 정기가 바다를 타고 그대로 이어져와 예로부터 영산이라 일컬어지는 곳으로, 천제에게 제사를 지내는 장소이기도 했다.

밤의 산 공기는 무척 찼다.

「두 분은 춥지 않아요?」

인서는 방한복을 입고도 몸을 움츠리며 말했다. 하지만 환희와 나딘은 말없이 고개만 가로저었다. 태백산에 여러 번 와봤다는 환희는 기온 변화에도 익숙한 듯했다. 그리고 나딘은 수비학자로서 살아온 인생에서 가장 흥분되는 순간에 대한 기대 때문인지 추위 따위는 아랑곳하지 않는 듯 보였다.

「환희, 정상에 천제단이 있소?」

「네, 그래요.」

「정상까지는 얼마나 걸리오?」

「보통 두 시간 정도 걸리는데, 여유 있게 올라가면 두 시간 반

정도 걸려요.」

나딘은 고개를 끄덕였다. 세 사람은 달빛마저 차갑게 내쏘는 밤길을 쉬지 않고 걸었다. 가쁜 숨을 몰아쉬며 거의 정상에 이르자 기괴한 모습의 주목들이 군락을 이루고 있었다.

「과연 영산이군요. 박사님, 이 주목들의 기기묘묘한 모습들을 보십시오.」

인서는 감탄을 금할 수 없었다.

「대단하오.」

나딘은 주목 군락에 혀를 내둘렀다. 하지만 환희는 아무 말 없이 계속 산길을 걸었다. 주목 군락지를 지나자 갑자기 세 사람의 모습이 노출되었다. 평평한 길이 제법 길게 이어진 끝에는 수많은 돌이 균형 있게 쌓여 있는 제단이 보였다.

「저게 천제단이오?」

「네.」

세 사람은 잠시 멈춰 서서 땀을 닦았다. 찬바람이 몰아치자 달아올랐던 몸이 식으면서 이내 한기가 느껴졌다. 환희는 두 사람에게 양해를 구하고 잠시 자리를 떴다. 달은 어느새 구름에 싸여 사위는 어둠에 묻혔다.

잠시 후 선 고운 한복으로 갈아입은 환희가 어둠 속에서 우아한 모습을 드러냈다. 그러고는 얌전히 천제단 쪽으로 걸어가 절을 했다. 인서는 환희가 천제단에 머리를 숙인 채 나직한 목소리로 천부경을 외는 것을 들었다. 일련의 제례가 끝나자 환희는 다시 숲속으로 가 옷을 갈아입고 왔다.

「환희 씨, 춥지 않아요?」

「약간 춥긴 하지만 괜찮아요.」

어둠 속에 보이는 환희의 얼굴이 더없이 신비하고 경건했다. 그 순간 인서는 천부경에는 정말 사람을 변화시키는 어떤 힘이 담겨 있을지 모른다는 생각이 들었다.

「보세요. 저기 누군가 와요.」

인서와 나딘은 환희가 가리키는 방향으로 고개를 돌렸다. 과연 한 사람이 천천히 걸어오고 있었다. 걷는 모습으로 봐서는 등산객이 아닌 것이 분명했다. 그 사람은 아주 천천히 걸음을 떼어 놓았다.

「아!」

나딘은 자신도 모르게 소리쳤다.

「박사님, 왜 그러세요?」

「저 사람이 걷는 모습을 보시오. 걸음걸이 하나만으로도 세상을 제압하고 남을 듯하오.」

인서 역시 그 괴인의 걷는 모습에 압도되었다. 비록 어둠 속이었지만 천천히 한 발 두 발 떼어놓는 걸음에서는 위압감이 느껴졌다. 괴인은 발 아래까지 내려오는 하얀 옷을 입고 있었다.

괴인은 세 사람으로부터 다섯 발자국 정도 떨어진 지점에서 걸음을 멈추었다. 짙은 어둠 속에서 괴인의 얼굴은 차츰 윤곽이 드러났다.

「음……」

나딘의 입에서 신음 소리가 새어나왔다. 괴인은 역시 중앙아시아에서 만났던 그때 그 야인, 즉 전시안이었다.

「오랜만이오, 나딘 박사.」

「역시 당신이 전시안이 맞았군요. 이렇게 다시 만나게 되어 반갑소.」

전시안의 눈길은 잠시 인서와 환희에게 머물렀다가 다시 나딘의 얼굴에 꽂혔다. 그는 단도직입적으로 물었다.

「설명해주시오, 어떻게 그 경전을 찾았는지 말이오.」

그러자 나딘은 자신감이 묻어나는 목소리로 대답했다.

「성경에 숨겨진 비밀의 수는 144와 144,000이었소. 그리고 그 경전을 찾는 열쇠가 된 한국의 《격암유록》도 같은 숫자를 쓰고 있었고. 그런 과정을 통해 찾아낸 것인데 그 이름이 천부경이요.」

「……」

「환희, 경전을 건네주시오.」

나딘은 환희가 준비한 천부경을 내밀었다. 박달나무에 새긴 천부경 81자였다. 전시안은 천부경에 눈길을 한번 주고 나더니 이내 선 채로 눈을 감았다. 깊은 생각에 잠기는 듯했다.

최후의 경전

인서는 극도로 긴장했다. 전시안이 아무리 세상의 모든 것을 볼 줄 아는 눈을 가졌다 해도 과연 한눈에 천부경을 깨칠 수 있을 것인가.

마치 입석처럼 꿈쩍도 않고 서 있는 전시안의 어깨에 구름 사이로 언뜻언뜻 얼굴을 내비치는 달이 머물렀다가 지나치기를 수십 차례 거듭했다. 그리고 달이 산 너머로 넘어갈 무렵에야 비로소 전시안은 입을 열었다.

「나딘 박사, 당신은 천부경의 의미를 깨우쳤소?」

나딘은 고개를 가로저으며 말했다.

「전시안, 당신은 어떻소?」

마지막 남은 달빛이 전시안의 얼굴을 환하게 비추었다. 그 얼굴을 보는 순간 인서는 놀라지 않을 수 없었다.

「헉!」

전시안은 이제까지의 잔잔하고 여유 있던 표정은 간데없고 뭐라고 형언할 수 없는 기이한 표정이었다. 한없는 슬픔과 기쁨을 동시에 담은 듯도 하고, 감정이란 추호도 개입되지 않은 것처럼 차가운 듯도 한데, 어딘지 인간적인 따뜻한 기운을 담고 있는 듯한 표정이었다. 인서는 전시안의 얼굴에서 희망과 절망을 동시에 느끼면서 나딘을 바라보았다.

나딘 역시 인서와 같은 기분인지 긴장된 표정으로 전시안의 얼굴에서 눈을 떼지 못하고 있었다.

「하나가 시작하였으되 시작된 하나는 없다.」

전시안은 나딘 박사의 물음에는 대답하지 않고 뭔가를 중얼 거렸다. 영어가 아니었다.

「히브리 말이오.」

나딘이 나직한 목소리로 인서에게 말해주었다.

「하나가 끝났지만 끝난 하나도 없다.」

인서는 이번에는 나딘의 설명이 없어도 무슨 말인지 알아들 을 수 있었다. 전시안은 다시 눈을 감았다. 이미 달은 산 너머로 넘어가고 없었다. 그러나 전시안의 얼굴은 어둠 속에서도 환하게 빛나고 있었다. 전시안은 천천히 두 팔을 들어 위에서 밑으로 내 리누르는 동작을 몇 번 반복했다. 이상한 일이었다. 그러나 인서 는 전시안이 왜 그러는지 이유를 알 것 같았다. 인서는 낮은 목 소리로 나딘에게 말했다.

「그는, 그는 깨우치고 말았군요.」

나딘은 인서의 말을 이해하지 못하겠다는 듯이 고개를 갸웃 거렸다.

「어떻게 알 수 있소? 그리고 지금 전시안은 뭘 하는 거요?」

「나딘 박사님, 예감이 와요. 뭔가가 머리를 꽝 때리는 것 같아 요. 저 일시무시일 일종무종일의 의미가 갑자기 떠오르는 것 같 다고요.」

인서는 환희의 느낌이 궁금해서 그녀를 돌아보았다. 그러나

최후의 경전

환희도 눈을 감고 입으로 뭔가를 되뇌고 있었다. 천부경을 읊는 듯했다.

「나딘 박사님, 무서운 말이에요. 아, 일시무시일은 이리도 무서운 말이군요. 환희 씨가 얘기하던 것이 맞아요. 일시무시일에서는 사랑과 자비가, 일종무종일에서는 용기와 자신감이 생겨나는군요. 어떤 힘으로도 어떤 물질로도 잠재울 수 없는 인간의 영원한 힘이 느껴져요. 지금 전시안은 자신이 방금 깨달은 것을 세상과 맞추고 있는 거 같아요.」

인서는 자신도 모르게 감정이 솟구쳐 말했다.

전시안은 눈을 뜨고 인서를 한동안 바라보더니 감정이 담기지 않은 목소리로 대답했다.

「이제야 알겠소.」

나딘은 놀라지 않을 수 없었다. 천부경에 눈길 한번 주고는 그 의미를 깨달았다고 하는 전시안의 말을 도무지 믿을 수 없었다.

그러나 나딘은 이내 고개를 끄덕였다. 인정한다는 표시였다. 아니, 깨달은 것은 전시안만이 아니었다. 인서도 그 정도는 모르지만 뭔가를 느낀 듯했다.

나딘은 조용히 입으로 일시무시일이라고 되뇌어보았다. 그러나 아무 변화도 일어나지 않았다. 나딘 박사는 전시안뿐 아니라 인서와 환희에게도 야릇한 반감을 느끼며 의구심을 숨기지 않은 채 전시안을 향해 물었다.

「어째서 카발라와 천부경이 짝이 된다는 말이오?」

전시안은 한동안 숨을 고른 후 두 팔을 내렸다. 인서는 얼굴에 신선한 기운을 가득 담은 채 전시안의 입에 눈의 초점을 모았다.

짧은 동안이지만 신비한 기운이 자신을 휘감았던 것을 생각하니 천부경이 더욱 신비스럽게 느껴졌다. 환희 역시 눈을 뜨고 전시안을 응시했다. 전시안은 세 사람의 얼굴을 쭉 한번 보고는 감정이 담기지 않은 목소리로 이야기를 시작했다.

「거기에는 인류의 슬픈 비밀이 들어 있소.」

「인류의 슬픈 비밀이라뇨?」

세 사람은 전시안이 엉뚱하게 서두를 꺼내자 놀라지 않을 수 없었다.

「인류의 역사는 보통 사람들이 생각하는 것보다 훨씬 이전부터 생겨났소. 또 인간의 문화는 각 지역에서 고르게 발전했던 것이 아니오. 지금도 지역에 따른 문화 수준의 차이가 있듯, 역사의 여명기에도 지역에 따라 문화 수준이 크게 달랐소.」

인서는 고개를 끄덕였다.

「비극은 지구 각지의 부족들 중 극히 우수했던 한 부족으로부터 시작되었소. 그들은 어느 날부터 우성 실험을 시작하게 되었던 거요. 신의 섭리를 벗어난 우수형질끼리의 결합을 통한 우성인자들의 출현은 모든 것을 뒤바꿔 놓았소. 발단은 우연이었고 처음에는 어느 정도 통제가 되는 시기가 있었지만 실험에 실

최후의 경전

험을 거듭하다 보니 다른 부족들과는 비교가 되지 않을 만큼 월등한 인종이 만들어지고 성장해가게 된 거요. 마침내 우성 실험은 극에 달해 자라면서 지혜나 용맹성 중 어느 하나라도 모자란 부족원은 절벽에서 떨어뜨리는 방법을 택하기도 했소. 그렇게 구축된 문화는 현재 우리의 지식이 생각해낼 수 있는 그 이상의 수준이었소.」

「놀랍고도 끔찍한 일이군요.」

「그들은 우성 실험으로 점점 빠르게 진화해갔소. 그들은 차츰 자신들의 세계에 만족할 수 없었고 자신들의 땅을 떠나 지구 각지를 돌면서 탐험을 하게 되었소. 그들의 탐험이 지금의 이집트의 대피라미드와 스핑크스를 비롯한 엄청난 건축물을 낳았고 현대 문명과 대차 없는 수준 높은 문명을 이루었소. 그런 그들은 지구촌 곳곳에서 신과 같은 존재였소. 세계 각지를 돌면서 문명을 전파하고 농사법을 가르치며 미개한 사람들을 깨우쳤으니 말이오. 하지만 그들의 우성 실험은 거기서 그치지 않았소. 그들은 끊임없이 열성 인자를 제거하다가 결국엔 이 세상의 모든 것을 알아버린, 마치 신과 같은 존재가 돼버린 거요. 그들에게는 더 이상 필요한 게 없었소. 그러나 그들에게도 두려움은 있었소. 바로 그 무렵 지구 각지에서 빈번해진 지진이나 화산, 홍수, 빙해 같은 자연 현상이었소. 그들은 이런 지구 운동에 대항해야 했소. 그 대처방법을 자신들이 우성인자로 길러낸 후손들에게만이라도 알려주어야 했소. 그래서 그들은 물리적 변화의 원인인 지축 이동을 숫자를 통해 후대에 전승시키려 했던 거요. 그것이 바로 72니 108이니 하는 숫자들이 전세계의 건축물이나 설화 등에 숨어 있는 이유요.」

「그렇군요.」

인서는 고개를 끄덕였다. 나딘 역시 온 신경을 집중해 전시안의 얘기를 듣고 있었다.

「그들은 레무리아 대륙에 살았는데, 그 대륙은 하루아침에 바닷속으로 사라져버렸소. 사상 최대의 지진으로 말이오. 그래서 당시 그 대륙을 떠나 있던 사람들만이 살아남게 된 거요. 그들은 그때 대륙의 소멸을 자연의 벌, 즉 자신들의 우성 실험에 대해 신이 내린 벌이라고 받아들였소.」

「그들은 끔찍한 우성 실험을 저지른 만큼 죄의식에 시달릴 수밖에 없었겠군요.」

「그렇소. 레무리아 대륙 출신의 생존자들은 자연 파괴의 원죄를 인정하여 스스로 종족 번식을 포기했소. 대신 자신들이 이제껏 쌓아온 지혜만은 남겨두어야 한다고 생각하고 지구상에 경전을 남겨두었소. 그 경전의 지혜를 통한다면 자신들처럼 우성 실험을 통하지 않더라도 종내는 세계를 지배하게 될 거라는 믿음을 가지고서 말이오.」

「그것이 카발라입니까?」

최후의 경전

「그렇소.」

「카발라를 차지한 그 부족이 유대인이고요?」

「유대인의 조상인 수메르인이오.」

「그렇군요. 그래서 수메르인들이 부근의 다른 부족에 비해 월등한 문화를 형성했던 거군요.」

「하지만 레무리아인들은 동시에 또 다른 염려를 떨칠 수 없었소.」

「그게 뭡니까?」

「카발라를 차지한 자, 그들이 세계를 장악하는 것은 시간 문제이겠지만 이후 자신들의 지혜로 성장한 후손들이 또다시 자신들과 같은 길을 걷게 될까 봐 그것이 두려웠던 거요.」

「……?」

「케텔과 말쿠트의 순환을 10단계로 나눈 카발라는 오묘한 힘을 주는 경전임엔 분명하지만, 단지 그 하나를 지혜로 삼는다면 결국에는 파국을 맞으리라는 점을 그들은 경험으로 이미 알고 있었던 거요. 그들은 그러한 파국을 막기 위해 또 하나의 지혜를 남겨놓았던 거요.」

「그게 바로 천부경이라는 말이군요?」

인서는 놀라서 소리쳤다.

「바로 그렇소.」

「믿기 힘들군요. 프리메이슨들은 지금 엄청난 돈의 힘으로 세계를 지배하고 있는데 저런 난해한 천부경이 무슨 영향력을 행사할 수 있을 거란 말입니까?」

「당신의 말대로 프리메이슨 중에는 자본의 힘으로 지구를 정복하고 모든 인간을 지배하려는 사람도 있소. 그것이 옛날 카발라를 남겨준 선조의 우려와 같은 우성 실험이 될 수 있다는 걸 나는 모르지 않았소. 그러나 그걸 알면서도 나는 단호하게 그 실험을 금지시키지 못했소. 지금까지는 그 끝이 어디인지, 지금의 과정이 정말 그때의 우성 실험 같은 위험한 발상인지 확신할 수 없었기 때문이오. 그걸 알기 위해 나는 오랜 세월 광야를 헤매온 것이오. 그러나 이제 나는 깨달았소. 시작됐지만 시작된 것은 없고, 끝났지만 끝난 것도 없는 영원 회귀야말로 존재의 진정한 모습이란 걸 말이오. 과거나 현재나 미래나 모든 것의 근본은 인간이 되어야 하오. 천부경은 바로 그 원리를 일깨워주고 있는 거요. 나는 조금 전 하늘로부터 저 옛날의 선조들이 내게 던지는 메시지를 들었소. 물론 그 천부경을 통해서 말이오.」

「그럼 이제 프리메이슨들은 자본을 통해 세계와 인간을 지배하겠다는 생각은 버리게 되는 건가요?」

전시안은 대답 대신 미소를 지어 보이고는 인서와 환희의 눈을 한 번씩 깊게 들여다보았다. 전시안이 두 사람에게 보내는 작별 인사였다.

「두 젊은이, 그리고 나딘, 고맙소.」

전시안은 마지막으로 나딘에게 인사를 던지고는 몸을 돌렸다.

「잘 가시오.」

전시안은 세 사람을 뒤로한 채 주변을 압도하는 예의 그 발길을 옮겨놓았다. 멀어져가는 전시안을 바라보며 인서는 낮은 목소리로 나딘에게 다시 물었다.

「박사님, 이제 프리메이슨들이 전자화폐와 같은 자본으로 인류를 통제하려는 시도를 멈출까요?」

「그러리라 믿어야지요. 카발라를 절대적으로 수용하는 저들이니 만큼 또 하나의 경전 속에서 말하는 경고의 메시지도 무시할 수는 없을 거요. 그들의 지도자 전시안도 그걸 깨달은 것 같으니 그들을 설득하게 되겠지요.」

「전시안이 선뜻 대답을 않고 떠난 것은 그런 과정이 남아 있기 때문이군요.」

「그렇소. 아무리 전시안이라 해도 그 역시 신이 아닌 한정된 시간을 사는 인간일 뿐이니 지켜봐야겠죠 .」

「그렇겠군요. 사실은 저들이 어떤 선택을 내리든 우리는 우리의 할 일이 있는 것이군요.」

인서와 환희, 그리고 나딘은 전시안이 시야에서 사라질 때까지 바라보았다. 그들의 머릿속에는 인류의 슬픈 비밀인 우성 실험과 천부경이 교차했다.

새로운 시작

전시안과 헤어져 산을 내려오는 인서의 머릿속에는 천부경의 구절구절이 생생하게 떠올랐다. 이제껏 멀리 있다고 생각했던 구절들의 깊은 뜻이 새롭게 다가왔다.

'인중천지일(人中天地一).'

사람 속에 하늘과 땅이 있다는 이 구절이 특히 인상적이었다. 모두가 하늘을 두려워하고 섬기던 태곳적에 이런 생각을 할 수 있다는 것만으로도 대단하다는 생각이 들었다. 그러고 보니 천부경을 떠올릴수록 인간에 대한 경외감이 커져가는 듯했다.

'용변부동본(用變不動本).'

쓰임새는 아무리 바뀌어도 근본은 변하지 않는다는 이 구절은 자신의 근본에 대한 흔들리지 않는 힘을 주는 듯했다.

'태양앙명(太陽昻明).'

태양을 우러러 밝힌다. 당당하고 떳떳한 말이었다. 또 쓸데없는 탐욕이나 속임으로 초라해질 수 있는 인간의 약한 부분을 일거에 쓸어버리는 시원한 말이었다.

그러나 이 모든 말 중에서도 제일 좋은 것은 역시 '일시무시일 (一始無始一) 일종무종일(一終無終一)'이었다. 가만히 생각해보니 이 구절은 불교의 '일체유심조'와 연관이 되었다. 그러나 일체유심조가 인간이 수행을 통해서 얻을 수 있는 말이라면, 천부경의 이 구절들에서는 더욱 깊은 뭔가가 말 자체에서부터 느껴졌다.

'일시무시일'은 겸손과 평정을 주고, 넓은 아량을 느끼게 했다. '일종무종일'은 도전과 끈기, 그리고 인간의 도리를 생각하게 해보는 힘을 갖고 있었다.

세 사람은 새벽 기차를 타고 서울로 돌아왔다. 나딘은 인서에게 손을 내밀었다. 그의 손은 묵직하고 따뜻했다.

「인서, 여러모로 고마웠소.」

「저야말로 고마웠습니다. 박사님은 저의 인생을 바꿔놓으셨어요. 저는 당장 세상을 확 바꿔놓는 디지털이나 돈도 중요하지만, 잃어버린 역사와 문화를 찾는 일도 그 못지않게 중요하다는 것을 깨달았습니다. 이제 대학원에 진학해 평생 천부경의 의미를 쫓아가면서 좀 더 세상을 넓고 깊게 보는 눈을 키워가보겠습니다.」

「좋은 생각이오. 이후로도 계속 연락하고, 다시 만날 수 있기를 바라오.」

나딘은 환희와도 굳은 악수를 나눈 뒤 발길을 돌렸다.

떠나가는 나딘의 모습을 지켜보던 환희가 인서를 돌아보며 물었다.

「인서 씨, 정말 진로를 결심했어요?」

「이번 일을 겪으면서 제가 훌쩍 커버린 느낌이에요. 전세계 고인돌의 절반을 가졌음에도 삼국시대부터 고대국가가 생겼다고 스스로를 평가절하하는 우리나라, 단군을 인정하니 안 하니 우리 스스로도 뿌리를 부정하고 있는 이 나라의 답답한 현실을 견딜 수 없었는데 이제 좀 더 넓은 시야로 여유 있게 세상의 진리를 쫓아 볼 수 있을 것 같아요. 우선 할 일은 공부를 하면서 이번에 알게 된 여러 사실들을 기록해두는 일이겠지요. 내가 한 걸음을 딛은 것이 단지 잊혀질 한 걸음이 아니라 큰 길을 내는 시작이라는 생각으로 좀 더 길게 보고 가볼 생각이에요.」

「인서 씨는 해낼 수 있을 거예요. 앞으로도 많은 도움 부탁드릴게요.」

「오히려 내가 환희 씨에게 더 많이 기댈 것 같은데요?」

인서와 환희는 서로의 얼굴을 바라보며 미소 지었다.

〈끝〉

최후의 경전